투명인간

투명인간

H.G. 웰스 지음 | 임종기 옮김

문예출판사

THE INVISIBLE MAN

H. G. Wells

차 례

1 이방인의 도착

매섭게 추운 2월 어느 날 이른 아침, 브람블레허스트 역에서 어떤 낯선 이가 칼바람에 그 해 마지막 눈발이 휘몰아치는 언덕을 넘어 걸어왔다. 두툼한 장갑을 낀 손에는 조그만 검은 가방을 들었다. 그는 머리에서 발끝까지 온통 옷이나 붕대로 감쌌고 그가 쓴 부드러운 중절모 챙은 반질반질한 코끝만을 제외하고는 얼굴을 전부 가렸다. 그의 어깨와 가슴팍에는 눈이 쌓여 있었고 그가 손에 든 가방에도 흰 눈이 계속해서 쌓여갔다. 그는 코치 앤 호시스 여관 안으로 송장처럼 비틀거리며 들어가더니 들고 있던 커다란 가방을 내던졌다. "부디 따뜻한 난로 좀!" 그가 고함쳤다. "묵을 방 하나 주고, 빨리 난로 좀 피워주시오!" 그는 바 앞에서 발을 구르고 몸을 흔들어 몸에 묻은 눈을 털어내고는 홀이란 여주인을 따라 객실로 가서 흥정을 하기 시작했다. 긴 서론 끝에 흥정이 이루어지자, 그는 1파운드 금화 두 개를 탁자에 던졌다. 이로써 그는 이 여관을 숙소로 정했다.

홀 부인은 난로에 불을 지피고 그 자리에 손님을 남겨두고 방에서 나와, 손수 손님을 위한 식사를 준비했다. "악착같이 숙박비를 깎으려 애쓰는 손님"이 아닌 데다가 겨울에 아이핑에 머물 손님을 받게 되었다는 것은 보기 드문 행운이었다. 그래서 그녀는 이런 좋은 운수를 놓치지 않겠노라고 다짐했다. 홀 부인은 베이컨을 먹음직스럽게 구웠고 굼벵이 식모인 밀리를 재치 있는 말로 나무라고는 식탁보, 접시, 유리잔을 객실로 나르고 그것들을 정성껏 늘어놓았다. 그녀는 난롯불이 활활 타오르는데도 손님이 여전히 모자와 외투를 입은 채 자기를 등지고 서서 뜰에 내리는 눈을 응시하는 것을 보고서 깜짝 놀랐다. 그는 장갑 낀 두 손으로 뒷짐을 지고 상념에 잠긴 것 같았다. 그녀는 그의 어깨 위에 묻은 눈이 녹아, 양탄자 위로 물방울이 똑똑 떨어지는 것을 지켜보았다. "손님, 모자와 외투를 받아 부엌에서 잘 말려드릴까요?" 그녀가 말했다.

"아니 됐소." 그는 돌아보지도 않고 말했다.

그녀는 그가 자신의 말을 제대로 들었는지 의구심이 들어 한 번 더 물어보려 했다.

순간 그가 머리를 돌려 어깨너머로 그녀를 쳐다보았다. "그냥 이대로 내버려둬요." 그가 힘주어 말했다. 그녀는 그가 양쪽에 창이 달린 커다란 푸른색 안경을 끼었으며, 외투 칼라 위로 난 무성한 구레나룻이 얼굴을 완전히 가리다시피 한 모습에 주목했다.

"좋아요. 손님께서 정 그러시다면야. 방은 곧 따뜻해질 거예요." 그녀가 말했다.

그는 대답이 없었다. 그는 다시 그녀에게서 시선을 돌렸다. 홀 부인은 얘기할 상황이 아니라는 것을 깨닫고는 나머지 식기 따위를 재빠른 솜씨로 툭툭 내려놓은 후에 그 방에서 후닥닥 나왔다. 그러곤 얼마 후 그녀가 되돌아와보니, 그는 아직까지도 돌부처처럼 마냥 서 있었다. 그는 등을 구부린 채 칼라 깃을 세우고 물방울이 똑똑 떨어지는 모자챙을 잡아내려 얼굴과 두 귀를 완전히 감추고 있었다. 그녀는 상대방에게 들리도록 계란과 베이컨을 요란하게 내려놓고는 그에게 말을 건네는 것이 아니라 그를 부르듯이 말문을 열었다. "손님, 점심식사가 준비됐어요."

"고맙소." 그는 그녀가 말하기가 무섭게 대답하고는 그녀가 문을 닫을 때까지 움직이지 않았다. 그녀가 사라진 후에야 그는 몸을 돌려, 아주 민첩하게 테이블 곁으로 다가갔다.

그녀는 바 뒤를 지나 부엌으로 가면서, 규칙적인 간격을 두고 반복해서 들려오는 소리에 귀를 기울였다. 타각, 타각, 타각, 숟가락으로 식기를 훑으며, 재빠르게 음식을 떠내는 소리가 들려왔다. 그녀가 말했다. "저 계집애 때문에! 아이고! 완전히 잊었잖아. 저년이 꾸물거린 탓이야!" 그녀는 남은 겨자를 마저 반죽하면서 밀리에게 너무나 꾸물거린다고 몇 마디 잔소리를 해댔다. 그녀가 햄과 달걀을 요리하고 식탁에 음식을 차리고 모든 것을 끝내는 동안에 밀리(정말 식모란 년이!)는 단지 겨자 반죽에만 매달렸던 것이다. 새 손님이 숙박하게 됐는데 말이야! 홀 부인은 겨자를 그릇에 담고 그것을 노리끼리한 차(茶) 쟁반 위에 떡하니 얹고는 객실로 들고 들어갔다.

그녀는 노크하고는 재빨리 들어갔다. 그녀가 방 안으로 들어서는 순간 손님은 재빨리 몸을 움직였다. 그녀는 일순간 흰 물체가 테이블 뒤로 사라지는 것만을 어렴풋이 볼 수 있었다. 그가 방바닥에서 뭔가를 줍고 있었던 듯했다. 그녀는 테이블 위에 겨자 그릇을 탕 하고 내려놓았다. 그러곤 난로 앞에 놓인 의자 위에 벗어놓은 외투와 모자로 시선을 옮겼다. 그녀의 눈에 들어온 젖은 구두 한 켤레는 벽난로의 강철 울을 녹슬게 할 것만 같았다. 그녀는 단단히 마음을 먹고 그곳으로 다가갔다. "지금 당장, 옷가지를 가져다가 말려야겠어요." 그녀는 상대방의 거절을 참지 않겠다는 듯 완고한 목소리로 말했다.

"그 모자는 그냥 놔두시오." 손님이 불명료한 목소리로 말했다. 홀 부인이 뒤돌아보니, 그는 머리를 들고서 앉은 채 자신을 응시하고 있었다.

그녀는 너무나 놀란 나머지 한동안 입술을 떼지 못한 채 멍하니 그를 바라보았다.

그는 흰 천 — 그것은 그가 가져온 식탁용 냅킨이었다 — 으로 자기 얼굴 아래쪽을 가려 입과 턱을 완전히 감췄는데, 음성이 부정확한 것도 그 때문이었다. 그러나 홀 부인을 깜짝 놀라게 한 것은 그것이 아니었다. 사실 그녀를 놀라게 한 것은 하나의 흰 붕대로 푸른색 안경 위의 이마를 완전히 감고, 또 다른 붕대로 튀어나온 분홍빛 코만 남기고 양쪽 귀를 모두 가려, 얼굴을 전부 감추고 있다는 사실이었다. 선명한 분홍빛에 번들거리는 코는 애초부터 그 모양인 듯 보였다. 그는 리넨으로 안감을 댄 높고 검은 칼라에 암갈색 벨벳 재킷을 입었는데, 칼라를 목둘레 주위로 바짝 세웠다. 십자로 댄 붕대 사이로, 아래쪽으로 쭉 삐져나온 무성한 검은 머리카락은 기묘한 꽁지와 뿔 모양이었는데, 그것은 그의 모습에 기괴할 대로 기괴한 인상을 심어주었다. 그녀는 붕대로 싸맨 그의 머리가 자신이 예상했던 것과는 아주 딴판이었기 때문에 잠시 등골이 오싹해지는 기분을 느꼈다.

이제 그녀는 그가 여전히 식탁용 냅킨을 벗겨내지 않고, 갈색 장갑을 낀 손으로 그것을 잡는 모습을 보는 중이었다. 그 역시 불가사의한 푸른 안경 너머로 그녀를 주시했다. "모자는 그대로 놔둬요." 그가 말문을 열었다. 흰 천 사이로 새어 흘러 나오는 그의 말은 매우 명확하게 들렸다.

홀 부인은 충격을 받은 신경이 회복되는 것을 느꼈다. 그녀는 난로 곁에 있는 의자에 다시 모자를 갖다 놓았다. "손님, 전 몰랐어요." 그녀가 말을 꺼냈다. "그걸……." 그녀는 당황스러운 표정으로 입술을 다물었다.

"고맙소." 그는 그녀에게서 문 쪽으로 그리고 다시 그녀에게로 시선을 옮기면서 무뚝뚝하게 말했다.

"제가 말끔하게 말려드리죠. 지금 당장에요." 그녀가 말했다. 그러곤 그의 옷가지를 방에서 들고 나갔다. 그녀는 문밖으로 나가면서 다시 한 번 흰 붕대를 감은 머리와 푸른 안경을 흘끗 쳐다보았다. 냅킨은 여전히 그의 얼굴 정면을 가리고 있었다. 그녀는 문을 닫고 나오면서 약간 몸이 떨리는 것을 느꼈고, 그녀의 얼굴에는 놀라고 당황한 표정이 역력히 드러났다. "기가 막혀." 그녀가 속삭였다. "저럴 수가!" 그녀는 조용히 부엌으로 갔다. 그녀는 너무 어리둥절했던 터라, 부엌에 가자마자 밀리에게 쓸데없이 한눈팔지 말라고 꾸지람을 하려 했던 생각조차 까맣게 잊어먹고 말았다.

그 손님은 앉은 채 그녀가 물러나면서 내는 발소리에 귀를 기울였다. 그는 얼굴에서 냅킨을 벗겨내기 전에 미심쩍은 표정으로 창쪽을 바라보고 나서야, 다시 식사를 하기 시작했다. 음식을 한입 삼키고는 의심스럽다는 듯이 창가로 흘끗 시선을 던지고 나서, 다시 음식을 또 한입 삼켰다. 그러곤 일어나더니 냅킨을 손으로 잡은 채 방을 가로질러 가더니, 블라인드를 잡아당겨 아래쪽 창틀을 덮은 흰색 모슬린[평직의 부드러운 면직물 일종] 상단까지 내렸다. 순간 실내가 어두워졌다. 그러자 그는 매우 안심이 된다는 태도로 식탁으로 되돌아가 식사를 계속했다.

"저 불쌍한 사람은 사고를 당했거나 수술 따위를 했을 거야. 이런, 붕대로 감싼 그 끔찍한 몰골하고는!" 홀 부인이 말했다.

그녀는 난로에 석탄을 좀 더 집어넣고 빨래 걸이를 펴고 그 위에 손님의 외투를 늘어놓았다. "게다가 안경은 어떻고! 그 자는 인간이라기보다 잠수모(潛水帽) 같아 보이잖아!" 그녀는 그의 목도리를 빨래 걸이 한 켠에 걸었다. "그리고 언제나 그 손수건으로 입을 가린 채 말을 하잖아! ……아마 그 입도 다쳤을 거야. 아마도."

그녀는 갑자기 뭔가를 기억해낸 사람처럼 휙 돌아섰다. "제발 나를 살려달라고!" 그녀는 갑자기 엉뚱한 말을 내뱉었다. "밀리, 아직도 그 감자를 끝내지 않았니?"

홀 부인은 손님의 식사를 치우러 갔을 때, 그의 입이 사고로 상처를 입었거나 흉하게 변했을 것이라는 자신의 생각을 확인할 수 있었다. 왜냐하면 파이프 담배를 피우던 그는 그녀가 방에 있는 동안에는 계속 실크 목도리로 얼굴 아래쪽을 가린 채, 물부리를 입술

사이로 물 생각을 일절 하지 않았기 때문이다. 그렇다고 해서 그가 피우던 파이프 담배를 깜박 잊었던 것은 아니었다. 그녀가 눈치챘듯이 그는 파이프에서 피어나오는 담배연기를 쳐다보고 있었던 것이다. 그는 식사를 마치고 물을 마시고, 몸이 기분 좋게 훈훈해지자, 블라인드를 친 창을 등지고 구석에 앉은 채 전보다는 냉담함이 많이 누그러진 말투로 말했다. 난로 불빛이 반사되어 그의 큼지막한 안경에 지금까지 없었던, 춤을 추는 붉은 불꽃을 만들어냈다.

"브람블레허스트 역에 맡겨놓은 짐이 좀 있어요." 그가 말했다. 그러곤 어떻게 그 짐을 가져올 수 있는지 물었다. 그는 홀 부인이 대답을 해주기를 바라는 듯 붕대로 싸맨 머리를 매우 정중하게 숙였다. "내일! 아니, 더 빨리 가져올 수는 없을까요?" 그가 말했다. 홀 부인이 "그럴 방법은 없어요"라고 말하자 그는 무척 실망하는 듯 보였다. 그녀의 말이 정말 맞을까? 그것을 가져올 만한 마차를 가진 사람이 없을까?

홀 부인은 대답을 꺼릴 만한 이유가 없었기에 그가 묻는 말에 대답을 하고는 몇 마디 덧붙였다. "비탈길이 험악하거든요." 그녀는 마차에 대한 질문에 대답하고는 말머리를 잡은 채로 계속 말을 이었다. "일 년 전쯤 마차가 뒤집히는 사고가 있었어요. 사고란 아차 하는 한순간에 일어나게 마련이죠. 안 그래요?"

손님은 그리 쉽게 물러날 성싶지 않았다. "그렇기야 하지만." 그는 투시할 수 없는 안경 너머로 그녀를 조용히 바라보면서 입을 목도리로 가린 채 말했다.

"하지만 사고에서 회복하려면 상당히 오랜 시일이 걸리죠. 안 그래요?…… 제 조카 톰이 있는데, 낫에 팔을 베었죠. 들판에서 낫에 넘어졌지요. 맙소사! 녀석은 석 달 동안이나 꼼짝하지 못했지요. 제 말을 믿지 못하실 거예요. 저는 낫만 보면 겁이 나요."

"이해할 만하군요." 손님이 말했다.

"한동안 그 애는 수술받지 않으면 안 될까 봐 걱정하더군요. 그만큼 크게 다쳤죠."

손님은 갑자기 한바탕 웃음 — 잘근잘근 씹어 먹어치운 듯했던 — 을 터뜨렸다. 그러곤 한마디 던졌다. "그랬던가요?"

"그랬죠. 그 애를 위해 조치해야 할 나나 그의 가족들, 그러니까 내 여동생과 그녀가 거느린 어린 아이들에게 그 일은 웃어넘길 문제가 아니었어요. 여러 차례 붕대를 싸맸다가 풀어야 했지요. 손님, 그래서 실례를 무릅쓰고 말씀드리는 건데……."

"성냥 좀 가져다주겠소?" 손님이 아주 돌발적으로 퉁명스럽게 말을 내뱉었다. "파이프에 불이 꺼졌소."

홀 부인의 말이 갑자기 끊기고 말았다. 그녀가 할 말을 그가 이미 다 들은 뒤라고 하더라도 그렇게 사람의 말을 싹둑 자르는 짓은 무척 무례했다. 그녀는 잠시 숨을 헐떡거리며 그를 쳐다보다가 금화 두 닢을 떠올리고는 성냥을 가지러 갔다.

"고맙소." 그녀가 성냥을 내려놓자 그는 짤막하게 말하고는 어깨를 돌려 다시 창 밖을 쳐다보았다. 보아하니 꽤나 기분이 상한 듯 보였다. 그는 아무래도 수술이니 붕대니 하는 말에 신경이 쓰인 모양이었다. 그렇다고 해서 그녀가 "그렇게 실례할 만한 얘기"를 한 것도 아닌데, 아무튼 그는 너무 냉담하게 반응했다. 그런 그의 태도가 그녀를 화나게 했다. 그 때문에 밀리가 그날 오후 내내 혹독한 시간을 보내야 했다.

손님은 투숙하는 목적에 대해 어떠한 한마디 이유조차 대지 않고 네 시가 될 때까지 객실에 처박혀 있었다. 그동안 그는 대부분 아주 조용히 있었다. 짙어가는 어둠 속에서 난로 곁에 앉아 담배를 피워 대는 듯했다. 어쩌면 졸았는지도 모른다.

호기심을 갖고 귀를 기울였더라면 한두 번 석탄을 집는 소리나 대략 오 분 정도 간격으로 방을 거니는 소리를 들었을지도 모른다. 그가 혼잣말로 속삭이는 듯했다. 그러곤 다시 자리에 앉는 듯 안락의자가 삐걱거렸다.

2 테디 헨프리의 첫 인상

꽤 어두워진 오후 네 시에 이르자, 홀 부인은 단단히 용기를 내어 객실 안으로 들어가서 손님에게 차를 마실 생각이 없는지 물어보려 했다. 바로 그 순간에 시계수리공, 테디 헨프리가 바에 들어섰다. "이런! 홀 부인, 얇은 장화로는 견딜 수 없을 만큼 지독한 날씨로군요!" 그가 말했다. 집 밖에선 눈이 점점 거세게 내렸다.

홀 부인은 그의 말에 동의했고, 그가 가져온 가방을 쳐다보며 문득 어떤 생각을 떠올렸다. "이제야, 오셨군요." 그녀가 말했다. "테디 씨, 객실에 걸린 낡은 괘종시계를 한번 봐주시면 고맙겠네요. 시간이 잘 가기도 하고, 보통은 종을 잘 치기도 하지만, 시침이 여섯 시에만 이르면 칠 줄을 몰라요."

그녀는 앞장서서 객실 문 앞까지 가로질러 가서는 노크를 하고 안으로 들어섰다.

그녀가 문을 열고 보니, 손님은 난로 앞에 놓인 안락의자에 앉은 채 붕대를 감은 머리를 한 쪽으로 기울이고서 조는 듯했다. 방 안의 빛이라고는 열린 문 사이로 스며들어오는 낮의 희미한 빛줄기와 난로에서 비치는 붉은 불빛뿐이었다. 그 불빛은 맞은편의 철도 신호처럼 그의 두 눈을 밝게 비추었다. 하지만 그의 침울한 얼굴은 어둠 속에 잠겨 있었다. 그녀의 눈에는 모든 것이 불그스레하고 어둠침침하고 희미했다. 바의 램프 불을 켜놓고 그 눈부신 곳에서 왔기 때문에 그녀의 두 눈에는 더 한층 깜깜했다. 그러나 잠시 그녀의 두 눈에 자신이 보던 남자의 딱 벌어진 거대한 입이 들어왔다. 믿을 수 없을 정도로 큰 입은 얼굴 아래쪽 전부를 집어삼킬 것만 같았다. 흰 천으로 감싼 머리, 괴물 같은 큼지막한 안경, 그리고 그 아래 커다랗게 벌린 거대한 입이 한순간 그에게서 받은 인상이었다. 바로 그 순간, 그는 몸을 움직여 의자에서 일어나더니 손을 올렸다. 그녀는 문을 활짝 열어 방 안이 훨씬 밝아지게 했다. 이제 그녀는 그의 모습을 좀 더 분명하게 볼 수 있었다. 그녀가 전에 보았던, 그가 냅킨을 잡았던 모습과 마찬가지로 그의 얼굴에는 목도리가 들러붙어 있었다. 그녀는 어두운 그림자가 자신을 속였던 것이라고 상상했다.

"손님, 이 사람이 시계를 좀 살펴볼까 하는데 괜찮겠어요?" 그녀는 순간적으로 느꼈던 충격에서 회복하면서 말문을 열었다.

"시계를 살펴본다고요?" 그는 졸린 듯한 표정으로 두리번거리면서 말했다. 그러곤 잠에서 완전히 깨어나서는 손으로 입을 가린 채 한마디 내뱉었다. "그렇게 하세요."

홀 부인은 램프를 가지러 나갔고 그는 일어서서 기지개를 켰다. 이윽고 램프 불빛으로 방 안을 밝힌 후 테드 헨프리가 들어오면서 붕대를 감은 손님과 마주쳤다. "깜짝 놀랐다"라는 자신의 말 그대로 그는 정말 깜짝 놀랐다.

"안녕하쇼." 이방인이 말했다. 헨프리가 그 이방인에 관해 언급한 말처럼 그는 "가재처럼" 어두운 광경을 또렷이 볼 수 있는 감각을 지니고 있었다.

"내가 무단 침입한 건 아니죠?" 헨프리가 말했다.

"상관없소." 이방인이 말했다. "물론 이 방은 나만의 전용 공간으로 알고 있소만." 그는 홀 부인에게 시선을 던지며 말했다.

"물론 그렇죠." 홀 부인이 말했다. "하지만 손님도 시계를?" 그녀는 "손보는 게 좋겠다고 생각하지 않으세요?"라고 말할 참이었다.

"물론," 이방인이 말했다. "물론이죠. 하지만, 평상시 난 누구에게도 방해받지 않고 혼자 있는 걸 좋아합니다."

"하지만, 시계를 손봐준다니 기쁘군요." 그는 다소 주저하는 표정의 헨프리를 바라보며 말했다. "아주 기분이 좋아요." 헨프리는 사과하고 물러날 작정이었지만 이방인이 건넨 말이 그를 안심시켰다. 이방인은 난로를 등지고 선 채, 양손으로 뒷짐을 지고 있었다. "그리고 곧, 그러니까 시계 수선이 끝나는 대로 차를 마시고 싶어요. 하지만 시계 수선이 끝나기 전에는 마시지 않겠어요."

홀 부인은 헨프리 씨 앞에서 손님에게 무시당하는 꼴을 보이기 싫어서 입을 다문 채 방에서 나가려 했다. 바로 그때, 손님이 브람블레허스트 역에 있는 짐들을 어떻게 처리했는지 물어보았다. 그녀는 집배원에게 얘기해놓았으니, 내일이면 운반공이 싣고 올 거라고 대답했다. "그것이 가장 빠른 방법이라 확신하나요?" 그가 말했다.

그녀는 확실하다는 듯이 냉담한 표정을 드러냈다.

"설명하자면, 전례 없이 추워 죽겠고 피로에 지쳤소만," 그가 말을 이었다. "난 실험 연구자입니다."

"정말 그러세요, 손님?" 홀 부인은 그의 말이 매우 인상적이라는 표정으로 말했다.

"그리고 내 짐에는 여러 기구와 장치 들이 들었소."

"손님께 매우 유용한 물건들이겠군요." 홀 부인이 말했다.

"물론, 나는 연구를 다시 시작하고 싶소."

"물론, 그러시겠죠."

"내가 아이핑으로 온 이유는 혼자 있고 싶어서였소." 그는 다소 진지한 표정으로 말을 이었다. "내 연구에 어떤 방해도 받고 싶지 않아요. 내 연구 말고도, 나는 사고를 당한 적이 있어……."

"그러리라 생각했어." 홀 부인이 혼잣말로 속삭였다.

"……외딴 곳에 있고 싶은 거요. 내 두 눈은 가끔 시력이 너무 약해지고 심한 통증을 일으키기 때문에 몇 시간이고 계속해서 어둠 속에만 있어야 해요. 그 때문에 가끔은 방 안에서 갇혀 지내야만 하지요. 물론 지금은 아니지만. 그럴 때 낯선 사람이 방 안에 들어온다거나 해서 나를 조금이라도 방해한다면, 나로서는 아주 심한 고통을 느낄 거요. 이 점을 좀 이해해주기 바랍니다."

"네, 걱정 마세요." 홀 부인이 말했다. "그런데 실례를 무릅쓰고 묻고 싶은 말이……."

"내 할 말은 이것으로 끝이오." 이방인이 말했다. 그렇게 그는 자기 멋대로, 단숨에 말을 삭둑 잘라 상대방이 말문을 닫을 수밖에 없는 분위기를 만들곤 했다. 홀 부인은 그에 대한 질문과 동정의 마음을 적당한 기회로 미루기로 했다.

홀 부인이 방에서 나간 후, 이방인은 난로 앞에 선 채, 헨프리의 말을 빌리면, 시계를 수선하는 것을 노려보았다. 헨프리는 시계 바늘과 문자판을 떼어냈고 태엽을 뽑아냈다. 그는 되도록이면 천천히, 있는 듯 없는 듯 조용하고 표시 안 나게 일했다. 헨프리는 램프를 곁에 두고 일했다. 푸른 갓 아래 램프는 그의 두 손, 시계의 본체와 휠에 화려한 불빛을 던지고 방 안의 나머지 부분을 어둠에 남겨놓았다. 그가 얼굴을 들었을 때, 다양한 빛깔의 파편들이 그의 두 눈동자 속에서 헤엄쳤다. 천성이 호기심이 많았던 그는 일의 진행을 지연시켜 이 이방인과 한마디 얘기라도 해볼 요량으로 불필요한 일인데도 시계 태엽을 떼어냈던 것이다. 그러나 이방인은 입을 다문 채 아무 말 없이 서 있었다. 얼마나 가만히 있던지 그 모습이 헨프리의 신경을 건드렸다. 그는 마치 방 안에 혼자 있는 것 같은 기분이 들었다. 그가 얼굴을 들어보니, 붕대를 감싼 머리와 자신을 뚫어지게 쳐다보는 거대한 푸른 안경알 한 쌍이 어슴푸레 눈에 들어왔다. 그 안경알 너머로 푸른 점들 같은 흐릿한 것이 어른거렸다. 헨프리에게 그 모습이 얼마나 섬뜩했던지 한동안 두 사람은 우두커니 서로를 응시했다. 그러곤 다음 순간, 헨프리는 고개를 아래로 떨어뜨렸다. 아주 거북한 상황이었다! 누구든 어떠한 말이라도 꺼냄직했다. 헨프리는 생각했다. '예년에 비해 날씨가 무척 춥죠'라고 말해볼까?

그는 그처럼 말의 실마리를 탄환으로 장전하고 표적을 겨누려는 듯 이방인을 올려다보았다. "날씨가……." 그가 말문을 열었다.

"일을 끝내고 나가시오." 빳빳한 형체가 말했다. 애써 분노를 억

누르는 기색이 완연했다. "당신이 할 일은 축에 시침을 고정시키는 것이잖소. 헛소리만 하고 있을 셈이오……."

"알겠습니다. 일 분만 더 주세요. 빠뜨리고 손보지 못한 게 있어서요." 헨프리는 일을 끝내고 밖으로 나와버렸다.

밖으로 나온 그는 매우 불쾌한 기분이 되었다. "빌어먹을 놈!" 헨프리는 눈이 녹아내리는 마을길을 따라 터벅터벅 걸어 내려가면서 중얼댔다. "사람이라면 때에 따라서 시계 수리도 해야 하는 법이지, 망할 놈."

그는 또다시 말을 내뱉었다. "사람인 이상 쳐다보는 게 어때서? 더러운 놈!"

그 정도로 양이 안 차는지 또다시 중얼거렸다. "별 이상한 놈이 다 있군. 경찰이 네놈을 지명수배했다고 해도 그 정도로 얼굴을 붕대로 싸매지는 않았을 거다."

그는 글리슨의 집 모퉁이에서 홀을 만났다. 홀은 이방인이 숙박하게 된 코치 앤 호시스 여관의 여주인과 최근에 결혼한 그녀의 남편이었다. 그는 가끔 사람들의 부탁이 있을 때면, 아이핑에서 마차를 몰고 시더브리지 환승역까지 갔다가 되돌아오곤 했다. 지금도 그 역에 갔다가 돌아오는 길에 헨프리를 만난 것이다. 마차를 모는 모양새로 보아, 그는 분명히 시더브리지에서 잠시 머물렀던 듯 보인다. "잘 있었나, 테디?" 그가 지나치면서 말했다.

"자네 집에 괴물이 묵고 있던데!" 테디가 말했다.

홀이 반가운 표정을 지으며 마차를 멈추었다. "그게 무슨 말인가?" 그가 물었다.

"괴상하게 생긴 손님이 코치 앤 호시스 여관에 숙박하고 있더군." 테디가 말했다. "맙소사!"

그는 계속해서 홀에게 괴상한 손님에 대한 얘기를 생생하게 들려주었다. "변장이라도 한 모양이야. 그렇지 않은가? 만일 그 자를 우리 집에 묵게 한다면, 나는 꼭 그 자의 얼굴을 확인하겠어." 헨프리가 말했다. "하지만 여자란 낯선 사람일수록 쉽게 믿거든. 그 자가 자네 방을 차지했어. 홀, 그 자는 자신의 이름조차 밝히지 않았다네."

"그런 말 하지 마!" 본래 이해가 더딘 사람인 홀이 말했다.

"그래, 어디 한번, 일주일만 지나보라고. 그 자의 정체가 뭔지는 몰라도, 일주일 내에 쫓아내기는 어려울걸. 게다가 그가 말하길, 내일이면 엄청난 짐이 들어온다는군. 홀, 짐 속에 돌이나 들어 있지 않으면 다행일 거야." 테디가 말했다.

그는 홀에게 어떻게 해스팅즈에 사는 자기 숙모가 빈 여행가방을 가진 낯선 자에게 사기를 당했는지 말해주었다. 요컨대, 그는 다소나마 홀이 의심을 갖게끔 말해주었다. "늙은 암말 놈아, 가자구나." 홀이 말했다. "내가 직접 알아봐야겠군."

테디는 울분을 가라앉히고 평정을 되찾은 채 터벅터벅 자기 길을 걸어갔다.

홀은 집으로 돌아오자 "이방인의 정체를 알아보기"는커녕 서더브리지에서 허비한 시간 때문에 아내에게 심한 잔소리를 들어야 했다. 그리고 그가 조심스럽게 묻는 말에는 퉁명스러운 답변만 날아올 뿐이었다. 말하자면 문제 될 게 없다는 애기였다. 이처럼 테디가 심어놓은 의심의 씨앗은 짓밟히면서도 홀의 마음속에서는 조금씩 발아했다. "당신 같은 여자가 뭘 안다고." 이렇게 말한 홀은 되도록이면 빠른 기회에 손님의 정체를 확인해보기로 마음먹었다. 9시 30분쯤 되어 이방인이 잠자리에 든 후, 홀은 아주 불만스런 표정으로 객실에 들어가서 그 이방인이 이 집의 주인이 아니라는 것을 보여주려는 듯 아내의 가구를 매서운 눈초리로 쳐다보았다. 그러곤 이방인이 남긴 수학 계산서 한 장을 다소 경멸이 섞인 눈초리로 면밀히 들여다보았다. 잠자리에 들기 전 그는 아내에게 내일 손님의 짐이 도착하거든 자세히 살펴보라고 일러두었다.

"홀, 당신 일이나 제대로 챙기지그래. 내 일은 내가 알아서 할 테니까." 홀 부인이 말했다.

그녀는 홀에게 더욱더 윽박지르고 싶었다. 사실 그녀도 그 이방인이 정말 이상한 인물이라는 것을 부정할 수 없었고, 마음속에서 그 자의 정체가 의심스럽다는 것을 느꼈기 때문이다. 한밤중에 그녀는 끝없이 길쭉한 목 끝에 달린, 무처럼 생긴 거대한 흰 머리 여럿이 엄청나게 큰 시커먼 두 눈을 번뜩이며 자기를 쫓아오는 꿈을 꾸다가 잠에서 깨어났다. 그러나 분별력이 있었던 그녀는 두려움을 가라앉히고 몸을 뒤척이며 다시 잠을 청했다.

3 엄청난 숫자의 병

결국 해빙이 시작된 2월 29일에 문제의 그 이상한 남자는 알 수 없는 세계에서 아이핑 마을로 들어와 자리 잡게 되었다. 다음날 그의 짐이 진창길을 거쳐 도착했다. 그의 짐은 정말 특별했다. 보통 사람이면 가지고 있을 만한 트렁크 두 개 외에도 책 상자 하나 — 크고 두툼한 책들이었는데, 그 중에는 이해할 수 없는 필적의 책들도 있었다 — 와 짚으로 꾸린 물건들이 든 나무 궤짝 십여 개, 상자, 용기 따위가 있었다. 그저 우연히 생긴 호기심에 이끌려 홀의 눈길이 그 짚으로 꾸린 물건에 갔다. 아마도 그 물건은 유리병인 듯 보였다. 모자를 눌러쓰고 외투를 입고 장갑을 끼고, 붕대로 감싼 그 이방인은 피어렌사이드의 마차를 맞이하려고 초조한 마음으로 바깥으로 나왔다. 그사이에 홀은 짐을 들여놓는 데 도움이 될 만한 몇 마디 잡담을 늘어놓았다. 밖에 나와 있던 이방인은 피어렌사이드의 개가 있는 걸 눈치채지 못했다. 녀석은 마치 미식가라도 되는 양 홀의 두 다리에 코를 갖다 대고 킁킁거렸다. "이 상자들을 들고 따라오시오." 이방인이 말했다. "나는 너무 오래 기다렸소."

그러곤 그는 계단을 내려와서 조금 더 작은 나무 궤짝에 손을 대려는 듯 마차 뒤쪽으로 다가서려 했다.

피어렌사이드의 개가 그 이방인을 보자마자 털을 곤두세우고 사납게 으르렁거렸다. 그러곤 손님이 계단을 뛰어내리자 무턱대고 껑충 뛰어 곧바로 손님의 손을 덮쳤다. "이놈을 후려갈겨!" 홀은 고함을 치면서도, 화가 난 개에게 자신이 없었던지 뒤로 펄쩍 뛰며 물러섰다. 피어렌사이드가 "가만히 앉아!" 하고 고함치면서 채찍을 거머쥐었다.

그들은 개의 이빨이 이방인의 손을 놓아주는 걸 보았고 개가 걷어차이는 소리를 들었다. 이제 개는 이방인의 옆으로 도약하더니 그의 다리를 정확하게 물어뜯었다. 그 순간 바지가 찢기는 소리가 들렸다. 그러자 피어렌사이드의 가느다란 채찍 끄트머리가 개를 후려쳤다. 개는 어쩔 줄 모르는 듯 깽깽거리며 마차 바퀴 뒤로 기어 들어갔다. 불과 삼십 초 사이에 일어난 일이었다. 모두 말은 못 하고 고함만 쳤다. 이방인은 재빨리 찢긴 장갑과 다리를 훑어보고는 다리 쪽으로 상체를 굽히는 듯하더니 몸을 돌려 쏜살같이 계단을 뛰어 올라 여관 안으로 들어갔다. 나머지 사람들은 그 이방인이 허둥지둥 통로를 가로질러 양탄자 없는 맨계단을 뛰어 올라 침실로 가는 소리를 들었다.

"이 잔인한 놈아!" 피어렌사이드는 채찍을 손에 든 채 마차 밑으로 몸을 기울이며 말했다. 그동안 개는 바퀴살을 통해 그를 쳐다보고 있었다. "이리 와!" 피어렌사이드가 말했다. "좋은 말로 할 때 나오는 게 좋을 거야."

홀은 입을 딱 벌린 채 서 있었다. "손님이 물렸으니, 따라가 봐야겠군." 홀이 말했다. 그러곤 재빨리 이방인을 뒤따라 갔다. 그는 통로에서 아내를 만났다. "마부의 개 말이야." 그가 말했다. "놈이 손님을 물었어."

그는 당장 이층에 올라가 반쯤 열린 이방인의 방문을 밀고 아무런 인기척도 없이 들어갔다. 그것은 동정 어린 마음에서 자연스럽게 나온 행동이었다.

블라인드를 내린 실내는 어두웠다. 홀은 생전 처음 보는 괴상한 것을 흘끗 쳐다보았다. 손 없는 팔처럼 보이는 무언가가 그를 향해서 흔들렸고, 파리한 팬지꽃을 빼닮은, 흰 바탕에 거대한 크기의 어렴풋한 반점 세 개가 있는 얼굴이 보였다. 순간 그는 가슴팍에 거센 공격을 받고 뒤로 나자빠졌고, 그의 얼굴 앞에서 문이 쾅 하고 닫히더니 잠겨버렸다. 순식간에 일어난 일이기에 그는 정확히 볼 여유가 없었다. 그 실체를 알 수 없는 형상들이 손짓을 하더니, 주먹이 날아왔고, 그는 나자빠진 것이다. 그는 어둡고 좁은 계단참에 서서 자신이 목격한 것이 무엇인지 의아해했다.

이 분쯤 후에 그는 코치 앤 호시스 여관 바깥에 모인 몇몇 사람들 틈에 다시 끼어들었다. 피어렌사이드는 문제의 사건에 관한 얘기를 두 번째로 반복하는 중이었다. 홀 부인은 피어렌사이드의 개가 자기 손님을 물어서는 안 되는 일이었다고 말했다. 길 너머 잡화상점 주인 헉스터는 미심쩍어했고, 대장장이, 샌디 와저즈는 나름대로 판정을 했다. 그 밖에도 남녀노소 할 것 없이 모두가 바보 같은 말들을 늘어놓았다. "놈이 나를 물도록 내버려두지는 않을 테야." "저런 개를 데리고 있으면 안 되지." "한데 왜 저 개가 물었지?" 등등.

홀은 계단에서 그들을 내려다보며 귀를 기울였다. 그는 이층에서 목격한 아주 괴상한 일이 믿어지지 않았다. 더욱이 그의 어휘로 그 놀라운 인상을 표현하기에는 너무 큰 한계가 있었다.

"도움은 필요 없다더군." 아내의 질문에 그가 대답했다. "그의 짐을 집 안으로 들여놓읍시다."

"그 사람, 당장에 치료를 받아야 할 텐데." 헉스터가 말했다. "더군다나 염증이 생기기라도 한다면,"

"나라면 그 사람에게 주사라도 놔주겠어. 당연히 그래야지." 그들 중에 한 부인이 말했다.

갑자기 개가 또다시 으르렁거렸다.

"자, 빨리 빨리." 성난 목소리가 현관에서 들려왔다. 그곳에는 붕대를 감싼 이방인이 칼라를 추켜세우고 모자챙을 아래로 잡아당긴 채 서 있었다. "그 짐을 빨리 안전한 곳에 들여놓았으면 좋겠소." 이방인의 바지와 장갑이 바뀌었다고 이름 모를 한 구경꾼이 말했다.

"다치셨나요? 개가 한 짓은 정말 사과드립니다." 피어렌사이드가 말했다.

"괜찮소. 살은 멀쩡해요. 서둘러 이 짐들을 옮겨주시오." 이방인이 말했다.

그렇게 말하곤 그는 혼잣말로 욕설을 내뱉었다. 그것은 홀의 증언이었다.

이방인의 지시에 따라 곧바로 첫 번째 궤짝이 객실로 운반되었다. 이방인은 기다렸다는 듯이 무척 흥분된 마음으로 그 궤짝으로 덤벼들더니, 홀 부인의 양탄자는 아랑곳하지 않고 여기저기 짚을 흐트러뜨리며 풀기 시작했다. 그러고는 궤짝 안에서 다양한 병들을 끄집어냈다. 분말이 든 작고 볼록한 병들, 갖가지 색깔의, 또 흰색의 액체가 든 작고 길쭉한 병들, '독약'이란 표지가 붙은 가늘고 긴 푸른색 병들, 몸체가 둥글고 목이 길쭉한 병들, 커다란 푸른 유리병들, 커다란 흰 유리병들, 유리 마개로 막히고 희미한 표지가 붙은 병들, 좋은 코르크로 막아놓은 병들, 그 밖의 다양한 마개로 막아놓은 병들, 나무 뚜껑으로 닫아놓은 병들, 포도주 병들, 샐러드 기름 병들. 이 병들을 서랍장, 선반, 창에 가까운 테이블, 바닥 여기저기, 책꽂이 등을 포함하여 놓을 수 있는 곳은 그 어디에든 줄지어 늘어놓았다. 브람블레허스트에 있는 약국의 병들도 이 늘어놓은 병들에 비하면 반도 되지 못할 것이다. 대단한 광경이었다. 궤짝 하나가 개봉된 후, 짚에 엮인 궤짝들이 줄지어 개봉되었다. 이 궤짝들에서 병 말고 나온 것은 무수한 시험관과 정성껏 포장된 저울뿐이었다.

그 궤짝들을 풀자마자 이방인은 창가로 가서 일을 시작했다. 어질러놓은 짚이나 꺼진 불은 물론이고 밖에 있는 책 상자나 이층에 옮긴 트렁크 그리고 그 밖의 짐에 대해서는 조금도 신경 쓰지 않았다.

홀 부인이 음식을 들고 그에게 갔을 때, 그는 벌써 병에서 시험관으로 약물을 조금씩 똑똑 떨어뜨리고 있었는데, 완전히 일에 빠진 듯, 그녀가 짚 더미를 치우고 방바닥에 어질러놓은 꼴을 보고는 다소 화가 나서 알아들으라는 듯이 쟁반을 테이블에 탕 하고 요란하게 놓을 때까지 아무 소리도 듣지 못한 모양이었다. 그는 반쯤 머리를 돌리더니 다시 제 일에 열중했다. 그러나 그녀는 이방인이 안경을 벗은 모습을 보고 말았다. 그 안경은 그 옆 테이블에 놓였고 그녀의 눈에 비친 이방인의 눈구멍은 유별나게 텅 비어 있었다. 그는 다시 안경을 끼더니, 몸을 돌려 홀 부인을 쳐다보았다. 그녀는 방바닥에 널어놓은 짚에 대해 불평을 하려 했다. 그 순간 그는 그녀가 하려는 말을 눈치챈 듯했다.

"노크 없이 들어오지 않았으면 좋겠소." 그는 이미 자신의 특징이 되다시피 한 매우 화난 목소리로 말했다.

"노크를 했지만 언뜻 보기에……."

"노크를 했는지 모르지만 내 연구, 정말 시급하고 중대한 내 연구에는 문이 열리는 등의 사소한 방해조차도 곤란하오. 제발 부탁하건대……."

"물론, 손님께서 그러시다면 자물쇠로 잠가두셔도 좋아요. 언제라도 말이에요."

"아주 좋은 생각이군요." 이방인이 말했다.

"이 어질러놓은 짚 말예요. 실례를 무릅쓰고 말씀드리는데……"

"아무 말 마시오. 짚이 문제라면 그에 대한 배상 금액을 계산서에 적어놓으시오." 이 말과 함께 그는 그녀에게 뭐라고 중얼거렸다. 그것은 욕설이 아닌지 의심스러웠다.

괴팍스러운 그는 매우 화가 난 듯 험악한 인상으로 한 손에는 병을 들고 한 손에는 시험관을 든 채 서 있었다. 그의 그런 모습을 보자 홀 부인은 등골이 오싹해졌다. 그러나 그녀는 대담한 여자였다.

"정 그렇다면, 손님의 생각을 알고 싶군요……."

"1실링. 1실링이라고 적어둬요. 그 정도면 충분하겠죠?"

"그 정도면 됩니다. 물론, 손님께서 좋으시다면요." 홀 부인은 식탁보를 집어 들어 식탁 위에 펼치며 말했다.

그는 그녀의 시선을 피하려 외투의 칼라를 추켜올린 채, 몸을 돌려 앉았다.

오후 내내 그는 문을 잠근 채 일을 했다. 그리고 홀 부인이 증언한 바로는 거의 말이 없었다 한다. 그러나 한 번은 테이블에 무언가가 부딪히기라도 한 듯 병들이 서로 부딪치며 진동하고 한꺼번에 울리는 소리가 났고, 세차게 집어던진 병 하나가 깨지는 소리가 났다. 그리고 곧이어 재빠르게 방 안을 가로지르는 듯한 발소리가 들렸다. "무슨 일이 벌어진 게 아닐까" 마음을 졸이며 그녀는 문 쪽으로 가서 노크할 생각은 접고 귀를 기울였다.

"더는 할 수 없어." 그는 울부짖었다. "이제 더는 할 수 없다고. 삼십 만, 사십 만! 셀 수 없을 만큼 시도했어! 속은 거야! 한평생을 잡아먹을 작정이야! 인내! 정말 인내뿐인가! 멍청이에다 거짓말쟁이!"

바의 벽돌 바닥에서 구두 징 소리가 났다. 홀 부인은 손님의 독백을 끝까지 듣지 못하고 마지못해 그 자리를 떠났다. 그녀가 다시 그 방으로 돌아왔을 때는 조용해져 있었고, 다만 의자가 삐걱거리는 소리와 간헐적으로 병이 부딪히는 땡그랑 소리가 나지막이 들렸다. 이제 완전히 조용해졌다. 이방인은 연구를 재개한 것이다.

홀 부인이 차를 들고 들어갔을 때 그녀의 두 눈에는 방의 한쪽

구석 오목 거울 밑의 깨어진 유리와, 대충 닦아낸 듯한 금빛 얼룩이 들어왔다. 그녀는 저게 뭐냐고 소리를 질렀다.

"계산서에 적어두시오." 그녀의 손님이 거칠게 말을 내뱉었다. "제발 내게 성가시게 굴지 마시오. 손해를 본 게 있으면 계산서에 적어두시오." 이렇게 말하곤 그는 자기 앞에 놓인 연습장에 있는 목록을 다시 점검하기 시작했다.

"자네에게 말해줄 게 있어." 피어렌사이드는 알쏭달쏭한 표정으로 말했다. 때는 늦은 오후였고 그들은 아이핑 행거의 자그만 맥줏집에 있었다.

"무슨 얘긴데?" 테디 헨프리가 말했다.

"내 개한테 물린, 지금 자네가 말한 그놈 말이야. 글쎄, 그놈은 깜둥이라고. 적어도 두 다리는 그렇다니까. 난 바지와 장갑이 찢어진 틈으로 봤어. 당연히 불그레한 살결이 보였어야 하지 않겠어? 그런데 말이야, 아무것도 보이지 않았어. 새까맣기만 하더군. 내 모자처럼 그의 살결은 새까맸어."

"이럴 수가!" 헨프리가 말했다. "정말 괴상한 일인데. 그럼, 어째서, 그 자의 코는 페인트를 칠한 듯 분홍색이냔 말이야!"

"그래, 맞아." 피어렌사이드가 말했다. "나도 그걸 알아. 내 생각을 말해보지. 테디, 그 남자는 얼룩말 같다니까. 여기저기가 검고 하얗다고. 마치 조각조각 붙인 것만 같거든. 그 자에겐 그것이 수치스러운가 봐. 그 자는 일종의 혼혈인데, 피부색이 혼합된 것이 아니라 누더기처럼 덕지덕지 생기게 된 거야. 난 전에도 그런 걸 들어

본 적이 있어. 그런 현상은 누구나 다 알다시피, 말에게 흔하게 생길 수 있는 일이지."

4 커스, 이방인을 방문하다

그의 행동에서 보인 기묘한 인상을 독자에게 이해시키기 위해서 나는 이 이방인이 아이핑에 도착한 정황에 대해 어느 정도 상세하게 언급했다. 그러나 두 가지 기묘한 사건을 제외하고 이제 그가 마을 공동체의 특별한 축제날까지 여관에서 숙박한 정황에 대해서는 아주 무성의해 보일지 모르지만 생략해야 할 것 같다. 그는 그 집 안에서 일반적으로 통하는 질서와 관련해서 홀 부인과 수없이 사소한 충돌을 일으켰다. 그러나 돈이 떨어질 첫 징조가 나타나기 시작한 4월 하순경까지 그는 추가로 변상을 하겠다는 손쉬운 구실로 홀 부인을 꼼짝 못하게 만들곤 했다. 홀은 애초부터 그를 좋아하지 않았다. 그래서 기회가 있을 때마다 그를 쫓아낼 적기에 대해 말하곤 했다. 하지만 홀은 주로 손님에 대한 혐오감을 겉으로는 가식적으로 숨기면서 되도록이면 그를 피하는 것으로 그 혐오감을 표현했다. "여름철, 화가들이 찾아오기 시작할 때까지 기다려보자고." 홀 부인이 신중하게 말했다. "그때면 알 수 있겠지. 그 사람이 다소 거만하긴 하지만 돈 계산만큼은 정확하잖아. 당신이 무슨 말을 하고 싶어 하든 그건 사실이야."

이방인은 교회에 다니지 않았고 옷도 일요일과 평일이 별반 다를 바가 없었다. 홀 부인이 생각한 바대로 그는 기분이 내키는 대로 일정하지 않게 일했다. 어떤 날은 아침 일찍 일어나 쉬지 않고 일하는가 하면, 어떤 날은 늦게 일어나 큰 소리를 내며 몇 시간 동안이나 안절부절못하고 방을 이리 저리 왔다 갔다 하거나 담배를 피워대거나 난로 옆 안락의자에 몸을 맡긴 채 잠에 빠져들곤 했다. 그는 이 마을 외부 세계와 어떠한 소통도 일절 하지 않았다. 그의 성미는 매우 변화가 심했다. 대체로 그의 태도는 참을 수 없는 분노 때문에 고통을 받는 사람 같았고, 그의 폭력성이 돌발적으로 폭발하기라도 하면, 한두 차례 물건들을 던지고 찢고 박살내고 깨고 하는 것이었다. 그는 아주 격렬한 분노에 만성이 된 듯 보였다. 낮은 음성으로 혼자서 중얼대는 습관을 점점 자주 보였으나, 홀 부인은 신경 써서 귀를 기울여도 자신이 들은 말이 도무지 무슨 소린지 이해할 수 없었다.

그는 낮에는 거의 외출하지 않았다. 그러나 황혼이 질 무렵이면 날씨야 춥든 말든 빈틈없이 붕대로 칭칭 감싸고 외출하곤 했다. 그리고 그는 가장 인적이 드문 오솔길과, 숲과 기슭의 가장 어둡게 그늘이 진 곳을 택해 다녔다. 모자챙 아래의 잠수 안경과 붕대로 싸맨 소름 끼치는 얼굴은 집으로 가던 일꾼 한두 명 앞으로 어둠 속에서 불쑥 튀어나오기도 했다. 어느 날 밤, 아홉 시 반에 스칼릿 코트에서 허둥지둥 나오던 테디 헨프리는 술집의 열린 문에서 갑작스럽게 새어 나온 빛에 환하게 드러난 이방인의 해골 같은 머리(그는 모자를 손에 든 채 걷고 있었다)를 목격하고는 창피할 정도로 깜짝 놀랐다. 그처럼 땅거미가 진 후에 이 이방인을 본 아이들은 도깨비 꿈을 꾸었다. 그리고 그 이방인이나 아이들 중 어느 편이 상대방을 더 싫어했는지는 몰라도 서로가 상대방을 아주 싫어한다는 것만은 틀림없어 보였다.

괴상한 외모에 유별난 거동을 보이는 사람이 아이핑 같은 마을에서 빈번하게 입방아에 오르는 건 피할 수 없는 일이었다. 그 이방인의 직업에 관한 사람들의 견해는 여러 방향으로 갈라졌다. 홀 부인은 그 점에 민감했다. 그녀는 사람들에게 질문을 받을 때면, 함정에 빠질까 봐 두려워하는 사람처럼 한마디 한마디를 아끼며 그 이방인은 실험을 하는 연구가라고 매우 조심스럽게 설명했다. 그가 무엇을 실험하는 연구가인지 질문을 받으면, 그녀는 잘난 체를 하며, 매우 유식한 사람들만이 그 사실을 이해할 수 있고, 따라서 그런 사람들만이 "그가 발견한 것들"을 설명할 수 있다고 말하곤 했다. 그녀는 그 손님은 사고를 당해 일시적으로 얼굴과 손이 변색되었고, 워낙 예민한 성격이라 그런 사실로 세인의 눈길을 끄는 것을 무척 싫어한다고 말했다.

홀 부인의 귀에 닿지 않는 곳에서는 이런 견개가 널리 퍼지기도 했다. 그 이방인이 경찰의 눈을 피해 완전히 숨으려 몸을 붕대로 싸맨 것이고, 그렇게 해서 법망에서 빠져나가려는 범인이라는 얘기였다. 이 생각은 테디 헨프리의 머리에서 나온 것이었다. 2월 중순이나 하순까지 알려진, 큰 범죄 사건은 전혀 없었다. 국립학교 견습 조교인 고울드가 상상력을 발휘해 공들여 짜낸 가설에 따르면, 그 이방인은 변장한 무정부주의자로서 폭발물을 만드는 중이고, 시간이 허락하는 대로 성능을 테스트하려는 계획을 가지고 있을지도 모른다는 거였다. 사람들의 이런 생각은 대부분 사람들이 이방인을 만날 때마다 그를 유심히 관찰하는 것이나 아니면, 그를 한 번도 본 적이 없는 사람들에게 그에 관해 유도 심문을 하는 것에 표명되어 있었다. 그러나 그는 아무것도 눈치채지 못했다.

또 하나의 견해는 피어렌사이드의 머릿속에서 나온 얼룩말 가설을 수용한 것이거나 아니면, 그것을 다소 수정한 것이었다. 이를테면, 실라스 듀간 같은 이는 "그 사람이 시장터에서 구경거리가 되는 길을 선택했다면, 단번에 큰돈을 벌었을 텐데"라고 말하며, 자신이 마치 일종의 신학자이기라도 한 듯, 그 이방인을 한 달란트 [〈마태복음〉(25장 14절~30절). 주인이 타국에 가면서 종들을 불러 각각의 재능에 따라 금 다섯 달란트를, 두 달란트를, 한 달란트를 맡기고 떠났다. 두 종은 자신이 받은 돈으로 열심히 일해 두 배로 불렸는데, 한 달란트를 받은 종은 그 돈을 땅에 묻어두었다. 주인은 돌아와서 두 종에게는 칭찬을 아끼지 않았지만, 한 달란트를 주었던 종은 주었던 한 달란트마저 빼앗고 내쫓았다. 여기서 돈의 단위인 달란트(talent)는 재능이나 하나님이 준 임무를 의미한다]를 지닌 사람에 비유했다고 한다. 그 밖에 또 하나의 견해는 이방인을 악의 없는 미치광이로 보아, 전체적인 문제를 설명했다. 이 견해야말로 모든 것을 간단하게 설명해준다는 장점이 있었다.

이처럼 주요한 견해들을 수용하는 사람들 사이에는 확신하지 못하고 마음이 흔들리는 사람들이 있는가 하면 여러 견해를 절충하는 사람들이 있었다. 서섹스 지방 사람들은 미신을 신봉하지 않았다. 그랬기에 4월 초에 이르러 몇몇 사건을 겪고 나서야 처음으로 초자연적인 것에 대한 견해가 마을에 조금씩 퍼졌다. 하지만 그때도 그런 소문을 믿는 사람은 여자들뿐이었다.

그러나 그 이방인에 대해 어떤 생각을 하든 간에 아이핑 사람들 모두가 그를 싫어한다는 사실만은 대체로 일치했다. 그의 과민한 성격은 도시의 정신 노동자는 이해할 수 있는 것인지 몰라도 조용한 이곳 서섹스 마을 사람들에게는 놀랄 만한 것이었다. 이따금씩 그들을 놀라게 하는 광적인 몸짓, 조용한 마을 한 켠에 있는 사람들에게 자신의 존재를 알리며 황혼이 진 후에 허둥지둥 걷는 짓, 호기심에 망설이며 다가갈 때면 여지없이 반응해오는 비인간적인 위협, 어스름한 상태를 좋아하는지 문을 닫고 블라인드를 내리고 촛불이나 램프 불을 끄고 있는 것. 그 누군들 이런 짓을 계속하는 것에 공감할 수 있겠는가? 이방인이 마을을 내려갈 때면 사람들은 옆으로 비켜서고 그가 지나가고 나면 어린 장난꾸러기들은 그의 불가사의한 거동을 모방하여 코트 칼라를 세우고 모자챙을 잡아당기고 신경질적으로 걷는 몸짓을 흉내내곤 했다. 그때는 〈부기맨〉[서양 전설에 나오는 벽장 속 귀신]이라는 노래가 유행할 정도였다. 스태첼 부인이 학교 음악회에서 (교회 램프 불의 도움을 받으며) 이 노래를 부른 뒤로는 마을 사람들 한두 명이 함께 모여 있을 때 이방인이 나타나면 언제나 가락이 약간 높거나 낮은 휘파람 한두 소절이 그들 사이에서 흘러나오곤 했다. 뒤늦게 어린아이들도 그의 뒤를 쫓으며 "부기맨!"을 불러대다가는 우쭐한 기분으로 몸을 떨면서 도망치곤 했다.

일반 개업의인 커스는 호기심에 사로잡혔다. 이방인이 감싼 붕대가 그의 직업적 호기심을 자극했다. 무수한 병(甁)들에 관한 소문이 그의 질투심을 자아냈다. 그는 4월과 5월 내내 이방인과 얘기할 기회만 노렸다. 그러던 중 마침내 성령강림절 주간이 가까워오자 그는 더는 참지 못하고, 마을의 간호사를 위한 기부금 명부를 구실 삼아 이방인을 만나보기로 했다. 그는 홀이 자기 집에 기거하는 손님의 이름조차 모른다는 것을 알고 놀랐다. "그가 이름을 얘기하긴 했어요." 홀 부인은 아무 근거 없는 말을 했다. "하지만 정확히 듣지를 못했어요." 그녀는 자신까지 이방인의 이름을 모르는 것이 너무 어리석게 여겨질 것이라 생각했던 것이다.

커스는 객실 문을 두드리고 나서 안으로 들어갔다. 안에서 투덜거리는 소리가 제법 크게 들렸다. "이렇게 난데없이 들어와서 미안합니다." 커스가 말했다. 그러곤 문을 닫았다. 그래서 홀 부인은 나머지 대화를 알아들을 수 없었다.

그 뒤로 그녀는 십 분에 걸쳐 중얼거리는 목소리를 들을 수 있었다. 그러곤 놀란 사람의 입에서 터져 나오는 외침과 요란한 발소리, 의자 던지는 소리, 한바탕 웃음소리와 재빨리 문 쪽으로 걷는 발소리가 들리더니 커스가 나타났다. 두 눈을 번뜩이며 어깨너머로 돌아보는 그 얼굴은 창백했다. 그는 등 뒤로 문을 열어둔 채 그곳을 떠나, 홀 부인은 쳐다보지도 않고 마루를 성큼성큼 가로질러 계단을 내려갔다. 그녀는 그가 서둘러 길을 따라 걸어가는 소리를 들었다. 그는 손에 모자를 들고 있었다. 그녀는 바로 문 앞에 서서 열린 객실 안을 들여다보았다. 그러자 그녀의 귓가에는 이방인이 조용히 비웃는 소리가 들려왔고, 곧이어 그의 발소리가 방을 가로질러 다가왔다. 그녀가 선 위치에서는 그의 얼굴을 볼 수 없었다. 순간 객실 문이 꽝 하고 닫히더니, 그곳은 다시 조용해졌다.

커스는 곧장 마을길을 올라가 목사인 번팅에게 갔다. "제가 미쳤나요?" 커스는 조그마한 낡은 서재에 들어서면서 난데없이 말했다. "제가 미친 사람처럼 보이나요?"

"무슨 일이 있었소?" 목사가 다음번 설교를 위해 펼쳐둔 종이 위에 암모나이트를 올려두면서 말했다.

"여관에 있는 그놈이……."

"그가 어떻다는 거요?"

"마실 것 좀 주세요." 커스가 주저앉으며 말했다.

커스는 값싼 셰리주 — 고결한 목사가 즐기는 유일한 술인 — 한 잔으로 정신을 차리고 나서 자기가 방금 이방인을 만나 겪은 상황을 목사에게 말했다.

"들어갔죠." 커스는 헐떡이며 말했다. "그러곤 간호사 기금을 위한 기부를 청했지요. 제가 들어가니 그 녀석은 주머니에 양손을 집어넣은 채 의자에 풀썩 주저앉더군요. 그러곤 코를 훌쩍이더군요. 저는 그가 과학적인 것에 관심 있어 한다는 것을 들었노라고 말했죠. 그 자가 그렇다고 대답했어요. 그러곤 또다시 코를 훌쩍거리더군요. 계속해서 훌쩍거렸어요. 최근에 지독한 감기에 걸린 게 틀림없었어요. 어쩐지 그처럼 몸을 붕대로 싸매고 있더라니! 저는 간호사에 대한 생각을 밝히고는 내내 두 눈을 부릅뜨고 그 방 이곳저곳을 살펴보았어요. 사방에 화학 약품 병들이 보이더군요. 또한 저울, 스탠드에 꽂힌 시험관이 보였고 달맞이꽃 향기가 나더군요. 기부 서명을 부탁했더니, 생각해보겠다고 했어요. 저는 지금 연구 중이냐고 솔직하게 물었죠. 그는 그렇다고만 대답했어요. '연구는 오래 걸리나요?'라는 물음에는 몹시 짜증을 냈어요. '지긋지긋하게 오래 걸리오.' 그는 이렇게 말하고는 코르크 마개를 뽑아냈어요. '아아' 하고 저는 말했죠. 그러자 그 자가 불평을 늘어놓았어요. 그 자는 이미 화가 나 있었는데, 제 질문이 그의 화를 부추긴 모양입니다. 그 자는 처방전을 받은 모양인데, 무엇에 대한 처방인지 말하지 않았지만, 아주 귀중한 처방인 듯했어요. '그건 의약용인가요?'라고 물었죠. 그는 '빌어먹을! 도대체 당신 속셈이 뭐요?'라고 말하더군요. 저는 사과했어요. 그러자 그 자는 다소 점잖게 코를 훌쩍거리고 기침을 하더니, 다시 연구를 시작했어요. 그 자는 처방전을 읽었어요. 다섯 가지 성분이었죠. 그 자는 그 처방전을 내려놓고는 머리를 돌렸어요. 그런데 그 순간 창밖에서 바람이 휙 불어오면서 종이가 날리고 말았어요. 휙휙, 살랑살랑하는 소리와 함께 종이가 날렸어요. 그 자는 난롯불을 피운 방 안에서 연구하고 있었다고 말했죠. 결국 그 순간 불꽃이 보였고, 처방전은 불이 붙은 채 굴뚝으로 올라가려 했어요. 그 처방전이 굴뚝 위로 사라지려는 순간, 그 자는 그것을 향해 잽싸게 뛰어갔어요. 바로 그랬어요! 그 자의 얘기를 설명하자면, 바로 그 순간에, 그 자가 팔을 쭉 내밀었어요."

"그래서요?"

"손이 없었어요. 텅 빈 소맷자락뿐이었죠. 아아! '기형이로구나!' 그런 생각이 뇌리를 스치더군요. '코르크 마개를 잡아 뽑은 걸 보면 팔이 있을 텐데' 하고 생각했죠. 그런 점에서 정말 이상하다는 생각이 들더군요. 소매 안에 아무것도 없었다면, 도대체 무엇이 그 빈 소매를 움직여 코르크 마개를 열게 했을까요? 목사님, 소매 속에는 아무것도 없었다고요. 소매 밖으로도 아무것도 없었어요. 저는 팔꿈치까지 정확히 볼 수 있었는데, 옷이 찢어진 틈 사이로는 어렴풋한 빛만이 한 줄기 비쳤어요. '이럴 수가!' 순간 제 입에서 튀어나온 말이었어요. 그러자 그 자가 멈칫했어요. 그 거대한 검은 잠수 안경 너머로 저를 응시하더니, 자신의 소매를 쳐다보더군요."

"그래서요?"

"그게 전부예요. 녀석은 아무 말 없이 쏘아보더니, 소매를 잽싸게 주머니에 집어넣었어요. '내 처방전이 불타고 있었다고 하지 않았소. 안 그렇소?' 그가 말을 마치고는 무슨 말이라도 듣고 싶은 듯 헛기침을 내뱉었어요. '도대체 어떻게 텅 빈 소매만으로 그처럼 움직일 수 있지요?' 제가 물었죠. '빈 소매를?' '네, 텅 빈 소매 말입니다.' 제가 그렇게 말했어요.

'빈 소매지. 그렇지? 당신은 그게 빈 소매인 걸 봤군그래?' 이렇게 말하고 그 자는 곧장 일어났어요. 저도 일어났죠. 그는 천천히 제 쪽으로 세 걸음을 옮기더니, 바로 제 앞에 섰어요. 그러곤 지독하게 코를 훌쩍거리더군요. 목사님이든 누구든, 그 자처럼 얼굴을 붕대로 싸맨 두루마리 장님이 조용히 다가온다면, 기겁을 하지 않을 사람이 없겠죠. 저 역시 죽었구나 생각했지만, 그 자리에서 꽁무니를 빼지는 않았어요.

'그게 빈 소매라고 말했소?' 그 자가 묻더군요. '분명해요.' 제가 대답했죠. 그러자 그 자가 아주 조용히 다시 주머니에서 소매를 끄집어내어 한 번 더 제게 보여주려는 듯이 제 쪽으로 자기 팔을 들어 올렸어요. 그 자는 아주 아주 천천히 그렇게 하더군요. 저는 마냥 쳐다볼 뿐이었죠. 한 시대가 지나가는 것처럼 긴 순간이더군요. '어찌 이런 일이? 그 속에 아무것도 없군요.' 저는 헛기침을 하고 나서 말했어요. 그러곤 다시 무슨 말이라도 해야 할 텐데, 점점 소름이 돋더군요. 전 그걸 바로 눈앞에서 쳐다볼 수 있었어요. 그자는 자신의 소맷부리와 제 얼굴과의 거리가 15센티미터만큼이나 좁혀질 때까지 그 텅 빈 소매를 아주 천천히 — 손쉽게 — 제 앞으로 곧장 내밀었어요. 그처럼 텅 빈 소매가 눈앞까지 다가오는 걸 보고 있는 건 정말 기묘한 일이에요! 그러곤 다음 순간……."

"어쨌다는 거요?"

"정확히 손가락 같은 것, 꼭 엄지손가락처럼 느껴지는 것이 제 코를 잡아당겼어요."

번팅이 웃어댔다.

"내 코를 잡은 그곳엔 아무것도 없었다고요!" 커스가 말했다. 그의 목소리는 커졌고 "없었다고요"라는 말에 이르자 비명으로 바뀌었다. "목사님에겐 웃기는 얘기로 들리겠지만, 정말 저는 깜짝 놀랐어요. 순간 저는 너무 놀란 나머지 그 녀석의 소맷부리를 거세게 후려치고 뒤돌아 방에서 뛰쳐나왔어요. 그 녀석에게서 도망친 거죠."

커스는 말을 멈췄다. 그가 공포에 사로잡혔음은 확실해 보였다. 그는 부자연스럽게 몸을 돌리더니, 덕망 높은 목사의 싸구려 셰리주를 두 잔째 들이켰다.

"제가 녀석의 소맷부리를 후려쳤을 때, 꼭 진짜 팔을 치는 느낌이었어요!" 커스가 말했다. "팔은 없었는데 말입니다! 팔의 유령조차 없었어요!"

번팅은 커스의 얘기를 곰곰이 생각해보았다. 그는 의심스러운 눈초리로 커스를 쳐다보았다. "난생 처음 들어보는 얘기로군요." 그가 말문을 열었다. 그런 그의 모습은 매우 지혜롭고 정말 진지해 보였다. "정말 처음 들어보는 얘기예요." 번팅은 마치 법관처럼 강한 어조로 말했다.

5 목사관에 침입한 강도

목사관에 침입한 강도 사건의 진상은 주로 목사와 그의 아내의 입을 통해서 알려졌다. 그 사건은 성령강림절이 막 지나고 맞이하는 첫 월요일, 휘트 먼데이의 새벽에 일어났다. 이날은 아이핑에서 마을 축제가 있을 예정이었다. 동이 트기 전, 정적 속에서 갑자기 깨어난 번팅 부인은 침실 문이 열렸다가 닫히는 것을 분명하게 느꼈다. 처음에 그녀는 남편을 깨우지 않고 잠자리에서 일어나 앉아 귀를 기울였다. 그녀는 무겁게 발걸음을 옮기는 맨발 소리를 똑똑히 들었다. 그 발소리의 주인공은 바로 옆방인 의상실에서 나와 계단으로 통하는 복도를 지났다. 그녀는 자신이 그 소리를 들은 사실이 틀림없다는 걸 깨닫자 되도록이면 조용히 번팅 목사를 깨웠다. 그는 불을 켜지도 않은 채 안경을 찾아 낀 후 실내복을 걸치고 욕실용 슬리퍼를 신고 계단참까지 가서 귀를 기울였다. 아래층 서재 책상에서 무언가를 찾으려고 더듬는 듯한 소리가 아주 분명하게 들렸다. 이어서 요란한 재채기 소리가 들려왔다.

그는 그 소리를 듣고는 침실로 돌아와 가장 그럴듯한 무기가 될 만한 부지깽이를 손에 들고 되도록이면 소리를 죽이며 계단을 내려갔다. 번팅 부인도 계단참까지 따라나섰다.

시간은 네 시경이었고 짙어질 대로 짙어진 밤의 어둠은 엷어지기 시작했다. 홀에는 희미한 빛이 어른거렸으나 서재 출입구에선 칠흑 같은 어둠이 아가리를 벌리고 있었다. 번팅이 계단을 지나치면서 낸 아주 작은, 삐걱거리는 소리와 서재에서 언뜻 스치는 작은 움직임 소리 말고는 모든 것이 조용했다. 순간, 뭔가 탁 하는 소리와 함께 서랍이 열리고 종이가 바스락거리는 소리가 났다. 그러고는 욕설이 들려왔고 누군가 성냥불을 켜는 소리가 나더니 금세 노란색 불빛이 서재를 환하게 비췄다. 이제 번팅은 홀까지 내려왔고 깨진 문틈으로 책상과 열린 채 있는 서랍, 책상 위에서 타오르는 촛불 한 자루를 볼 수 있었다. 하지만 도둑을 찾을 순 없었다. 그는 어찌해야 좋을지 모르고 홀에 마냥 서 있었다. 번팅 부인이 매우 창백해진 얼굴로 천천히 남편 뒤를 쫓아 아래층으로 내려왔다. 한 가지 사실이 번팅에게 용기를 심어주었다. 그것은 이 강도가 같은 마을에 사는 사람일 거라는 확신이었다.

그들은 동전이 짤랑거리는 소리를 듣고는 자신들이 생활비로 마련해두었던 금화 — 통틀어 2파운드짜리 금화 10개에 10실링짜리 금화 몇 푼 — 를 도둑이 찾아냈다는 것을 깨달았다. 이 소리를 들은 번팅은 용기를 내어 돌연 행동을 개시했다. 그는 부지깽이를 꽉 쥐고 방 안으로 뛰어들었고, 뒤따라 번팅 부인이 뛰어 들어왔다.

"꼼짝 마!" 번팅이 사납게 고함쳤다. 다음 순간, 그는 눈이 휘둥그레진 채 그 자리에 서 있었다. 방 안엔 아무도 없었다.

하지만, 바로 그 순간까지 방 안에서 누군가 움직이는 것을 들었다는 확신은 흔들릴 여지가 없었다. 그들은 삼십 초가량 멍하니 서 있었다. 이윽고 번팅 부인은 방을 가로질러 칸막이 뒤를 훑어보았고 번팅은 똑같은 본능에 따라 책상 밑을 살펴보았다. 그 다음으로 번팅 부인은 창문의 커튼을 뒤집어보았고 번팅은 굴뚝 안을 올려다보면서 부지깽이로 그 속을 쑤셔보았다. 또한 번팅 부인은 휴지통 안을 샅샅이 살펴보았고 번팅은 석탄통 뚜껑을 열어보기도 했다. 이윽고 그들은 방을 뒤지는 짓을 포기하고 어떻게 된 영문인지 모르겠다는 눈초리로 서로를 바라보며 서 있었다.

"맹세컨대……." 번팅이 말했다. "저 초는! 누가 촛불을 켰지?"

"저 서랍! 게다가 돈까지 없어졌어요!" 번팅 부인이 말했다.

그녀는 서둘러 문간으로 달려갔다.

"세상에 이렇게 이상한 일이……."

그 순간, 복도에서 거센 재채기 소리가 들려왔다. 두 사람은 잽싸게 그쪽으로 달려 나갔다. 그사이에 부엌문이 쾅 하고 닫혔다. "촛불을 주구려!" 번팅이 말했다. 그러곤 앞장을 섰다. 두 사람은 모두 황급히 빗장을 밀어젖히는 소리를 들을 수 있었다.

목사는 부엌문을 여는 순간 뒷문이 막 열린 식기실과 그 문을 통해 이른 새벽의 희미한 빛에 드러난 저편 정원의 어두운 형체들을 보게 되었다. 그는 아무것도 문밖으로 나가지 않았다는 것을 확신했다. 그러더니 문이 열리고 한순간 그대로 있다가 쾅 소리와 함께 닫혀버렸다. 그런 일이 벌어지는 동안에 부인이 서재에서 가지고 온 촛불이 불꽃을 나부끼며 타올랐다. 그들이 부엌에 들어온 지 기껏해야 일이 분이 지났을 뿐이다.

그곳은 텅 비어 있었다. 그들은 뒷문을 잠그고 부엌과 식료품실과 식기실을 꼼꼼히 살펴보았다. 그러고 나서 마지막으로 지하실로 내려갔다. 결국 온 집 안을 살펴보았지만, 사람이라곤 그림자 하나 보이지 않았다.

어느새 아침 햇빛이 두 사람을 비추었다. 옷차림이 별나 보이는 키 작은 한 쌍, 목사와 그의 아내는 이젠 불필요해진, 촛농이 흘러내리는 촛불에 비친 자기 집 일층을 바라보며 여전히 놀라워하고 있었다.

6 미쳐버린 가구

휘트 먼데이, 이른 아침에 일어난 일이다. 밀리가 하루 종일 쫓겨 다니기 전, 홀 부부는 잠에서 깨어나자 소리 없이 지하실로 내려갔다. 그들의 영업에는 비밀을 유지해야 하는 특성이 있었는데, 그것은 그들만의 맥주의 비중과 관련이 있었다. 그들이 지하실에 들어서는 순간, 홀 부인은 조인트룸[나란히 위치하는 두 개 이상의 객실]에서 사르사파릴라[중미가 원산지인 청미래 덩굴 속 식물, 그 뿌리로 맛을 낸 탄산수] 병을 가져오는 걸 깜박 잊었다는 사실을 깨달았다. 지금 하려는 일에는 그녀가 노련하고 주도적이었던 터라 당연히 홀이 그것을 가지러 위층에 올라갔다.

계단참에서 그는 이방인의 방문이 조금 열린 것을 보고서 놀랐다. 그는 자기 방에 들어가 아내가 가져오라는 병을 찾았다.

그러나 병을 가지고 아래층으로 되돌아오면서 그는 현관문 빗장이 풀린 채 있는 것을 발견했다. 문에 빗장이 질러지지 않았던 것이다. 이를 본 순간 뇌리에 영감이 스치면서, 그는 이방인의 이층 방과 테디 헨프리의 충고를 연상했다. 그는 지난밤에 자기 손으로 촛불을 들고 있는 사이에 홀 부인이 빗장을 지른 사실을 명확히 기억했다. 그는 빗장이 풀린 것을 보고 멍하니 서 있다가 손에 병을 든 채, 다시 이층으로 올라갔다. 그는 이방인의 방 문을 두드렸다. 아무런 대답이 없었다. 다시 두드려보았다. 그러곤 문을 밀어젖히고서 안으로 들어섰다.

방 안은 그가 예상한 대로였다. 침대도 방도 텅 비어 있었다. 그리고 머리가 둔한 그에게도 한층 더 이상하게 느껴지는 것이 있었다. 침실 의자와 침대 가로대에 옷가지, 그러니까 그가 아는 한 이방인의 유일한 옷가지와 붕대가 흩어져 있었던 것이다. 챙이 넓은 모자도 침대 기둥 위에 멋들어지게 비스듬히 얹혀 있었다.

홀이 그곳에 그렇게 서 있으려니, 지하실에서 아내의 목소리가 들려왔다. 한마디 한마디 짧고 빠르게 발음하고 미심쩍은 듯 마지막 단어를 높은 어조로 내뱉는 그녀의 말투는 서부 서섹스 시골 사람들이 조바심을 낼 때 내뱉는 말투 그대로였다. "조지! 당신, 대체 뭔 짓을 하는 거야?"

그 소리에 홀은 몸을 돌려 아내에게로 달려 내려갔다. "제니, 헨프리가 말한 게 사실인가 봐. 그 사람은 방에 없고, 현관문은 빗장이 풀려 있어." 그가 지하실 계단 난간에 기대어 말했다.

홀 부인은 처음엔 그의 말을 이해하지 못했다. 그녀는 직접 이방인의 빈 방을 살펴보기로 했다. 여전히 병을 손에 들고 있던 홀이 먼저 나섰다. "그 방에 그 사람은 없었지만 옷가지는 있었어." 그가 말했다. "옷도 입지 않고 어디서 무슨 짓을 하는 걸까? 정말 이상한 일이야."

이후에 확인된 사실이지만, 지하실 계단을 오르는 순간, 두 사람은 모두 현관문이 열렸다 닫히는 소리가 들린다고 느꼈다. 하지만 정작 문은 닫힌 채 아무런 이상이 없었다. 당시에 그들은 그것에 대해서는 서로에게 아무런 말도 하지 않았다. 홀 부인은 복도에 있던 남편 옆을 지나쳐 계단에 발을 내디뎠다. 순간 계단 위에서 누군가 재채기하는 소리가 들렸다. 대여섯 걸음 뒤떨어져 따라오던 홀은 아내가 내뱉은 재채기 소리로 생각했고, 앞장선 홀 부인은 남편의 재채기 소리인 줄로 알았다. 그녀는 열린 문 안으로 뛰어들어가 방 안을 유심히 지켜보며 서 있었다. "세상에 이처럼 괴상한 일이 있을까!" 그녀가 말을 내뱉었다.

자신의 머리 바로 뒤에서 재채기하는 소리를 들은 듯해서 뒤를 돌아본 그녀는 남편이 십여 걸음 떨어져 계단 맨 위로 올라서는 것을 보고 깜짝 놀랐다. 그러나 다음 순간 남편이 그녀 곁에 나란히 섰다. 그녀는 몸을 앞으로 굽혀 손을 베개 위에 얹었다가 옷가지 밑에 집어넣어 보았다.

"차가워. 그 자는 이 시간에 일어나 있었던 거야. 더 일찍 일어나 있었을지도 모르고." 그녀가 말했다.

홀 부인이 그러고 있는 사이에 전례가 없을 불가사의한 일이 일어났다. 침구가 제 스스로 모이더니, 산봉우리처럼 불쑥 솟아올라 쏜살같이 침대 가로대를 뛰어 넘는 것이었다. 그것은 마치 손이 그 침구의 한가운데를 움켜잡아 내던지는 것만 같았다. 곧이어 이방인의 모자가 침대 기둥에서 날아올라 허공에서 거의 원형을 그리며 빙 돌더니 곧장 홀 부인의 얼굴을 돌진했다. 다음 순간, 세면대에서 재빨리 해면이 다가왔고 의자가 이방인의 외투와 바지를 옆으로 아무렇게나 내던졌다. 이어서 이방인의 목소리인 듯한 기이한 성마른 웃음소리가 들리더니, 네 다리를 가진 의자가 제 스스로 허공에 떠올라 한동안 홀 부인을 겨냥하는 듯하더니, 그녀에게 날아들었다. 그녀는 비명을 지르면서 몸을 돌렸다. 그러자 의자의 네 다리가 부드럽게 그러나 힘껏 그녀의 등을 떠밀면서 그녀와 그녀의 남편을 방 밖으로 내몰았다. 방문은 세차게 꽝 하고 닫히더니 잠겼다. 의자와 침대는 잠시 승리의 춤을 추는가 싶더니, 순간 갑자기 모든 것이 조용해졌다.

홀 부인은 계단참에서 남편의 두 팔에 안겨 거의 기절할 뻔했다. 부인의 경악에 가까운 비명 소리에 놀란 홀과 밀리가 그녀를 아래층으로 옮기고 이런 경우에 필요한 강장제를 먹이는 건 여간 힘든 일이 아니었다.

"귀신이야. 귀신이라고. 난 그런 귀신에 관한 글을 읽은 적이 있어. 테이블과 의자가 날뛰고 춤추는!……." 홀 부인이 말했다.

"한 모금 더 마시구려. 제니," 홀이 말했다. "곧 정신이 들 거야."

"그놈을 내쫓아야 해." 홀 부인이 말했다. "다시 발을 못 붙이게 해야 된다고. 전부터 수상쩍다고 생각은 했지만…… 알아챘어야 했어. 잠수 안경과 붕대를 싸맨 머리통, 그뿐 아니라 일요일에 교회에도 가지 않잖아. 또 그 병들은 다 뭐야. 세상 모든 사람이 가져가고도 남을 거야. 그놈이 가구에 귀신을 불어넣었어. 아이고, 정든 내 귀한 가구! 나 어릴 적, 지금은 고인이 되신 어머니가 앉아 계시던 바로 그 의자란 말이야. 맙소사! 그 의자가 방금 내게 덤벼들었다고……."

"제니, 한 모금만 더." 홀이 말했다. "당신은 제정신이 아냐."

그들은 5시의 황금빛 햇살이 내리쬐는 거리로 밀리를 내보내 대장장이 샌디 웨저즈를 데려오게 했다. 밀리는 웨저즈에게 홀이 전하는 안부와 이층에 있는 가구가 춤을 췄던 불가사의한 얘기들을 들려주었다. "웨저즈 씨, 와주시겠어요?"라는 말도 전했다. 제법 지각이 있는 현명한 사람이었던 웨저즈는 그 사건을 심각하게 받아들였다. "마법에 걸린 것들을 억누를 무기가 필요해서그래." 샌디 웨저즈가 이렇게 말했다. "그 자 같은 놈들을 위한 편자 같은 거라도 필요할 거야."

웨저즈는 자못 걱정하는 마음으로 홀의 집을 방문했다. 그들은 웨저즈를 이끌고 이층에 있는 방으로 가봤으면 했다. 그러나 그는 그다지 서두르는 것 같지 않았다. 그는 복도에서 말하는 쪽을 택했다. 길 건너 헉스터의 도제가 모습을 나타내더니, 담배 진열창 셔터를 내리기 시작했다. 그도 불려와 대화에 끼어들었다. 자연히 헉스터도 몇 분 내로 따라붙었다. 의회 정부의 재주를 가진 앵글로색슨족은 자기주장을 고집했다. 이런저런 말만 많았지, 이렇다 할 결정을 내리지 못했다. "우선 사실을 따져봅시다." 샌디 웨저즈가 주장했다. "우리가 저 문을 부숴 여는 게 정말 옳을지 확실히 해둡시다. 부술 수 있는 문은 언제든지 부수어 열 수 있소. 하지만 일단 문을 부숴버리고 나면, 다시 그 문을 부술 수는 없소."

바로 그 순간, 놀랍게도 갑자기 그 이층 방문이 제 스스로 열렸다. 그들은 모두 깜짝 놀라며, 계단 위를 쳐다보았다. 붕대를 싸맨 이방인의 형체가 계단을 내려왔는데, 이상하리만치 큰 푸른 안경의 눈이 전에 없이 어둡고 무표정하게 응시했다. 그는 사람들을 내내 빤히 쳐다보면서 뻣뻣한 몸으로 천천히 내려왔다. 그는 빤히 쳐다보며 복도를 가로지르다가 발걸음을 멈추었다.

"저길 보시오!" 그가 말을 꺼냈다. 사람들의 모든 시선은 장갑을 낀 이방인의 손가락이 가리키는 쪽으로 향했다. 그들의 시야에는 지하실 문 바로 옆에 놓인 사르사파릴라 병 하나가 들어왔다. 그러곤 이방인은 객실로 들어가더니, 갑자기 사람들의 면전에서 재빠르게 문을 쾅 하고 닫아버렸다. 정말 심술궂은 짓이었다.

문이 닫히면서 남긴 쾅 소리의 메아리가 사라질 때까지 아무도 말이 없었다. 그들 모두는 서로 눈치만 보았다. "정말 놀라운 일 아냐!" 웨저즈가 말을 꺼냈다. 그러곤 딱히 다른 말은 할 수 없었다.

"내가 들어가서 한번 물어봐야겠어." 웨저즈가 홀에게 말했다. "설명을 요구해야겠어."

그 계획을 실행하고자 이 집 여주인의 남편을 설득하는 데는 다소 시간이 걸렸다. 마침내 홀이 문을 두드려 열었다. 그러곤 기껏해야 한마디만을 내뱉었다. "실례합니다만……"

"꺼져버려!" 이방인은 소름 끼치는 목소리로 고함쳤다. "그 문을 닫아." 이로써 짤막한 대면은 끝나고 말았다.

7 이방인의 정체가 드러나다

이방인은 새벽 다섯 시 반경에 코치 앤 호시스 여관의 작은 객실에 들어가 블라인드를 내린 채 문을 닫아버리고 정오가 될 때까지 모습을 드러내지 않았다. 홀이 쫓겨난 후 선뜻 이방인 앞에 가보려는 사람은 아무도 없었다.

그 시간 동안 이방인은 쫄쫄 굶고 있었음에 틀림없다. 그는 세 번이나 벨을 울렸고 특히, 세 번째는 계속해서 미친 듯이 종을 울렸으나 그에게 대답하는 사람은 없었다. "저놈, 그리고 '꺼져버려'라고 하는 저놈의 말하고는!" 홀 부인이 말을 내뱉었다. 이윽고 목사관에 강도가 침입했다고 하는 내용이 정확하지 못한 소문이 나돌았다. 그리고 이런저런 여러 가지 사실에 근거하여 결론이 내려졌다. 홀은 웨저즈의 도움을 받아, 치안판사인 서클포스에게 가서 충고를 받기로 했다. 아무도 이층에 올라가려 하지 않았다. 이방인이 어떤 짓을 하고 있는지 알 수 없었다. 그가 가끔씩 요란하게 발을 구르고 두 번에 걸쳐 욕설을 내뱉는 소리가 들렸다. 또한 종이를 찢고 병들을 마구 깨뜨리는 소리가 들려왔다.

겁에 질린 몇몇 사람들도 있었지만, 호기심에 가득 찬 사람들이 점차 늘어났다. 헉스터 부인까지도 찾아왔다. 검은색 기성복 재킷에 피케〔코르덴처럼 골지게 짠 면직물〕처럼 보이는 종이 넥타이를 요란하게 맨 쾌활한 젊은이들도 휘트 먼데이에 있었던 사건에 관심을 보였다. 그들은 모여들어 하나같이 떠들썩하게 질문을 던졌다. 특히 아치 하커라는 청년은 뜰에 들어와서 창문 블라인드 밑으로 실내를 엿보려고까지 했다. 그는 아무것도 볼 수 없었다. 그러나 그런 그의 모습을 본 아이핑의 다른 젊은이들이 그가 안을 엿보았을 거라 생각하고는 곧 그에 합류했다.

그날은 휘트 먼데이치고는 더할 나위 없이 화창한 날이었다. 마을 거리를 따라 십여 군데 노점상이 줄지어 섰고, 사격장이 세워졌다. 대장간 근처 풀밭에는 노란 초콜릿색 마차가 석 대나 있었고 별나게 치장한 낯선 남녀 몇몇이 코코넛 떨어뜨리기 게임을 했다. 신사들은 푸른 저지 셔츠를 입었고, 숙녀들은 하얀 에이프런을 걸치고 깃털이 촘촘히 달린 제법 맵시 있는 모자를 쓰고 있었다. 선술집 '퍼플 폰'〔자주색 어린 사슴이라는 뜻〕의 주인인 우디어와 중고 자전거도 팔던 구두장이 자거스는 (원래 빅토리아 여왕의 즉위 50주년 축제 때 쓰였던) 유니온 잭〔영국의 국기〕과 왕실 깃발 들을 도로를 가로질러 줄지어 늘어놓았다.

그리고 안에서는, 즉 한줄기 가냘픈 햇빛만이 스며드는, 객실의 인공적 어둠 속에서는, 내내 굶주렸을 것으로 여겨지는, 불안감에 휩싸인 이방인이 불편하고 더운 붕대 속에 얼굴을 완전히 숨긴 채 검은 안경 너머로 자신의 연구 논문을 탐독하는가 하면, 더러운 작은 병들을 흔들어 잘랑잘랑 소리를 내기도 했다. 또한 그의 모습이 보이지는 않았지만, 창 너머로 아이들에게 욕설을 퍼붓는 성난 목소리가 이따금씩 들려왔다. 난로 옆 한구석에는 깨어진 대여섯 개 병들의 조각이 널브러져 있었고 코를 찌르는 염소(鹽素)의 지독한 냄새가 공기를 오염시켰다. 그 당시에 떠돌던 소문과 그 후 이방인의 방에서 목격한 것들을 바탕으로 이 정도로 이해할 수 있었다.

정오 무렵, 갑자기 그는 자신의 방인 객실의 문을 열더니, 그대로 선 채 바에 모인 사람들 서너 명을 뚫어지게 쳐다보았다. "홀 부인." 그가 말했다. 누군가 매우 조심스럽게 자리를 떠나 홀 부인을 불렀다.

얼마 후 홀 부인이 약간 숨을 헐떡거리며 나타났다. 헐떡거리는 모습 때문에 그녀는 한층 더 사나워 보였다. 홀은 아직까지도 외출해서 돌아오지 않은 상황이었다. 홀 부인은 현 상황에 대해 심사숙고하고는 청산되지 않은 계산서를 담은 작은 함을 들고 나왔다. "손님이 원하시는 게 이 계산서인가요?" 그녀가 말했다.

"왜 아침을 주지 않는 거요? 왜 내 식사를 차려주지도, 내 벨소리에 응답하지도 않는 거요? 당신은 내가 먹지 않고도 사는 줄 아시오?"

"왜 값을 치르지 않으세요? 그걸 좀 알고 싶어요." 홀 부인이 말했다.

"송금을 기다린다고 사흘 전에 말하지 않았소."

"이틀 전에 제가 오지 않는 송금을 기다릴 수 없다고 말씀드리지 않았나요. 아침이 늦는다고 그렇게 화내실 일이 아니에요. 닷새 동안이나 계산이 밀렸잖아요. 안 그래요?"

이방인은 거칠게 몇 마디 불평을 털어놓았다.

"그만, 그만 입 닥쳐요!" 하는 소리가 바에서 들려왔다.

"손님, 그런 불평은 당신에게나 털어놓았으면 고맙겠네요." 홀 부인이 말했다.

이방인은 전에 없이 화난 잠수모처럼 보이는 모습으로 서 있었다. 바에 있던 사람들은 전부 홀 부인이 이방인보다 한 수 더 뜬다는 인상을 받았다. 이방인이 다음에 내뱉은 말은 그 사실을 증명하고도 남았다.

"이봐요. 친절한 아줌마." 이방인이 다시 말을 꺼냈다.

"내게 친절한 아줌마 따위 말은 삼가세요." 홀 부인이 했다.

"송금이 오지 않았다고 말해주지 않았소."

"그 송금 따위 말 이제 그만해요!" 홀 부인이 말했다.

"하지만, 아마 내 주머니에는……."

"이틀 전에는 1파운드 상당의 은화밖에는 가진 돈이 없다고 했잖아요."

"음, 몇 푼 더 찾아냈소……."

"이보시오!" 하는 소리가 바에서 들려왔다.

"어디서 그런 돈을 찾아냈는지 궁금하군요!" 홀 부인이 말했다.

그녀의 말이 이방인을 매우 곤혹스럽게 만든 듯했다. 그는 발을 동동 굴렀다. "뭐라고요?" 그가 말했다.

"그런 돈을 어디서 찾아냈는지 알고 싶다고요." 홀 부인이 말했다. "또 내가 돈을 받거나 아침 밥상을 차리거나 아니면 그 따위 무슨 일을 하든지 간에, 그전에 손님이 내가 납득할 수 없는 한두 가지 점만은 말해주어야겠어요. 그러니까 누구도 이해할 수 없는 사태와 모든 사람들이 무척 궁금해하는 사태의 의문을 풀어줘야겠어요. 나는 당신이 2층에 있는 내 의자에 무슨 짓을 했는지 알고 싶어요. 또한 당신이 묵는 방이 어떻게 비게 되었는지, 그리고 어떻게 당신이 다시 방에 들어오게 됐는지 알고 싶어요. 우리 집에 들른 저 사람들처럼 문으로 들어오는 게 정상이에요. 그것이 우리 집의 격식이지요. 당신은 그렇게 하지 않았어요. 그래서 말인데, 나는 당신이 어떻게 들어왔는지 알고 싶어요. 또한 내가 알고 싶은 것은……."

이방인이 갑자기 장갑 낀 두 손을 불끈 쥐고 들어올리더니, 발을 쿵 하고 구르면서 말을 내뱉었다. "닥쳐요!" 그의 언행이 얼마나 난폭했던지 홀 부인은 순간 말문이 막히고 말았다.

"내가 누구인지 또는 내가 무엇인지, 당신은 절대 이해하지 못해. 자, 그럼 보여주지. 제기랄! 보여주겠어." 그가 말했다. 그러곤 좌 편 손바닥으로 자기 얼굴을 가리고 나서 그 손을 뗐다. 그의 얼굴 중앙은 검은 공동(空洞)으로 변해 있었다. "자, 보시오." 그가 말했다. 그는 앞으로 걸어 나와 자신의 기형화된 얼굴을 응시하는 홀 부인에게 뭔가를 건넸다. 그녀는 무의식적으로 그것을 받았다. 그러곤 그것이 무엇인지 보는 순간, 그녀는 커다란 비명을 지르면서 그것을 떨어뜨렸고, 비틀거리며 뒷걸음질을 쳤다. 코, 그것은 이방인의 코였다! 핑크빛 반짝이는 그 코가 바닥에 나뒹굴었다.

다음 순간, 그는 안경을 벗었다. 바에 있던 모든 사람은 숨이 막히고 말았다. 그는 모자를 벗고 격분한 몸짓으로 콧수염과 붕대를 잡아 찢었다. 그것들은 한동안 그의 몸에서 떨어지지 않으려 저항했다. 무서운 예감의 섬광이 일시에 바 안을 훑고 지나갔다. "오, 맙소사!" 누군가의 입에서 그런 말이 터져 나왔다. 마침내 붕대가 완전히 벗겨졌다.

그 어떤 것보다도 끔직했다. 입을 벌리고 공포에 질린 채 서 있던 홀 부인은 자신이 본 광경에 비명을 지르면서 문 쪽으로 달려갔다. 모든 사람이 움직이기 시작했다. 모두 상처 자국, 보기 흉한 기형, 그렇지 않으면 눈앞에 실체로서 존재하는 무서운 것을 기대하며 마음을 다잡았다. 하지만 아무것도 없었다! 붕대와 가짜 머리카락이 복도를 가로질러 바를 향해 날아왔다. 모두 그것들을 피하려 어수룩한 풋내기처럼 이리저리 날뛰었다. 그들 모두가 서로서로에게 걸려 계단 아래로 굴러 떨어졌다. 일관성 없는 말들을 큰 소리로 토해내며 그곳에 서 있던 그 남자의 발끝에서 외투의 칼라까지는 몸짓으로 말하는 단단한 형체로 보였지만, 그 위로는 아무것도, 정말 아무것도 보이지 않았기 때문이다!

마을 아래쪽 사람들이 그 외침과 비명 소리를 듣고는 거리를 올려다보자, 코치 앤 호시스 여관에서 사람들이 미친 듯이 뛰어나오는 것이 보였다. 홀 부인이 넘어졌고 테디 헨프리는 그런 그녀를 피하려 펄쩍 뛰었다. 그리고 밀리의 겁에 질린 비명 소리가 들렸다. 밀리는 한바탕 떠들썩한 소동에 놀라 갑자기 부엌에서 나오던 중에 뒤에서 다가온 머리 없는 이방인과 마주쳤던 것이다. 하지만 어느 순간 갑자기 그녀의 비명은 딱 멈췄다.

곧 거리에 있던 모든 사람, 예컨대, 과자 장수, 코코넛 떨어뜨리기 게임 가게 주인과 그의 조수, 공중그네를 타는 사람, 어린 소년들과 소녀들, 시골뜨기 멋쟁이들, 예쁘장한 처녀들, 작업복을 걸친 나이 든 사람들, 에이프런을 두른 집시들이 그 여관으로 달려오기 시작했다. 그러자 기적과도 같은 매우 짧은 시간 내에 사십 명에 이르는 사람들이 점점 빠르게 불어나면서 홀 부인의 집 앞에서 밀쳐대며 아유하고 질문을 던지고 외쳐대는가 하면, 뭐라고 제안하는 지경이 됐다. 모든 사람들이 일시에 다퉈가며 자기 먼저 말하려 애썼다. 결과적으로 제각각 무슨 말을 하는지 알 수 없고 떠들썩하기만 했다. 몇몇 사람이 실신 상태에 처한 홀 부인을 붙잡아 부축했다. 타협을 보려는 듯 서로 간에 몇 마디 대화가 오갔고 떠들썩한 목격자들 사이에 믿기지 않는 증거가 오갔다. "오, 부기맨!" "그래서 그 녀석이 무슨 짓을 했다는 거지?" "그 여자애는 다치지 않았어?" "칼을 들고 달려든 모양이던데." "말해주지, 머리가 없었어. 그냥 말로만 하는 얘기가 아냐. 정말 머리가 없었다고!" "웃기지 마! 그건 마술을 쓴 속임수였을 뿐이라고." "싸맨 붕대를 벗겨내니, 붕대뿐이었다고. 정말이야."

열린 문으로 들여다보려 저마다 몸부림치던 사람들은 여관과 매우 가까운 곳에 이르자, 모험심이 정점에 달아 쐐기 모양으로 흩어졌다. "그 녀석은 잠시 서 있었어. 나는 소녀의 비명 소리를 듣고 뒤돌아보았지. 난 소녀의 치맛자락이 나풀거리고 그 녀석이 그 뒤를 쫓는 것을 보았어. 십 초도 걸리지 않았어. 그 녀석은 나이프와 빵 한 덩어리를 손에 들고 돌아왔어. 그러곤 그저 서서 빤히 쳐다보는 것만 같더군. 바로 조금 전의 일이야. 결국 녀석은 저 문으로 들어갔어. 정말 녀석은 머리가 없었어. 넌 그것을 못 본 거야……."

뒷전에서 혼란이 일어났다. 그리고 떠들어대던 그 사람은 입을 다물고는 옆으로 물러서서 그 여관 쪽으로 자못 결연하게 전진하는 작은 행렬에게 자리를 비켜주었다. 얼굴이 몹시 붉게 달아오른 홀이 결연한 태도로 앞장섰고 그 뒤를 마을 경관인 바비 제퍼스가 따랐다. 그리고 그 뒤를 얼굴에 경계심이 어린 표정이 영력한 웨저즈가 따랐다. 지금 그들은 체포영장을 가지고 왔던 것이다.

사람들은 방금 일어난 사건에 관해 제각각 서로 다른 얘기로 떠들고 있었다. "머리야 있든 없든 난 그놈을 체포해야겠소. 꼭 체포하겠소." 제퍼스가 말했다.

홀은 계단을 올라, 곧장 객실 문으로 나아갔다. 그러곤 열린 문 앞으로 달려들었다. "경관님, 직무를 수행하시죠." 그가 말했다.

제퍼스는 방 안으로 들어섰고 그 뒤를 홀이 따랐으며, 맨 마지막에 웨저즈가 들어섰다. 그들은 희미한 불빛 아래 머리 없는 형체가 자신들과 마주 보는 것을 보았다. 그는 장갑을 낀 한 손에 한 입 문 빵 조각을, 나머지 손에는 치즈 한 조각을 들고 있었다.

"이 자가 바로 그놈입니다." 홀이 말했다.

"도대체 이건 뭐야?" 호통치는 성난 목소리가 그 형체의 칼라 위에서 터져 나왔다.

"이보시오, 당신은 정말 선불리 손댈 수 없는 상대로군." 제퍼스가 말했다. "하지만 머리야 있는 없든, 체포영장은 신체에 해당되는 것이고 임무는 임무니까……."

"꺼져버려!" 형체는 뒤로 물러서면서 말을 내뱉었다.

갑자기 그는 빵과 치즈를 집어던졌다. 홀은 테이블에 놓인 칼을 간신히 잡아챘다. 이방인의 왼손 장갑이 날아와 제퍼스의 얼굴을 후려쳤다. 다음 순간, 제퍼스는 체포영장에 관한 진술을 멈추고는 손 없는 팔목을 움켜잡고 보이지 않는 자의 목덜미를 잡았다. 그러곤 큰 소리가 날 정도로 거세게 이방인의 정강이를 걷어찼다. 이방인은 비명을 질렀으나 제퍼스는 그를 놓아주지 않았다. 홀은 공격을 위해 골키퍼와도 같은 자세를 한 웨저즈에게 테이블 위로 칼을 굴려 보냈다. 그러곤 홀은 제퍼스와 이방인이 서로를 꽉 붙잡고 갈겨대면서 자신 쪽으로 엎치락뒤치락하자, 앞으로 발걸음을 내디뎠다. 그들 사이에 의자가 가로막고 있었는데, 두 사람이 충돌하며 넘어지는 바람에 의자가 옆으로 튕겨나갔다.

"다리를 잡아." 제퍼스가 꽉 다문 잇새로 말했다.

홀은 제퍼스가 시키는 대로 하려 했으나 퍽 소리가 날 정도로 거세게 옆구리를 차이는 바람에 한동안 넋이 나간 채 뻗어 있어야 했다. 웨저즈는 머리가 없는 이방인이 몸을 굴려 제퍼스의 몸 위로 올라타는 것을 목격하고는 칼을 든 채 문 쪽으로 물러나다가, 법과 질서를 구하려고 달려온 헉스터와 시더모튼의 짐마차꾼과 부딪쳤다. 순간 서랍장에서 병 서너 개가 떨어지면서 방 안의 공기 가운데를 찌르는 냄새를 방사했다.

"항복하겠소." 이방인은 제스퍼를 때려눕혔음에도 항복하겠다고 외쳤다. 그리고 다음 순간, 그는 헐떡거리며 머리도 손도 없는 기묘한 형체를 일으켰다. 그는 이미 왼손은 물론이고 오른손에 낀 장갑마저 벗어버린 상태였다. "아무 소용없군." 그는 가쁘게 숨을 헐떡이며 말했다.

마치 텅 빈 공간에서 들려오는 것만 같은 그의 목소리는 세상에서 가장 괴이한 것이었다. 그러나 서섹스의 농민들은 세상에서 가장 평범한 사람들일 것이다. 제퍼스도 몸을 일으키더니, 수갑을 끄집어냈다. 그러곤 움찔했다.

"이봐!" 제퍼스가 자신이 완벽하게 임무를 수행하기가 어렵다는 사실을 어렴풋이 깨닫고는 갑자기 멈춰 서서 말문을 열었다. "제기랄! 생각처럼 수갑을 채울 수 없군."

이방인은 팔을 양복 조끼에 밀어 넣었다. 다음 순간, 마치 기적이라도 일어난 듯 그의 빈 소매가 가리킨 단추들이 풀려 있었다. 그러곤 그는 정강이에 대해서 뭐라고 떠들어대는가 싶더니, 허리를 굽혔다. 아마도 구두와 양말을 더듬어 찾는 듯했다.

"뭐야!" 헉스터가 갑자기 입을 열었다. "저놈은 인간이 아냐, 텅 빈 옷일 뿐이지. 보라고요! 저놈의 옷 칼라와 안감 안쪽을 볼 수 있잖아요. 내 팔을 집어넣을 수도……."

그가 손을 뻗었다. 손이 허공에서 어떤 것과 맞부딪친 것 같았다. 곧이어 그는 날카로운 외침과 함께 손을 거둬들였다. "내 눈에서 손가락을 치워." 호통을 치는, 야수와도 같은 목소리가 허공에서 들려왔다. "사실 난 그대로 여기 있소. 머리, 두 손은 물론이고 두 다리와 그 밖에 모든 몸뚱이가 다 있다고. 하지만, 내 몸은 안 보이게 됐어. 터무니없는 말로 들리겠지만, 난 여기 그대로 있소. 내가 아이핑의 시골뜨기 바보 녀석들 모두에게 여기저기 찔려야만 할 이유는 없어. 안 그래?"

이제 단추란 단추는 모두 다 풀린, 보이지 않는 옷걸이에 헐겁게 걸린 옷 한 벌이 일어서서는 양팔을 허리에 대고 팔꿈치를 옆으로 벌렸다.

이미 다른 사람들 대여섯 명이 방 안에 들어와서 실내는 꽤 북적거렸다. "보이지 않는 거라고?" 헉스터가 이방인이 투덜대는 것을 무시하며 말했다. "누구든 이와 비슷한 얘기를 들어본 적 있나?"

"보이지 않는다는 건 이상한 것이지만 범죄는 아니오. 왜 내가 이렇게 경찰에게 폭행당해야 하지?"

"아아! 그것은 다른 문제야." 제퍼스가 말했다. "이런 빛 아래에선 제대로 보기가 어렵겠지만 난 여기 체포영장을 가지고 있소. 이건 틀림없는 체포영장이오. 내가 추적해 밝혀내려는 건 투명성의 실체가 아니라 강도질이오. 도둑이 침입해 돈을 강탈해간 집이 있소."

"그래서 어떻다는 거요?"

"정황으로 보건대 틀림없이……."

"말도 안 되는 소리요!" 투명인간이 말했다.

"나도 그러길 바라오. 하나 이미 나는 명령을 받았소."

"좋소. 따라가겠소." 이방인이 말했다. "따라가겠소. 하지만, 수갑은 그만두시오."

"수갑을 채우는 건 규정이오." 제퍼스가 말했다.

"수갑은 안 돼." 이방인은 완강하게 거부했다.

"미안하오만." 제퍼스가 말했다.

갑자기 그 형체가 주저앉았다. 그러곤 그는 그 누구도 무슨 일이 일어나는지 깨닫지 못하는 사이에 슬리퍼, 양말, 바지를 테이블 밑으로 벗어던졌다. 그리고 다음 순간, 그는 다시 똑바로 일어서더니, 외투를 집어던졌다.

"이봐, 꼼짝 마." 어떤 사태가 일어나는지 돌연 깨달은 제퍼스가 말했다. 그는 양복 조끼를 잡았다. 몸싸움 끝에 셔츠가 벗겨지고 말았다. 제퍼스의 손에 잡힌 셔츠는 흐느적거렸는데 속이 텅 비어 있었다. "저놈 잡아라!" 제퍼스가 외쳤다. "저놈이 옷을 모두 벗어버리기라도 하면!"

"저놈 잡아라!" 모든 사람이 소리쳤다. 그러곤 펄럭거리는 흰 셔츠에게 달려들었다. 지금 그것이 이방인의 몸뚱이에서 보이는 유일한 것이었다.

셔츠 소매가 앞을 가로막은 채 양팔을 벌린 홀의 얼굴에 매서운 한 방을 날렸다. 그러자 홀은 교회지기 노인, 투스섬에게로 벌렁 넘어지고 말았다. 다음 순간 옷이 위로 들려 올라가고, 팔 있는 부분이 몸부림치면서 텅 빈 채 펄럭였다. 셔츠가 사나이의 머리 밖으로 빠져나오는 모양 같았다. 제퍼스가 셔츠를 움켜잡았지만, 도리어 벗겨주는 꼴이 되었다. 허공에서 날아온 주먹이 제퍼스의 입 언저리를 갈기고 나서 재빨리 그의 곤봉을 빼앗더니, 그것으로 테디 헨프리의 정수리를 가차 없이 내리쳤다.

"조심하시오!" 모두 외치면서 이방인을 대충 둘러싸고는 그를 향해 아무 데나 내리쳤다. "놈을 잡아! 문을 닫아! 놈을 놓치지 마라! 내가 뭔가를 잡았어! 바로 그놈이야!" 사람들은 저마다 시끄럽게 떠들어댔다. 그리고 모든 사람이 일제히 얻어맞는 듯 보였다. 언제나 눈치가 빨랐던 샌디 웨저즈는 코에 매서운 주먹을 얻어맞자 신경이 날카로워졌다. 그는 다시 문을 열어 혼란에 빠진 사람들을 밖으로 내몰았다. 억지로 문밖으로 내몰리던 사람들은 문 모퉁이에 잠시 동안 처박히는 꼴이 되었다. 적의 공격은 계속되었다. 유니테리언 교도인 핍스는 앞니가 부러졌고 헨프리는 귀의 연골에 상처를 입었다. 제퍼스는 턱을 얻어맞고는, 몸을 돌려 자기와 혼란에 빠진 헉스터 사이에 있던 무언가를 잡아서 두 사람이 서로 부딪치는 걸 막았다. 그는 손에 근육질 가슴을 느꼈다. 그리고 다음 순간, 난투극을 벌이던 무리 중에 흥분한 사람들 몇몇이 혼잡한 홀에서 밖으로 쏜살같이 뛰어나갔다.

"놈을 잡았어!" 난장판을 이룬 사람들 틈에서 숨이 막히고 현기증을 느끼면서도 눈에 보이지 않는 적을 상대로 얼굴이 새빨개지고 혈관이 부어오르도록 격투를 벌이던 제퍼스가 외쳤다.

이 기묘한 싸움이 어느새 현관문으로 이어지면서 사람들은 좌우로 쓰러졌다. 그들은 대여섯 계단 아래로 굴러 떨어졌다. 제퍼스는 목이 터져라 외치면서도 투명인간을 꽉 잡고는 무릎으로 공격했다. 하지만 결국 그는 빙 구르며, 계단에서 맨 아래로 거세게 떨어져 자갈에 머리를 들이박았다. 그제야 그의 손가락엔 힘이 풀렸다.

"놈을 잡아라!" "안 보여!" 등등 흥분한 목소리로 고함이 터져 나왔다. 그 자리에서 정체불명의 한 청년이 곧바로 덤벼들어 뭔가를 잡았다가 놓치면서 쓰러졌던 경관의 몸뚱이에 걸려 넘어졌다. 바로 길 건너 앞에서는 한 여인이 뭔가에 의해 밀쳐지면서 비명을 질렀다. 언뜻 보아 발에 채인 것으로 보이는 개 한 마리가 깨갱거리고 짖어대면서 헉스터의 집 마당으로 달아났다. 그것으로 투명인간은 성공적으로 도주할 수 있었다. 한동안 사람들은 놀란 얼굴로 멍하니 서서 손짓만 할 뿐이었다. 그리고 다음 순간, 공포감이 몰려왔다. 일진광풍에 낙엽이 날리듯 사람들은 모두 마을 이곳저곳으로 뿔뿔이 흩어졌다.

그러나 제퍼스는 얼굴을 하늘로 향하고 무릎을 구부린 채 조용히 그대로 누워 있었다.

8 이동 중

8장은 매우 간단하다. 이 지역의 아마추어 박물학자인 기빈스는 3킬로미터 반경에는 사람 하나 없는, 앞이 훤히 트인 드넓은 언덕에 누워 사색을 즐기다가 졸고 있었다. 그런데 어느 순간 가까운 곳에서 기침을 하고 재채기를 하면서 혼잣말로 거친 욕설을 내뱉는 사람의 소리가 들리는 듯했다. 그 소리에 기빈스는 눈을 뜨고 주변을 살펴보았지만, 아무것도 보이지 않았다. 하지만 그 소리만은 의심의 여지가 없었다. 교양인의 입에서나 나올 법한 그 풍부하고 다채로운 내용을 지닌 욕설은 그칠 줄 몰랐다. 애더딘 방향으로 가는 듯한 그 소리는 최고조에 달했다가 다시 작아지면서, 저 멀리 사라지고 말았다. 그 소리는 어느 순간 발작적인 재채기 소리로 높아지더니 완전히 사라졌다. 기빈스는 그날 아침에 일어난 사건에 관해서는 아무것도 듣지 못했으나 그 현상이 너무나 기이하고 마음을 불안케 하는 것이었기에 사색에 빠졌던 그의 평온함은 깨지고 말았다. 그는 잽싸게 일어나, 죽을힘을 다해 가파른 언덕을 내달려 서둘러 마을로 향했다.

9 토머스 마블

토머스 마블의 인상을 그린다면, 표정이 다채로운 유순한 얼굴에 원통처럼 돌출된 코, 술을 좋아할 것 같은 두툼하고 일그러진 입술, 뻣뻣하게 곤두선 괴상한 수염을 떠올릴 수 있다. 그는 비만에 가까운 외모였고 그의 짧은 손발은 그런 그의 인상을 더욱 두드러지게 했다. 그는 모피로 만든 실크해트를 썼고 종종 실이나 구두끈을 단추 대용으로 이용했다. 그런데 그것이 옷차림의 가장 민망한 부위에서 아주 또렷해 보여 누가 보아도 그가 혼자 사는 사내임을 알 수 있게 했다.

토머스 마블은 아이핑에서 2킬로미터 반쯤 떨어진 애더딘 방향으로 내려가는 길가의 도랑에 발을 담그고 앉아 있었다. 그의 발은 여기저기 구멍이 난 양말만 빼면 맨살이었다. 커다란 발가락은 굵직했고, 주위를 경계하는 개의 양쪽 귀처럼 쫑긋하게 서 있었다. 유유자적한 태도로 — 그는 세상만사를 유유자적한 태도로 받아들였다 — 그는 목 긴 구두를 신어볼까 고심했다. 그 목 긴 구두는 실로 오랜만에 보게 된 아주 온전한 목 긴 구두였지만 그에게는 너무 컸다. 반면에 그가 가지고 있던 다른 목 긴 구두는 날씨가 좋으면 아주 편안할 정도로 꼭 맞았지만, 날씨가 궂은 날 신기에는 밑창이 너무 얇았다. 토머스 마블은 너무 큰 목 긴 구두를 싫어했다. 그러나 한편으로 습기 역시 싫어했다. 그는 자신이 어느 쪽을 더 싫어하는지를 적절히 결정하지 못했다. 사실 그날은 화창한 날씨였는데, 두 목 긴 구두 중 어느 쪽이 나쁘다고 할 수 없을 정도로 막상막하였다. 그래서 그는 신발 네 짝을 우아하게 잔디 위에 한데 늘어놓고 바라보았다. 풀잎과 싹튼 짚신나물 사이에 놓인 그것들은 보고 있자니 두 켤레가 갑자기 아주 흉하게 보였다. 그 순간에 뒤에서 어떤 목소리가 들려왔는데, 그는 그 목소리에 전혀 놀라지 않았다.

"어쨌든 둘 다 목 긴 구두잖아." 목소리가 말했다.

"구호품인 목 긴 구두지." 토머스 마블이 보기 싫다는 듯 한편으로 머리를 돌리며 말했다. "그런데 이 빌어먹을 세상에서 어느 것이 가장 꼴 보기 싫은 놈인지 그걸 알 수가 있어야지?"

"흠." 목소리가 말했다.

"난 더 형편없는 걸 신었소. 아니 사실은 아무것도 신지 않았소. 하나 이런 말은 하기가 좀 그런데, 저토록 꼴사납게 보기 흉한 놈들이 어디 있소. 나는 요 며칠 동안 애타게 목 긴 구두를 구해왔소. 난 저놈들에게 넌더리가 났거든. 물론 저놈들은 아직 신을 만하오. 하지만 떠돌아다니는 신사에겐 무척 많은 목 긴 구두가 필요한 법이오. 내 말을 믿을지 모르지만 아무리 노력해보았자, 이 빌어먹을 고장에서 내가 얻을 수 있는 건 저놈들뿐이오. 저놈들을 보시오! 목 긴 구두로서야 대체로 좋은 고장일 테지만, 나로서는 정말 재수 없는 고장일 뿐이오. 이놈의 고장에서 내가 목 긴 구두를 얻은 지 십

년이 넘었을 거요. 그렇다 보니 저놈들이 당신을 이렇게밖에 대하지 못하는 거요."

"몰인정한 고장이군. 돼지 같은 인간들." 목소리가 말했다.

"그렇고말고요? 제기랄! 저놈의 장화! 이제 넌더리가 나요." 토머스 마블이 말했다.

그는 자신의 목 긴 구두와 비교해볼 요량으로 머리를 돌려 오른쪽 어깨너머로 상대방의 목 긴 구두에 시선을 던졌다. 어디 보자! 하지만, 대화 상대방의 목 긴 구두가 있어야 할 그곳에는 다리도 목 긴 구두도 없었다. 왼편 어깨 너머로 머리를 돌려보았으나 마찬가지로 다리와 목 긴 구두는 보이지 않았다. 가슴속으로 파고드는 엄청난 놀라움 앞에 그는 얼굴이 상기되었다. "어디에 있는 거요?" 토머스 마블은 어깨너머로 말하면 두 다리와 양팔을 움직여 뒤돌아보면서 말했다. 저 멀리 바람에 날리는 푸르고 뾰족한 가시금작화 덤불과 함께 인적이 없는 쭉 뻗은 언덕이 눈에 들어왔다.

"내가 취했나?" 마블은 말했다. "환청을 느낀 건가? 내가 혼자서 떠들었던 거야? 도대체 뭐야……."

"놀랄 것 없소." 목소리가 말했다.

"내게 복화술은 필요 없소." 토머스 마블이 말을 내뱉으며 자리에서 벌떡 일어섰다. "어디 있는 거요? 정말 놀랐잖소!"

"놀랄 것 없소." 목소리가 같은 말을 되풀이했다.

"바보 같은 자식, 당장에 등골이 오싹하게 만들어주지." 토머스 마블이 말했다. "어디 있어? 어디 있는지 말해……."

"땅속에 파묻혀 있기라도 한 거야?" 잠시 후에 토머스 마블이 말했다.

아무 대답이 없었다. 놀라움에 사로잡힌 토머스 마블은 맨발로 서 있었다. 그러곤 웃옷을 거의 벗어던지려 했다.

“피윗.” 멀리서 댕기물떼새 울음소리가 났다.

“정말 댕기물떼새 소리잖아!” 토머스 마블이 말했다. “이처럼 바보짓을 할 만큼 한가한가.” 언덕은 동서남북으로 모두가 황량했다. 길은 얕은 도랑과 흰 경계선 말뚝을 따라 북쪽과 남쪽으로 매끄럽게 뻗었는데, 아무도 없었다. 또한 푸른 하늘에도 댕기물떼새 말고는 아무것도 보이지 않았다. “정말로,” 외투를 다시 양 어깨에 걸치면서 토머스 마블이 말했다. “술에 취한 거야! 진작 깨달았어야 했어.”

“술에 취한 게 아냐.” 목소리가 말했다. “넌 제정신이야.”

“오!” 마블은 말을 내뱉고 나서 얼굴이 백지장처럼 창백해졌다. “술 때문이야.” 그의 입술은 소리 없이 계속해서 움직였다. 그는 주변을 살피고 천천히 뒤로 몸을 돌렸다. “틀림없이 사람 목소리를 들었어.” 그는 속삭였다.

“물론 듣고말고.”

“또 들리는 거야.” 마블이 말했다. 그는 두 눈을 감더니, 비참하게 한 손으로 눈썹 위를 꽉 쥐었다. 바로 그때, 갑자기 누군가 옷깃을 잡더니 거세게 흔들었다. 마블은 한층 더 얼떨떨했다. “바보처럼 굴지 마!” 목소리가 말했다.

“내 머리가 좀 돈 모양이군.” 마블이 말했다. “이거 영 말이 아니군. 저 저주받은 목 긴 구두 놈들 때문에 너무 안달했던 모양이야.

정말 지독하게 머리가 돈 거라고. 아니면, 혹 유령이라도."

"네 머리가 돈 것도, 유령을 만난 것도 아니야." 목소리가 말했다. "들어봐!"

"멍청이!" 마블이 말했다.

"일 분만이라도." 목소리가 날카로우면서도 자제하는 듯 떨리는 소리로 말했다.

"뭐야?" 손가락이 가슴팍을 파고드는 듯한 이상한 감각을 느끼며 토머스 마블이 말했다.

"당신은 내가 단순히 망상이라 생각하는 모양이군? 단순히 망상이라고?"

"망상이 아니고 뭐란 말이냐?" 손으로 뒷목을 비비며 토머스 마블이 말했다.

"좋아." 목소리가 편안한 음색으로 말했다. "그럼, 당신의 생각이 달라질 때까지 단단한 돌멩이를 던질 테니 맞아보라고."

"한데, 어디 있는 거요?"

목소리는 아무 대답이 없었다. 씽 소리를 내며 돌멩이가 허공을 날아 아슬아슬하게 마블의 어깨를 스쳤다. 마블이 뒤돌아보니, 돌멩이가 허공으로 날아올라 복잡한 궤도를 그리며 잠시 공중에 떠 있더니 거의 보일까 말까 할 속도로 발에 떨어졌다. 너무 놀란 나머지 피할 겨를도 없었다. 씽 하고 또 한 번 돌멩이가 날아왔다. 돌멩이는 맨발가락을 맞히고는 도랑으로 튀었다. 토머스 마블은 한쪽 발로 펄쩍 뛰면서 큰 소리로 고함쳤다. 그러곤 달아나기 시작했지만, 보이지 않는 장애물에 걸려, 앉아 있던 자리에 곤두박질치고 말았다.

"이래도, 내가 망상인가?" 세 번째 돌멩이가 떠돌이 머리 위로 곡선을 그리며 솟아오르더니 허공에 매달린 듯 멈추는 동시에 목소리가 말했다.

마블은 대답을 대신해 몸을 일으키려 애썼다. 그렇지만 곧바로 다시 뒹굴고 말았다. 한동안 그는 조용히 그대로 누워 있었다. "더 발버둥질하면 돌멩이를 당신 머리통에 던질 거야." 목소리가 말했다.

"정말 이해가 안 가는군." 토머스 마블이 손으로 상처 입은 발가락을 쥐고 자리에서 일어나며 말했다. 그리고 세 번째로 날아오는 돌멩이를 뚫어져라 쳐다보았다. "돌이 제 힘으로 날아오고, 말을 하다니. 제발 진정하라고. 이제 지쳤어. 난 손 들었어."

세 번째 돌멩이가 떨어졌다.

"아주 간단해." 목소리가 말했다. "난 투명인간이거든."

"내가 모르는 사실을 말해주시오." 고통에 헐떡거리며 마블이 말했다. "어디에 숨어 있는 거요. 어떻게 그렇게 숨을 수 있소. 알 수 없군요. 난 손들었소."

"그게 다야. 나는 보이지 않는다고. 당신이 이해해주길 바라는 게 바로 그 사실이오." 목소리가 말했다.

"그쯤이야 누구든 이해할 수 있겠지. 그런데 선생, 그렇게 너무 성마르게 굴 필요는 없어 보이는군요. 자, 그럼 설명해보시오. 어떻게 숨은 거요?"

"나는 보이질 않소. 그것이 요점이오. 당신에게 이해시키고자 하는 바가 그것…….”

“그러면 어디쯤에 있는 거요?” 마블이 말을 가로막았다.

“여기! 당신에게서 정면으로 5미터 정도 떨어져 있소.”

“오, 이런! 난 장님이 아니오. 이번엔 보이지 않는 공기에 불과하다고 말할 작정이오? 나는 당신 같은 무식한 떠돌이가 아니란 말이야.”

“그래, 나는 보이지 않는 공기야. 당신의 시선은 나를 관통하고 있어.”

“뭐라고? 당신에겐 몸뚱이가 없다는 거야? 그럼, 그 목소리, 그건 뭐야? 그 재잘거림, 그건 뭐냔 말이야?”

“난 인간일 뿐이야. 먹고 마시고 입어야 하는 형체를 지닌 인간이라고. 그러나 보이진 않지. 알겠어? 보이지 않는다고. 요점은 간단해. 보이지 않는다는 거야.”

“뭐라고, 진짜 사람이라는 거요?”

“그렇소, 진짜 사람이오.”

“당신이 정말 사람이라면, 어디 손 좀 빌립시다.” 마블이 말했다. “이건 말도 안 돼. 어떻게 이럴 수가! 정말 미치고 펄쩍 뛸 일이군! 어떻게 그처럼 나를 움켜잡을 수가!”

그는 펼친 손가락으로 자신의 손목을 거머쥔 손길을 느꼈다. 그러고 나서 그 손가락이 벌벌 떨며 팔 위로 움직여 가더니, 근육질 가슴을 토닥거리고 수염 난 얼굴을 더듬는 것을 느꼈다. 순간 마블의 얼굴은 놀라움 그 자체로 변했다.

“어떻게 이럴 수가!” 그가 말했다. “이렇게 황당할 수가! 정말 놀람군! 지금 난 1킬로미터나 떨어져 있는 토끼도 당신을 완전히 관통해 똑똑히 볼 수 있는데! 당신은 전혀 보이지 않아. 다만……."

그는 아무것도 없는 허공을 날카로운 눈초리로 유심히 살펴보았다. "당신은 빵이나 치즈를 먹지 않겠죠?" 그는 보이지 않는 팔을 잡고 물었다.

"맞소. 그런 음식은 내 몸에 잘 흡수되지 않거든."

"아!" 마블이 말했다. "유령이나 다름없군."

"그렇다고 할 수 있겠군, 하지만 이 모든 건 당신 생각처럼 그리 놀라운 건 아니요."

"별 볼일 없는 나 같은 놈에게 그건 정말 놀라운 일이오." 토머스 마블이 말했다. "어떻게 그렇게 할 수 있소! 도대체 어떻게 그리 된 거요?"

"너무 긴 얘기요. 게다가……."

"모든 게 어리둥절할 뿐이오." 마블이 말했다.

"지금 내가 하고 싶은 말은 바로 이거요. 도움이 필요하다는 거요. 그러던 차에 우연히도 당신을 만난 거요. 나는 끓어오르는 분노에 미칠 지경이 되어 벌거벗은 채 무기력하게 배회했소. 사람을 죽일 수도 있었지. 그러던 중에 당신을 보게 된 거요."

마블의 입에서 "맙소사!" 하는 소리가 터져 나왔다.

"나는 당신 뒤에서 성큼성큼 당신에게 다가갔소. 주저하며 당신 앞을 지나 계속 걸음을 옮겼소……."

마블의 심정을 그의 얼굴 표정이 그대로 웅변했다.

"그러다가 걸음을 멈추었지. '여기, 나처럼 버림받은 자가 있군.

바로 이 사람이 내게 필요한 자야.' 난 이렇게 말했소. 그래서 되돌아서 당신 앞에 나타난 거요. 당신 앞에. 그래서……."

"맙소사!" 마블이 말했다. "난 어지러울 뿐이오. 어떻게 도우면 되는지 물어봐도 되겠소? 대체 무슨 도움이 필요하다는 거요? 투명인간 양반!"

"내가 부탁하고 싶은 것은 옷과 잠자리와 그 밖에 몇 가지요. 난 너무 오랫동안 그런 것들 없이 지냈소. 당신이 거절한다면…… 음! 하지만 당신은 들어줄 걸로 믿소. 그래야지."

"이것 보시오." 마블이 말했다. "난 너무 놀랐어요. 더는 날 괴롭히지 마시오. 나를 보내줘요. 안정을 찾아야겠소. 당신이 내 발가락을 부러뜨릴 뻔했소. 정말 말도 안 되는 일이지. 저 텅 빈 언덕, 텅 빈 창공, 자연의 품 말고는 몇 미터 반경에 보이는 것은 아무것도 없어. 그런데 목소리가 들리다니. 천상에서 들리는 목소리인가! 돌멩이는! 주먹은…… 이런, 맙소사!"

"정신 차려. 내 일을 도와줘야 한다고." 목소리가 말했다.

마블의 두 뺨에 보이지 않는 주먹이 날아갔다. 그러자 그의 두 눈이 휘둥그레졌다.

"난 너를 선택했어." 목소리가 말했다. "저 아래 바보들을 제외하면, 투명인간 따위의 존재를 아는 인간은 너뿐이야. 너는 내 조수가 되어야 해. 나를 도와줘. 그러면, 네게 큰 대가를 주겠어. 투명인간은 엄청난 능력을 가진 자라고." 그는 잠시 말을 멈추고 격하게 재채기를 해댔다.

"하지만 나를 배반한다면," 투명인간이 말했다. "내 명령을 제대로 이행하지 못한다면…….”

그는 말을 멈추고 나서 마블의 어깨를 거세게 두드렸다. 보이지 않는 손길을 느끼자, 마블은 공포에 질려 비명을 질렀다. “당신을 배반하지 않겠어요.” 어깨에 닿은 손가락의 방향을 외면하면서 마블이 말했다. “당신이 무엇을 하든, 내가 배반할 거라고 생각하진 말아요. 내가 원하는 것은 당신을 돕는 것뿐이니, 내가 무슨 일을 해야 할지 말해만 줘요. (주인님!) 당신이 원하는 것이 무엇이든 난 기꺼이 그 일을 하겠어요.”

10 마블의 아이핑 방문

난데없이 찾아온 최초의 가공할 사건이 돌풍처럼 지나가고 난 뒤, 아이핑에는 다양한 말들이 떠돌았다. 회의론이 돌연 고개를 들었다. 다소 냉소적인 회의론, 그 회의론에 확실한 근거가 될 만한 것은 없었지만 그럼에도 보이지 않는 인간의 존재에 대한 회의론은 떠돌았다. 투명인간이라는 존재를 믿지 않는 것이 훨씬 더 수월했다. 사실, 투명인간이 공기처럼 사라지는 것을 실제로 목격했거나 그의 팔 힘을 실제로 느꼈던 사람들은 열 손가락으로 셀 수 있을 정도밖에 되지 않았다. 이들 목격자들 중에 웨저즈는 그 즉시 자기 집으로 자취를 감춰 빗장과 창살 뒤에 숨어들었고, 제퍼스는 코치 앤 호시스 여관 객실에서 정신을 잃은 채 드러누워 있었다. 남녀를 막론하고 사람들 모두가 아주 사소하고 쉽게 이해할 만한 것들에 비해 오히려 경험을 초월한 거대하고 불가사의한 생각들을 훨씬 더 무시하기 십상이다. 아이핑은 축제 깃발로 화려했고 모든 사람이 축제 복장이었다. 사람들은 한두 달 전부터 휘트 먼데이를 손꼽아 기다려왔다. 오후가 되자 '보이지 않은 존재'를 믿던 사람들조차 일시적이나마 다시 작은 오락거리에 빠져들었다. 그들에게서 그 이방인은 완전히 사라졌고, 이미 그는 약간의 회의감이 들게 하는 잊힌 웃음거리 정도밖에 되지 않았다. 하지만 그 존재에 대해 회의를 품은 사람이든 아니면 실제라고 믿는 사람이든 모두가 온종일 떠들썩하게 사람들과 어울렸다.

헤이즈만 초원에 텐트가 들어서면서 유쾌한 분위기가 이어졌다. 텐트 안에서는 번팅 부인과 몇몇 부인들이 차를 준비했고 그사이에 밖에서는 주일학교 아이들이 부목사와 커스 양, 색버트 양의 수다스러운 지도를 받으며 달리기를 하거나 다양한 놀이를 했다. 분명 약간의 불안정한 분위기가 감돌긴 했지만, 사람들은 대부분 그들이 느끼는 가공의 불안감이 무엇이든 마음속으로 그것을 숨기려 했다. 마을의 푸른 초원 위로 회전 도르래의 핸들에 매달려 기울어진 줄을 잡고 내달리다 보면, 어느새 반대편 끝에 있던 자루에 맹렬히 내팽개쳐지는 놀이가 있었는데, 그 놀이는 젊은이들 사이에 상당히 인기가 높았다. 그러는 동안 그네 타기와 코코넛 떨어뜨리기 게임도 젊은이들에게 인기가 많았다. 음악에 맞춘 행진도 있었는데, 그네 바로 곁에 있는 스팀 오르간은 코를 찌르는 기름 냄새와 귀에 거슬리는 음악을 공기 중에 가득 채웠다. 아침에 교회에 참석했던 마을 조합 회원들은 연분홍색과 녹색의 기장을 달아 눈이 부실 정도로 화려한 모습을 선보였다. 그리고 눈에 띄게 쾌활해 보이는 몇몇 사람들은 중절모에 휘황찬란한 리본 장식을 하기도 했다. 플레처 노인 — 그는 휴일의 행락을 부정적으로 생각했다 — 이 재스민 빛깔의 창문이나 열린 문(어느 쪽으로 들여다보든 간에)을 통해 보였다. 그는 두 의자 위에 걸친 널빤지에 조심스럽게 균형을 잡고 서서 거실 천장에 희게 회칠을 했다.

네 시경, 낯선 자가 언덕 쪽에서 이 마을로 들어왔다. 그는 작달막한 키에 뚱뚱한 사람으로 유난히도 낡아빠진 실크해트를 썼는데, 무척이나 가쁘게 숨을 쉬며 헐떡거렸다. 그의 두 볼 살이 교대로 느슨하게 늘어졌다가 팽팽하게 긴장했다가를 반복했다. 반점이 있는 얼굴에 불안감이 역력한 그는 억지로 몸을 빠르게 움직이는 듯했다. 그는 교회 모퉁이를 돌아 코치 앤 호시스 여관 쪽으로 갔다. 지금도 플레처 노인은 그 낯선 자를 보았을 때를 기억한다. 당시 그 노신사는 낯선 자의 이상할 정도로 흥분한 모습에 사로잡힌 나머지, 그 자를 쳐다보는 사이에 회반죽이 솔에서 줄줄 흘러내려 외투 소매를 적시는 것도 몰랐다.

코코넛 떨어뜨리기 게임 가게 주인이 목격한 바에 따르면, 이 낯선 자는 혼잣말로 중얼거리는 듯 보였다. 헉스터도 동일한 목격담을 말했다. 낯선 자는 코치 앤 호시스 여관 계단 앞에서 발을 멈추었다는데, 헉스터는 집으로 발을 들여놓기 전에 마음속에서 심하게 갈등하는 모습이 엿보이더라는 말을 전했다. 마침내 그는 계단을 올라갔고, 헉스터가 목격한 바에 따르면 왼편으로 돌아서 객실 문을 열었다. 헉스터는 실내와 바에서 몇 차례 들려오는 낯선 자의 목소리를 들었다. 그 자는 자신이 실수했노라고 말했다. "그 방은 개인용이오." 홀이 말했다. 낯선 자는 서툴게 문을 닫고서 바 안으로 들어섰다.

몇 분이 흐른 뒤에야 그는 손등으로 입술을 닦으면서 다시 모습을 드러냈다. 그의 얼굴에 깃든 은근히 만족스러워하는 표정은 다소 인상적이라고 헉스터는 생각했다. 그는 잠시 서서 주변을 둘러보았다. 그러곤 남의 눈길을 피하는 듯한 이상한 태도로 안마당 입구로 걸어갔는데, 그 모습이 헉스터의 눈에 잡혔다. 객실 창문은 안마당 쪽으로 열려 있었다. 낯선 자는 얼마간 주저하는 듯하더니, 문기둥 가운데 하나에 몸을 기대곤 짧은 사기 파이프를 꺼내어 담배를 채웠다. 담배를 채우는 동안 손가락이 떨렸다. 그는 서툴게 불을 붙이고는 팔짱을 끼고 못마땅한 표정으로 담배를 피웠다. 간헐적이지만 조급하게 안마당을 올려다보는 그의 표정은 자연스럽지 못했다.

헉스터는 이 모든 광경을 담배 진열창의 담배통들 너머로 내다보았다. 헉스터는 그 남자의 특이한 행동을 한 치도 놓치지 않고 계속해서 주시했다.

이윽고 그 낯선 자는 갑자기 일어서더니, 파이프를 주머니에 넣었다. 그러곤 안마당 안으로 모습을 감췄다. 헉스터는 좀도둑이라도 목격한 듯이, 그 도둑을 잡으려고 곧바로 계산대를 뛰어넘어 길로 뛰쳐나갔다. 그러던 중에 마블이 다시 시야에 들어왔다. 그는 모자를 비스듬히 썼고 한 손에는 푸른색 식탁보로 싼 커다란 보따리를 들고 다른 한 손에는 함께 묶은 책 세 권 — 이후에 밝혀진 사실이지만 가죽 끈은 목사 댁의 것이었다 — 을 들고 있었다. 헉스터와 맞닥뜨리자 그는 가쁜 숨을 내쉬며 서둘러 왼편으로 돌아서 달아나기 시작했다. "도둑놈 잡아라!" 헉스터가 외치면서 그 자의 뒤를 쫓았다. 헉스터의 지각(知覺)은 예리했지만 짧은 순간이었다. 그는 그 낯선 자가 바로 눈앞에서 쏜살같이 교회 모퉁이를 지나 언덕길로 달아나는 것을 바라보았다. 저 멀리로는 마을의 깃발들과 축제의 모습이 보였다. 한두 사람이 헉스터에게 눈을 돌렸다. 그는 다시 "도둑놈 잡아라!" 하고 외쳤다. 하지만 그는 열 걸음도 달리기 전에 불가사의하게도 뭔가에 정강이를 잡히고 말았다. 다음 순간, 그는 한 걸음도 더 내딛지 못하고 믿을 수 없이 빠른 속도로 허공을 날았다. 그는 땅바닥이 갑자기 자신의 얼굴로 접근해 오는 것을 보았다. 순간 세상이 번쩍이며 빙빙 선회하는 몇백만의 빛가루처럼 느껴졌다. 그리고 그 다음에 일어난 사건들은 더는 그의 주의를 끌지 못했다.

11 코치 앤 호시스 여관에서

이제 여관에서 일어난 사건을 명확히 이해하기 위해 마블이 처음으로 헉스터 상점 진열창의 시야에 들어왔던 바로 그 순간으로 거슬러 올라갈 필요가 있다. 정확히 그 순간에 커스와 번팅은 객실에 있었다. 그들은 아침에 일어난 이상한 사건을 철저히 수사하는 중이었고 홀의 허가 하에 투명인간의 소지품을 빈틈없이 조사했다. 제퍼스는 넘어져 다친 부상에서 다소 회복되어 인정 많은 친구들의 부축을 받으며 집으로 돌아갔다. 흩어진 이방인의 옷가지들은 홀 부인이 치워, 방은 깔끔하게 정리되어 있었다. 그리고 곧 커스는 창 아래 놓인, 이방인이 연구하는 데 사용한 테이블에서 '일기'라는 표지가 붙은 큼지막한 책 세 권을 발견했다. 원고를 묶은 것이었다.

"일기로군!" 커스가 책 세 권을 테이블에 놓으면서 말했다. "아무튼, 이제는 뭔가 알 수 있겠군." 목사는 두 손을 테이블에 얹고서 일어섰다.

"일기야." 커스가 앉으면서 책 두 권으로 세 번째 책을 받친 후 책장을 펴면서 반복했다. "흠…… 면지〔책의 앞뒤 표지 안쪽에 있는 지면〕에도 이름이 없군. 빌어먹을! 암호잖아. 그리고 숫자들이잖아."

목사가 다가와 커스의 어깨너머로 쳐다보았다.

커스가 책장을 넘기면서 갑자기 실망한 표정을 보였다. "이런! 암호뿐이에요. 번팅 목사님."

"혹 도표는 없소?" 번팅이 물었다. "단서가 될 만한 그림도 없는 거요?"

"목사님께서 보세요." 커스가 말했다. "일부분은 수학이고 일부분은 (글자로 판단하건대) 러시아어 따위인 것 같군요. 그리고 일부는 그리스어로군요. 그리스어라면 제 생각으로 목사님이……."

"물론이오." 번팅이 안경을 꺼내 닦으면서 말했다. 그런데 갑자기 그가 매우 난처한 표정을 지었다. 사실 입 밖으로 내뱉을 만한 이렇다 할 그리스어가 떠오르지 않았던 것이다. "그렇군. 물론 그 그리스어에서 단서를 찾을 수도 있을 거요."

"제가 그리스어 부분을 찾아드리죠."

"우선은 책을 전체적으로 훑어봐야겠소." 번팅이 여전히 안경을 닦으면서 말했다. "커스, 우선은 전체적인 느낌을 파악해야 단서들을 찾을 수 있을 거요."

목사는 헛기침을 하고 안경을 끼고 책들을 세심하게 정리하면서 한 번 더 헛기침을 했다. 그러면서 부디 무슨 일이든 일어나서 당면한 난처한 처지를 모면할 수 있기를 바랐다. 이윽고 그는 여유로운 태도로, 커스가 건네는 책을 받았다. 바로 그 순간 어떤 일이 일어났다.

문이 갑자기 열렸던 것이다.

두 신사가 깜짝 놀라 뒤돌아보았더니, 모피로 만든 실크해트 아래 붉게 달아오른 얼굴이 보였다. 두 사람은 비로소 안심했다. "바인가요?" 붉게 취한 얼굴의 사내가 묻고는 그 자리에 선 채 빤히 응시했다.

"아니오." 두 신사가 동시에 말했다.

"이보시오, 저 맞은편이오." 번팅이 말했다. "제발 문을 닫아주시오." 커스가 화를 내며 말했다.

"알았소." 침입자가 말했다. 처음에 질문을 던질 때의 쉰 음성과는 아주 딴판인 나지막한 목소리였다. "알았습니다!" 그 침입자가 다시 쉰 목소리로 말했다. "길을 비켜라!"라는 말과 함께 그가 사라지자 문이 닫혔다.

"선원으로 보이는군." 번팅이 말했다. "재미있는 자들이지. 길을 비켜라! 확실해요. 아마 그 자들이 방에서 돌아 나갈 때 내뱉는 말일 거요."

"그런 것 같군요." 커스가 말했다. "오늘 제가 제정신이 아닌가 봅니다. 문이 그렇게 열려 깜짝 놀랐어요."

번팅은 자신은 놀라지 않았다는 듯이 웃었다. "그러면 이제, 이 책들을." 그는 한숨을 쉬며 말했다.

"잠깐만요." 커스가 말을 꺼내면서 걸어가 문을 잠갔다. "이젠 방해할 자가 없겠지요."

그가 이러는 사이에 누군가 재채기를 했다.

"한 가지만은 틀림없소." 번팅이 커스 옆으로 의자를 잡아당기면서 말했다. "지난 며칠 동안 아이핑에서 정말 이상한 일들이 계속해서 일어났소. 아주 이상한 일들이 말이오. 물론 나는 사람이 보이지 않는다는 어리석은 얘기 따윈 믿지 않소."

"믿을 수 없는 얘기지요." 커스가 말했다. "믿을 수 없어요. 하지만 제가 직접 본 건 분명한 사실이에요. 정말 저는 그의 소매 바로 밑을 들여다보았는데……."

"하지만 정말 확신할 수 있소? 예컨대, 가령 거울이라면, 환각을 쉽게 만들어낼 수 있을 거요. 정말 놀라운 마술사를 본 적이 있는지 모르겠군요……."

"이제 논쟁은 그만두겠어요." 커스가 말했다. "번팅 목사님, 그 문제는 이미 철저히 논의하지 않았습니까. 이제 여기 있는 이 책들이나 살펴보죠. 아! 제가 보기에 이 부분이 그리스어로군요! 그리스어 글자가 확실해요."

그는 페이지 중간을 가리켰다. 번팅은 다소 얼굴을 붉히면서 안경 때문에 잘 보이지 않는다는 듯이 얼굴을 더 가까이 가져갔다. 별안간 그는 목덜미에 이상한 감각을 느꼈다. 머리를 들어 올리려 했지만, 꼼짝 못할 만큼 강한 힘과 직면했다. 그 압력에 대한 느낌은 정말 기묘했다. 묵직하고 강한 손이 거머쥐는 듯했고 그로서는 저항할 수 없는 힘이 그의 턱을 테이블에 누르는 것만 같았다. "움직이지 마, 꼬맹이들아." 목소리가 속삭였다. "안 그러면 네놈들 모두 골통을 부숴버리겠어!" 번팅은 바로 앞에 있는 커스의 얼굴을 쳐다보았다. 그러자 두 사람의 눈에 자신의 병적인 놀람을 소름 끼치게 반영하는 자아상이 들어왔다.

"네놈들을 너무 거세게 다뤄 유감스럽지만 어쩔 수 없어." 목소리가 말했다.

"언제부터 네놈들이 연구자의 개인 기록물을 훔쳐봤지?" 목소리가 말했다. 두 개의 턱이 동시에 테이블을 쳤고 두 사람의 치아가 동시에 덜걱거리는 소리가 났다.

"언제부터 네놈들이 불운에 처한 한 인간의 사실(私室)을 무단 침입하는 방법을 배웠지?" 다시 한 번 치아가 덜걱거리는 소리가 났다.

"내 옷을 어디 뒀지?"

"계속 들어봐." 목소리가 말했다. "창문은 닫혀 있고 문 열쇠는 내 손 안에 있어. 나는 힘이 꽤나 셀 뿐 아니라 꽤 쓸 만한 부지깽이도 가지고 있어. 게다가 보이지도 않아. 내가 맘만 먹으면 네놈들을 죽이고 떠나는 건 문제가 아냐. 알겠어? 자, 좋아. 내가 네놈들을 놓아줄 테니 바보 같은 짓은 아예 하지 말고 내가 시키는 대로만 하겠어?"

목사와 의사는 서로의 얼굴을 바라보았다. 그러곤 의사가 얼굴을 들려 했다. "좋아요." 번팅이 말하자 의사가 그 말을 되풀이했다. 그 순간 목을 누르던 힘이 약해졌다. 얼굴이 새빨개진 의사와 목사는 머리를 버둥거리며 몸을 일으켜 앉았다.

"그 자리에 그대로 앉아 있어." 투명인간이 말했다. "이 부지깽이 보이지."

"난 이 방에 들어올 때" 투명인간은 부지깽이를 두 사람 코끝에 들이대면서 말을 계속했다. "네놈들이 내 방을 차지하고 있을 거라곤 생각하지 않았어. 그저 내 기록물들이나 옷가지쯤은 찾을 수 있겠거니 기대했지. 내 옷은 어디 있지? 안 돼, 일어서지 마. 어디로 치운 모양이군. 낮에는 따뜻한 편이니, 투명인간이 벌거숭이인 채로 돌아다닐 만하지. 하지만 밤이 되면 너무 추워. 바로 지금도 그렇고. 옷가지와 몇 가지 소지품이 필요해. 그리고 여기 이 책 세 권도 가져가야겠어."

12 이성을 잃은 투명인간

이 시점에서 얘기를 다시 중단할 수밖에 없다. 머지않아 명백해질 정말 가슴 아픈 어떤 이유 때문이다. 현재의 이 사건이 객실 안에서 일어나는 사이에, 그리고 헉스터가 마블이 문에 기대어 담배 피우는 모습을 주시하는 동안에, 그곳에서 채 10미터도 떨어지지 않은 곳에서 홀과 테디 헨프리는 아이핑에서 일어난 사건을 화제로 두서없이 논쟁을 하고 있었다.

갑자기 객실 문에 무엇인가가 거세게 쾅 하고 부딪히는 소리가 났고 날카로운 외침이 들렸다. 그러곤 조용해졌다.

"뭐야!" 테드 헨프리가 말했다.

"뭐야!" 하는 소리가 바에서 들려왔다.

홀은 사태를 느리지만 확실하게 파악했다. "뭔가 이상해." 그는 바 뒤에서 돌아 나와 객실 문으로 갔다.

그와 테디는 긴장된 얼굴로, 문 쪽으로 접근했다. 그들의 눈빛에는 의혹이 깃들어 있었다. "뭔가 이상해." 홀이 말했고 헨프리가 그의 말에 고개를 끄덕이며 동의했다. 불쾌한 화학약품 냄새가 코를 찔렀고 매우 빠르면서도 소리를 죽인 듯한 조용한 대화가 들려왔다.

"거기 괜찮아요?" 홀이 문을 톡톡 두드리며 물었다.

중얼거리던 대화가 갑자기 끊어지고 한동안 조용했다. 곧이어 쉬쉬 하고 속삭이는 대화가 다시 시작되더니, "아니, 아니, 안 돼!" 하는 날카로운 외침이 들렸다. 갑자기 뭔가 움직이는 듯하더니, 의자가 넘어지면서 순간적인 싸움이 벌어진 것만 같았다. 그러곤 다시 조용해졌다.

"도대체 무슨 일이오?" 헨프리가 저음으로 소리를 질렀다.

"거기 괜찮은 거요?" 홀이 날카로운 목소리로 다시 물었다.

목사가 유난히 떨리는 목소리로 대답했다. "괜……찮소. 제발…… 방해하지 말아요."

"이상해!" 헨프리가 말했다.

"이상해!" 홀이 말했다.

"방해하지 말라고 하는군." 헨프리가 말했다.

"소리가 들려." 홀이 말했다.

"재채기도." 헨프리가 말했다.

그들은 귀를 기울였다. 대화는 빠르면서도 낮았다. "난 할 수 없어요." 번팅의 목소리가 높아졌다. "선생, 난 정말 못 하겠어요."

"무슨 소리지?" 헨프리가 물었다.

"못 하겠다고 말하는 거야." 홀이 말했다. "우리에게 말하는 건 아니야. 안 그래?"

"수치스럽소!" 안에서 번팅이 말했다.

" '수치스럽소.' " 헨프리가 내뱉었다. "똑똑히 들리는군."

"지금 말한 사람이 누굴까?" 헨프리가 물었다.

"커스 같은데." 홀이 말했다. "자네, 무슨 소리 들었나?"

침묵. 방에서 들리는 소리는 뚜렷하지 않아 종잡을 수가 없었다.

"식탁보 팽개치는 소리 같은데." 홀이 말했다.

홀 부인이 바 뒤편에서 나타났다. 홀이 가만히 오라고 손짓을 했다. 이것이 홀 부인의 아내다운 반항심을 자극했다. "홀, 당신 거기서 뭘 그렇게 듣는 거야?" 그녀가 물었다. "할 일이 그렇게 없어. 이처럼 바쁜 날에 말이야?"

홀은 얼굴을 찌푸리고 말없이 손짓을 하며 최선을 다해보았지만 홀 부인은 고집을 꺾지 않았다. 그녀는 음성을 높였다. 그래서 홀과 헨프리는 맥이 빠진 채 발꿈치를 들고 바로 돌아가서 숨을 헐떡거리면서 설명했다.

처음에 그녀는, 그들이 들은 말들을 설명하려 해도 도대체 이해해보려 하지 않았다. 그러고는 홀에게 입을 다물라고 고집을 부렸다. 그래서 그사이에 헨프리가 그녀에게 얘기를 들려줬다. 그녀는 이 모든 사건을 터무니없는 얘기로 생각하려 했다. 그녀는 번팅과 커스가 가구를 옮기는 거라고 생각했다.

"'수치스럽소'라는 말소리를 들었다고. 정말이야." 홀이 말했다.

"저도 그 소리를 들었어요, 부인." 헨프리가 말했다.

"그럴 리가." 홀 부인이 말했다.

"쉿!" 테디 헨프리가 말했다. "창문 소리가 들리는 거 같지 않나?"

"어떤 창문 말이에요?" 홀 부인이 말했다.

"객실 창문요." 헨프리가 말했다.

모두 조심스럽게 귀를 기울이며 서 있었다. 자신 앞을 똑바로 바라보던 홀 부인은 화려한 직사각형 여관 문은 보지도 않고 생기 넘치는 하얀 길과, 유월의 태양 빛을 받아 일그러져 보이는 헉스터 상점의 정면으로 시선을 던졌다. 그러고 있자니, 갑자기 헉스터 상점의 문이 열렸고, 흥분한 듯 두 눈이 휘둥그레진 채 양 팔을 휘저으며 헉스터가 나타났다. "앗!" 헉스터가 외쳤다. "도둑놈 잡아라!" 그러곤 안마당 문으로 이어지는 직사각형 공간을 비스듬히 가로질러 달렸다. 이윽고 그는 사라졌다.

이와 동시에 객실에서 소동이 일어나고, 창문이 닫히는 소리가 들렸다.

홀, 헨프리, 바에 있던 모든 사람이 동시에 거리로 허둥지둥 뛰어나왔다. 그들은 어떤 이가 모퉁이를 홱 돌아서 길로 내려가는 것을 목격했다. 순간 헉스터는 이상한 몸짓으로 얼굴이나 어깨 높이만큼의 공중에서 날아올랐다. 거리 저편 아래, 사람들은 깜짝 놀란 채 서 있거나 그들 쪽으로 달려왔다.

헉스터는 기절하고 말았다. 그런 그를 헨프리가 발견했다. 하지만 바에 있던 노동자 두 사람과 홀은 일시에 길모퉁이로 달려가면서 저마다 마구 고함을 질렀다. 그들의 시야에서는 마블이 교회 담 모퉁이로 사라지고 있었다. 순간 그들의 뇌리에 갑자기 마블이 모습을 드러낸 투명인간일 거라는 있을 수 없는 결론이 스쳤고, 그들이 움찔하는 듯 보이기도 했다. 그러곤 모두 발길을 뒤쫓아 추격에 나섰다. 그러나 홀은 10미터도 못 가서 깜짝 놀라 비명을 지르며 노동자 한 명을 붙든 채 옆으로 곤두박질쳤다. 그 바람에 그 노동자

역시 땅바닥에 내동댕이쳐졌다. 축구 경기 중에 상대 선수에게 반칙 공격을 받듯 공격을 당한 것이었다. 또 한 노동자가 빙 돌아와 그 광경을 쳐다보더니, 홀이 제 실수로 곤두박질친 것으로 알고 추격을 계속했다. 하지만 그 역시 헉스터와 마찬가지로 발목을 차여 넘어지고 말았다. 바로 그때, 앞서 넘어졌던 노동자가 몸을 일으키려 몸부림치던 중, 옆구리에 일격을 당했다. 마치 황소라도 쓰러뜨릴 것 같은 위력이었다.

그가 내달리던 중에 마을 들판 방향에서 달려오던 사람들이 그 모퉁이를 선회했다. 맨 처음 모습을 보인 사람은 푸른색 셔츠를 걸친 건장한 체격의 코코넛 떨어뜨리기 게임 가게 주인이었다. 그는 텅 빈 길바닥에 세 남자가 우스꽝스럽게 뻗어 있는 꼴을 보고 무척 놀랐다. 순간 그의 발뒤꿈치에 뭔가 문제가 생긴 것만 같더니, 그는 곤두박질쳐 옆으로 떼굴떼굴 구르며 마침 그 뒤를 뒤따라오던 자신의 형제와 친구의 다리를 스쳤다. 그 바람에 두 사람도 곤두박질치고 말았다. 두 사람은 지나치게 성급했던 많은 사람들에게 발길질을 당하고 무릎이 꿇리고 벌렁 나자빠지고 마구 쏟아지는 악담을 들어야 했다.

홀과 헨프리와 노동자들이 집 밖으로 뛰쳐나올 당시에 홀 부인은 오랜 경험에서 터득한 것인지, 바의 돈 서랍 곁을 지키고 있었다. 그러던 중 갑자기 객실 문이 열리더니 커스가 나타났다. 그는 그녀를 쳐다보지도 않고 재빨리 계단을 뛰어내려 길모퉁이 쪽으로 쏜살같이 달려갔다. "저놈 잡아라!" 그가 외쳤다. "놈에게서 꾸러미를 떨어뜨리려 하지 마! 놈이 꾸러미를 들고 있는 한 놈을 볼 수 있어!" 그는 마블이란 존재에 대해서는 아무것도 몰랐다. 이미 투명인간은 안마당에서 책들과 꾸러미를 마블에게 넘겼던 것이다. 커스의 얼굴에는 분노와 단호함이 서렸으나 옷차림은 영 어울리지 않았다. 그것은 그리스에서나 용인될 법한 축 처진 일종의 하얀색 킬트〔스코틀랜드에서, 남자들이 전통적으로 입는 체크무늬 스커트〕였다. "저놈 잡아라!" 그가 울부짖었다. "놈이 내 바지를 빼앗았어! 목사님의 옷도 죄다 벗겨갔어!"

"빨리 이 사람 좀 돌봐줘!" 그는 쓰러져 있던 헉스터 곁을 지나면서 헨프리에게 외치고는 모퉁이를 돌아서 난장판에 끼어들었다. 하지만 일순간 다리를 채이면서 꼴사납게 나자빠지고 말았다. 누군가 허공을 날아와 무참하게 손가락을 짓밟았다. 그는 비명을 질렀고 몸을 일으키려 몸부림쳤지만, 또다시 얻어맞고 큰 대 자로 뻗었다. 순간 그는 자신이 놈을 잡기는커녕 놈에게 크게 당했다는 걸 깨달았다. 결국 모두 뒤돌아 마을 쪽으로 달려갔다. 그는 다시 몸을 일으켰지만 귀밑 머리통에 심한 일격을 당했다. 얼마 후 그는 막 자리에서 일어나려던 가련한 헉스터를 뛰어넘어 비틀거리며 코치 앤 호시스 여관으로 향했다.

그가 여관 계단을 반쯤 올라섰을 때 갑자기 등 뒤에서 분노의 외침이 들려왔다. 그 소리가 혼잡하게 외쳐대는 소리들 속에서 격하게 커졌다. 그리고 동시에 어떤 이의 얼굴을 찰싹 때리는 소리가 들렸다. 그는 그 외침이 투명인간의 입에서 나온 소리가 아닐까 생각했다. 사실 그 외침은 매서운 주먹맛에 돌연 분개한 사람의 입에서 터져 나온 음성이었다.

커스는 재빨리 객실 안으로 돌아왔다. "번팅 목사님, 그놈이 돌아올 겁니다!" 그가 뛰어들면서 말을 꺼냈다. "몸조심하세요! 놈은 미쳤어요!"

창가에 서 있던 번팅은 벽난로 앞에 깔아놓은 깔개와 잡지책《웨스트 서리 가제트》로 몸을 가리고 있었다. "누가 오는 거요?" 그가 말했다. 그는 너무나 놀란 나머지 하마터면 가렸던 것들을 놓칠 뻔했다.

"투명인간." 커스가 창문 쪽으로 달려가며 말했다. "우리는 여기서 나가는 게 좋겠어요! 놈이 미쳐 날뛰고 있어요. 미쳤어요!"

다음 순간, 그는 안마당에 나와 있었다.

"맙소사!" 두 가지 무서운 선택을 놓고 주저하며 번팅이 말했다. 그는 여관 입구에서 무서운 싸움이 벌어지는 소리를 듣고는 결정을 내렸다. 그는 창밖으로 기어 내려와서 서둘러 몸에 옷을 걸치고 뚱뚱하고 작은 다리가 달릴 수 있는 한 최대한 빨리 마을 위쪽으로 달아났다.

투명인간이 분노에 사로잡힌 채 울부짖고 번팅이 마을 위로 잊을 수 없는 도주를 감행했던 순간부터는 아이핑에서 일어난 사건에 대해 논리적으로 설명하는 것은 불가능했다. 투명인간의 본래 의도는 단순히 옷가지와 책을 훔쳐 나오는 마블의 도주 길을 보호하려는 것이었으리라. 그러나 상황이 매우 좋지 않았다. 어느 한순간 극도로 분노하게 된 그는 주먹을 마구 휘두르며 사람들을 뻗게 했다. 일단 이성을 잃자 그는 단순히 사람들에게 고통을 주는 것에 만족했던 것이다.

거리를 가득 메운, 달아나기에 바쁜 사람들과 문이란 문은 모두 매몰차게 닫아버리는 광경과 사람들이 숨을 곳을 놓고 서로 다투는 광경을 상상해보라. 플레처 노인을 떠받친 널빤지와 의자 두 개의 불안정한 균형을 깨뜨린 갑작스런 소동을 상상해보라. 결국 노인은 곤두박질치고 말았다. 또한 남녀 한 쌍이 비참하게도 그 소동의 소용돌이에 휘말려서 공포에 떠는 모습을 상상할 수 있으리라. 다음 순간, 온통 떠들썩한 사람들의 도주 물결이 지나가자, 요란하게 반짝이는 잡동사니와 깃발들로 수놓은 아이핑 거리는 황량하기 그지없었다. 다만 여전히 투명인간이 미쳐 날뛰었고 코코넛, 뒤집힌 텐트 천막, 노점 가판대에서 떨어진 과자 따위의 잡동사니만이 흩어져 나뒹굴었다. 그곳 어디에서든 덧문을 닫고 빗장을 거는 소리가 들렸다. 눈에 띄는 인간이라고는 창틀에서 가끔 눈을 깜빡이는 치켜올린 눈썹 아래 시선뿐이었다.

투명인간은 한동안 코치 앤 호시스 여관의 모든 창문을 깨부수는 것을 즐겼다. 그러고 나서 가로등을 그리블 부인 집의 객실 창문 속으로 찔러 넣었다. 에더딘 도로변에 있는 히긴즈의 오두막집 바로 너머, 애더딘으로 뻗은 전선을 끊어버린 것도 그였다. 그런 사고를 친 후 그는 비상한 능력을 발휘하여 인간의 지각 범위에서 벗어나 완전히 자취를 감췄다. 사람들은 아이핑에서 더는 그의 목소리를 들을 수도 그 존재를 볼 수도 느낄 수도 없었다. 그는 완전히 사라지고 말았다.

그러나 거의 두 시간이 지날 때까지 감히 그 누구도, 황량한 아이핑 거리에 모습을 다시 드러내지 못했다.

13 마블, 명령을 거부하다

어둠이 짙어지고, 아이핑 사람들이 조심스럽게, 공휴일을 망쳐놓은 소동의 파편을 다시 내다보기 시작할 무렵, 닳아서 해진 실크해트를 쓴 땅딸막한 남자가 블람브레허스트로 향하는 도로변 너도밤나무들 뒤로 어둠 속을 고통스러운 표정을 하고 걸어가고 있었다. 그는 탄력 있는 장식용 끈으로 묶은 책 세 권과 푸른색 식탁보로 싼 꾸러미를 들었다. 새빨갛게 물든 그의 얼굴에는 몹시 놀란 표정과 피로의 빛이 역력했다. 가끔 그의 발걸음에서 병적일 만큼 서두르는 기색이 엿보였다. 그는 혼자가 아니라 목소리와 동행했고, 이따금씩 보이지 않는 손이 닿자 몸을 움찔했다.

"네놈이 다시 날 속이고 달아나려 한다면." 목소리가 말했다. "네가 다시 날 속이고 달아나려 한다면……."

"아아!" 마블이 말했다. "어깨가 상처투성이란 말이오."

"맹세코 너를 죽일 거야." 목소리가 말했다.

"전 달아날 생각은 추호도 없었어요." 마블이 눈물을 글썽이며 말했다. "맹세코 그럴 생각은 없었어요. 그저 그 빌어먹을 모퉁이가 있을 줄 몰랐던 겁니다. 그게 다라고요! 그런 모퉁이가 있을 줄 어찌 알았겠어요? 보세요. 얻어맞은 제 꼴을요……"

"네놈이 정신 차리지 않는다면, 얼마든지 패줄 거야." 목소리가 말했다. 그러자 마블은 별안간 조용해졌다. 그리고 그의 건방져 보이던 태도는 자취를 감추고 두 눈에는 절망감이 역력해졌다.

"내 책에 대한 관심일랑 일절 가지지 마. 저 허우적거리는 시골뜨기 녀석들이 내 작은 비밀이라도 폭로하도록 빌미를 줄 수야 없지. 그건 정말 더러운 일이거든. 놈들 중 일부는 잽싸게 달아났어. 놈들로서는 천만다행이지! 난 여기 있도다. 내가 보이지 않는다는 걸 누구도 알지 못했도다! 그럼 이제 어쩐다지?"

"어쩌죠?" 마블은 목소리를 죽이며 말했다.

"그러게 말이다. 오늘 사건은 신문에 날 거야! 모든 놈들이 나를 찾겠지. 나를 잡으려 모든 놈들이 혈안이 돼 있을 거야……." 목소리가 내뱉는 말이 갑자기 험악한 욕설로 바뀌는 듯하더니 그만 그치고 말았다.

마블의 얼굴에 드러난 절망감이 더욱 짙어지면서 그의 발걸음에 맥이 빠졌다.

"빨리 가!" 목소리가 말했다.

마블의 얼굴색이 엷은 회색빛을 띠자 점점이 박힌 반점들이 더욱더 붉게 보였다.

"바보 놈아, 책을 떨어뜨리지 마." 그를 앞지르며 목소리가 날카롭게 말했다.

"실은 난 네놈을 이용할 생각이야. 네놈은 도구로 쓰기에 형편없지만 그래도 네놈을 이용하겠어." 목소리가 말했다.

"저는 볼품없는 도구예요." 마블이 말했다.

"그래." 목소리가 말했다.

"저는 당신이 쓰기에는 아주 쓸모없는 도구예요." 마블이 말했다.

"저는 몸이 튼튼하지도 못해요." 비통한 침묵 끝에 그가 말했다.

"저는 힘이 약하다고요." 그가 반복해서 말했다.

"그럴 리가?"

"게다가 심장도 약해요. 아까의 하찮은 일조차 결국 해내긴 했지만, 위험했어요! 하마터면 망칠 뻔했잖아요."

"그래서?"

"저는 당신이 원하는 일을 하는 데 담력과 힘이 부족했어요."

"내가 기운을 북돋아주지."

"그러실 필요 없어요. 아시다시피, 전 당신의 계획을 망치고 싶지 않아요. 하지만 망치게 될지도 몰라요. 저는 극심한 불안과 고통 때문에 당신의 계획을 망치고 말 거예요."

"그 따위 생각은 집어 치워." 목소리가 조용한 음성으로 강조했다.

"차라리 죽는 편이 좋겠어요." 마블이 말했다.

"정당하지 못해요." 그가 말했다. "그걸 당신은 인정해야만 해요. 저도 완전한 권리를 가졌어요."

"계속 가!" 목소리가 말했다.

마블의 발걸음이 빨라지면서 다시금 그들 사이에 한동안 침묵이 흘렀다.

"정말 고약해." 마블이 말했다.

이 말에 아무런 반응이 없었다. 그는 또 다른 얘기를 꺼냈다.

"저는 어찌 되는 겁니까?" 그가 참을 수 없는 듯 삐딱한 어조로 다시 말을 내뱉었다.

"이런! 닥쳐!" 벌컥 화를 내며 목소리가 말했다. "나는 네놈이 무사하도록 지켜볼 거야. 네놈은 시키는 대로만 하면 돼. 네놈은 잘해낼 거야. 네놈은 천하의 바보지만 해낼 수 있을 거야."

"전 당신의 일을 제대로 할 위인이 못 돼요. 정중히 말씀드리지만, 그러니까……."

"닥치지 않으면 다시 네 팔목을 비틀어버릴 거야." 투명인간이 말했다. "생각 좀 해봐야겠어."

얼마 후 나무들 사이로 노란 타원형 불빛 두 개가 보이더니 정사각형 교회 탑이 황혼을 배경으로 어렴풋이 모습을 드러냈다. "저 마을을 빠져나가는 동안 내 손으로 네 어깨를 잡고 있어야겠어. 바보짓 할 생각 말고 똑바로 가. 어리석은 짓을 하면 네놈은 성치 못할 거야." 목소리가 말했다.

"알겠어요." 마블이 한숨지으며 말했다. "잘 알겠어요."

너덜너덜한 실크해트를 쓴 불운해 보이는 한 인물이 짐을 들고 작은 마을의 거리를 지나갔다. 그러곤 창문에서 흘러나오는 불빛 저편, 짙어가는 어둠 속으로 사라졌다.

14 포트 스토에서

다음날 아침 열 시, 덥수룩한 수염에 초췌한 여행자 행색을 한 마블은 두 손을 주머니 깊숙이 찔러 넣고 책을 곁에 둔 채 포트 스토 교외의 어느 작은 여관 밖에 놓인 벤치에 앉아 있었다. 그는 피로에 지쳤고 불안감에 사로잡혔으며 편치 못해 보였다. 그리고 양볼이 아주 자주 부풀어오르곤 했다. 그 옆에 있던 책들은 이제는 끈으로 묶여 있었다. 투명인간의 계획이 변경되면서 꾸러미는 이미 브람블레허스트 저편 소나무 숲에 버려진 상태였다. 벤치에 앉은 마블에게 조금이라도 관심을 가지는 사람은 없었지만 그의 초조한 마음은 흥분할 대로 흥분해 있었다. 그의 두 손은 가끔씩 매우 불안한 태도로 여러 군데 주머니를 더듬었다.

하지만 거의 한 시간이 다 가도록 앉아 있으려니, 초로의 한 선원이 신문을 들고 여관을 나와 그의 옆에 앉았다. "좋은 날씨로군요." 선원이 말을 꺼냈다.

마블은 두려움에 사로잡힌 듯한 눈초리로 선원을 흘끗 쳐다보았다. "무척이나요." 그가 말했다.

"정말 계절다운 날씨예요." 선원이 마블의 말에 동의한다는 듯 말했다.

“정말 그래요.” 마블이 말했다.

선원은 이쑤시개를 꺼내어 (주변을 주시하며) 그것을 자유롭게 놀리면서 몇 분을 보냈다. 그사이에 그의 눈은 먼지투성이인 마블의 행색과 그 옆에 놓인 책들을 마음대로 훑어보았다. 그가 마블 가까이 접근하자, 마블의 주머니에서 주화들이 쩔렁거리는 것 같은 소리가 들려왔다. 선원은 행색과는 대조적으로 돈이 제법 있어 보이는 낌새에 놀랐다. 순간 그의 정신은 이상할 정도로 단단하게 자신의 상상을 사로잡은 화제로 되돌아갔다.

“책이군요?” 그가 이를 쑤시던 일을 끝내고 나서 별안간 말을 꺼냈다.

마블이 깜짝 놀라며 책을 보았다. “아아, 그래요.” 그가 말했다. “네, 책이죠.”

“책 속에는 괴상한 얘기들이 많지요.” 선원이 말했다.

“맞아요.” 마블이 말했다.

“책이 아닌 현실에서도 괴상한 일들이 많이 생기지요.” 선원이 말했다.

“그 말도 맞아요.” 마블이 말했다. 그는 상대방을 쳐다보고 나서 주위를 흘끗 쳐다보았다.

“예컨대 신문을 보면 기묘한 사건들이 실려 있어요.” 선원이 말했다.

“그래요.”

“여기 신문에,” 선원이 말했다.

"아아!" 마블이 말을 내뱉었다.

"여기 있는 기사를 보세요." 선원은 변함없이 침착한 눈초리로 마블을 뚫어지게 쳐다보면서 말했다. "이를테면 투명인간에 관한 기사가 있군요."

마블은 입을 일그러뜨리고 손으로 뺨을 긁어댔다. 그는 두 귀가 빨갛게 달아오르는 것을 느꼈다. "뭐라고 났는데요?" 그가 힘없는 목소리로 물었다. "오스트리아, 아니면 아메리카에서 일어난 일인가요?"

"두 나라 다 아니요." 선원이 말했다. "바로 여기서 일어난 거요!"

"맙소사!" 마블이 기겁을 하며 말했다.

"여기라는 말은 물론 바로 이 장소 이곳을 의미하는 것은 아니요. 다만 이 마을 부근을 말하는 것이죠." 선원이 마블을 안심시키려는 듯 말했다.

"투명인간이라니!" 마블이 말했다. "그런데 그 자가 무슨 짓을 저질렀다는 거요?"

"할 짓은 다했소." 선원이 눈빛으로 마블을 사로잡으며 말했다. 그러곤 덧붙였다. "하나같이 못된 일이지요."

"나흘 동안이나 신문을 못 봤어요." 마블이 말했다.

"그 자가 벌인 사건이 시작된 곳이 아이핑이라는군요." 선원이 말했다.

"정—말!" 마블이 말했다.

"그곳에서부터 시작됐어요. 그런데 그 자가 어디 출신인지 아무도 모른다는 겁니다. 신문 기사에 이렇게 씌어 있군요. '아이핑의 기괴한 이야기.' 그리고 사건의 증거가 너무나도 명백하다고 씌어 있군요. 아주 명백하다고요."

"이럴 수가!" 마블이 말했다.

"증거가 명백하다고 하더라도, 정말 기괴한 이야기예요. 증인으로 목사와 의사가 있군요. 그 자를 확실히 제대로 봤다고 증언하기도 하고, 어쨌든 보지는 못했다고 증언하기도 했군요. 기사에 따르면, 그 자는 코치 앤 호시스 여관에서 머물렀는데, 그 자가 얼굴 붕대를 떼어내기 전까지는 아무도 그 자의 비참한 운명을 알지 못했다는군요. 여관에서 완전히 변신을 했군요. 얼굴에서 붕대를 뗐을 때, 얼굴이 보이지 않았다는 겁니다. 당장에 그 자를 잡으려 애썼으나 옷을 벗어던지고 도망쳐버리고 말았답니다. 하지만 필사적인 사투 끝에 달아난 모양입니다. 그 와중에 뛰어나고 유능한 경관 J. A. 제퍼스가 심한 상처를 입었다는군요. 제법 신뢰성 있는 기사군요. 안 그렇소? 이름과 모든 것들이……."

"이런!" 마블이 불안하다는 듯 주위를 흘끔 쳐다보며 말했다. 그는 주머니 속의 돈을 맨손의 감각만으로 세어보았다. 기괴하고 이상한 생각이 들었다. "정말 놀라운 얘기군요."

"그렇지 않나요? 기괴한 일이죠. 전에는 투명인간 따위의 말을 전혀 들어보지 못했지만, 요즘 세상에는 이런 이상한 일들을 얼마든지 들을 수 있어요."

"그 자 얘기는 그게 전부인가요?" 평정을 찾은 듯한 표정으로 마블이 물었다.

"그만하면 충분한 것 아니오?" 선원이 말했다.

"혹시 되돌아가진 않았나요?" 마블이 물었다. "도망쳤을 뿐이고, 그게 전부란 말이죠?"

"그게 전부예요!" 선원이 말했다. "왜요? 이만하면 충분하지 않소?"

"충분하고 말고요." 마블이 말했다.

"그 정도면 충분하다고 생각해요." 선원이 말했다 "정말 그것만으로도 충분해요."

"그 자에게 공범은 없었던가요? 공범이 있었다는 말은 씌어 있지 않나요?" 마블이 불안한 듯 물었다.

"한 명으로 부족해서 그래요?" 선원이 말했다. "공범은 없었어요. 기사에 의하면, 천만다행으로 그 자에겐 공범이 없었어요."

그는 천천히 머리를 끄덕였다. "그놈이 전국을 날뛰며 돌아다닌다는 생각만 해도 정말 불안해요! 그 자는 지금도 자유로이 활보하고 있어요. 그 자의 몇몇 행동에서 볼 수 있는 증거로 추측컨대, 포트 스토로 향하는 길에 있을지도 몰라요. 우리가 바로 그곳에 있는 거요! 당신처럼 아메리카의 불가사의한 얘기 따위를 말할 때가 아니오. 그 자가 어떤 짓을 할지 한번 생각해보시오! 그 자가 예고 없이 나타나 당신에게 달려들려 한다면 당신이 어디로 피할 수 있겠소? 그 자가 강도질을 하려 한다면 누가 그 자를 막을 수 있겠소? 그 자는 남의 집에 침입할 수도 있고 강도질도 손쉽게 할 수 있을 거요. 당신이나 내가 맹인을 손쉽게 따돌릴 수 있는 것처럼 그 녀석이 경찰의 경계망을 빠져나가는 것은 식은 죽 먹기요! 오히려 그보다 더 쉽지! 여기, 우리 두 맹인은 유별나게 높은 소리에만 귀를 기울일 거요. 하지만 그 자는 자신이 좋아하는 술이 어디에 있든……"

"그 자가 매우 유리하다는 건 틀림없어요." 마블이 말했다. "그렇고말고요."

"맞아요." 선원이 말했다. "그 자가 아주 유리해요."

마블은 계속해서 자기 주변을 주의 깊게 살피며 희미한 발소리에도 귀를 기울였다. 거의 알아차릴 수 없는 미세한 움직임을 놓치지 않으려는 듯했다. 그는 곧 중대한 결정을 하려는 듯 보였다. 그는 손으로 입을 가리고는 기침을 해댔다.

그는 한 번 더 귀 기울이며 주위를 살폈다. 그러곤 선원에게 몸을 기울이더니 목소리를 낮추어 말했다. "사실을 밝히면, 나는 우연히 그 투명인간에 대해서 한두 가지 사실을 알게 됐어요. 내 사적인 경험에서죠."

"오!" 선원이 흥미로운 목소리로 말했다. "당신이?"

"네." 마블이 말했다. "내가."

"정말!" 선원이 말했다. "그럼, 얘기 해봐요."

"엄청 놀랄 거요." 마블이 손으로 입을 가린 채 말했다. "정말 엄청난 얘기지요."

"정말로!" 선원이 말했다.

"사실은." 마블이 비밀을 털어놓기라도 할 듯이 나지막한 목소리로, 그리고 간절한 마음으로 말문을 열었다. 하지만 갑자기 그의 안색이 기묘하게 바뀌었다. "앗!" 그가 말했다. 그는 자리에서 벌떡 일어섰다. 그의 얼굴에 육체적 고통이 확연히 드러나 보였다. "와!" 하는 소리가 그의 입에서 튀어나왔다.

"무슨 일이오?" 선원이 걱정스러운 표정으로 말했다.

"치통 때문에." 마블은 손을 귀에다 갖다 댔다. 그러곤 책을 거머쥐었다. "서둘러야 될 것 같소." 그가 말했다. 그는 이상하게 거동하며 상대방의 옆자리에서 일어나 떠나려 했다. "하지만 당장 투명인간에 대해서 얘기해주겠다고 하지 않았소!" 선원이 항의조로 말했다. 마블은 속으로 고민하는 듯 보였다. "거짓말이오." 목소리가 말했다. "거짓말이오." 마블이 말했다.

"하지만 신문에 실렸잖소." 선원이 말했다.

"그것도 모두 거짓말이오." 마블이 말했다. "나는 그런 거짓말을 퍼뜨린 놈을 알고 있소. 도대체 투명인간이란 존재가 어떻게 있을 수 있겠소."

"하지만 신문에 난 떠들썩한 기사는 어떻고? 대체 무슨 말을 하려는 거요?"

"그런 말은 아니었소." 마블은 고집스럽게 말했다.

선원은 손에 든 신문을 빤히 응시했다. 마블이 홱 얼굴을 돌렸다. "잠깐만. 그럼 당신이 말하려는 의미가?" 선원이 몸을 일으키면서 천천히 말을 내뱉었다.

"그렇소." 마블이 말했다.

"그렇다면 왜 당신은 내가 이 말도 안 되는 거짓말을 계속 지껄이도록 내버려둔 거요? 도대체 왜 이처럼 사람을 바보로 만드는 거지? 이보쇼?"

마블은 양볼을 부풀게 했다. 선원은 갑자기 화가 치밀어올랐다. 그는 두 주먹을 불끈 쥐었다. "이곳에서 십 분 동안이나 얘기를 했잖아." 그가 말했다. "올챙이처럼 배만 볼록하게 튀어나온 뚱뚱보, 철면피 같은 놈, 근본적인 예의는 없는 놈이구나."

"네놈도 나와 맞장구쳤잖아?" 마블이 말했다.

"맞장구를 쳤다고! 날 뭐 바보로 아나……."

"자, 서둘러." 목소리가 말했다. 그러자 마블이 갑자기 발작을 일으키는 듯 괴상한 몸짓으로 빙빙 돌더니 그 자리를 떠나려 했다. "꺼져버려." 선원이 말했다. "꺼지긴 누가 꺼져?" 마블이 말했다. 그는 묘하게 허둥대는 걸음걸이로 이따금씩 앞으로 거세게 몸을 움직이면서 어정쩡하게 물러서려 했다. 그렇게 길을 따라 몇 걸음 가더니 원망과 욕설을 뒤섞어 혼자 중얼거렸다.

"얼간이 같은 놈!" 선원은 두 다리를 쫙 벌리고, 손은 허리에, 팔꿈치를 양옆으로 편 채 뒤로 물러가는 한 형체를 바라보면서 말했다. "이 멍청한 놈, 나를 골탕 먹일 속셈이냐! 이 신문을 보라고!"

마블은 종잡을 수 없이 항변을 해댔다. 그러면서 계속 물러나 길이 휘어진 곳에 이르러서야 마침내 모습을 감추었다. 하지만 선원은 푸줏간 마차가 다가와 비켜서야 할 때까지 길 한복판에 떡하니 버티고 서 있었다. 그러곤 포트 스토 쪽으로 발걸음을 옮겼다. "별 이상한 놈들이 많기도 하지." 그가 혼자서 조용히 중얼거렸다. "나를 골탕 먹이려 하다니. 멍청한 수작이야. 신문에 실렸는데 말이야!"

그리고 그는 바로 그 근방에서 일어났다고 하는 또 다른 불가사의한 얘기를 지금 듣게 되었다. 세인트 미가엘 레인의 모퉁이에 있는 벽을 따라 어떤 눈에 보이는 것의 도움도 받지 않고서 "많은 돈"이 (틀림없이) 날아가는 광경에 관한 얘기였다. 이 놀라운 광경을 한 동료 선원이 바로 그날 아침에 목격했다는 것이다. 그는 당장 그 돈을 낚아채려다가 뭔가에 얻어맞아 곤두박질쳤고, 몸을 일으켰을 때는 날아가던 돈은 이미 사라진 뒤였다는 것이다. 마블과 함께 있었던 선원은 본인의 말에 따르면 무슨 얘기든 쉽게 믿는 성격이었지만, 그 사실만큼은 너무나 황당한 얘기로 들렸다고 한다. 그러나 그는 이후에 그 일을 곰곰이 생각하기 시작했다.

날아다니는 돈에 관한 이야기는 사실이었다. 그리고 그 지방 인근 여기저기에서는 물론이고 거창한 런던 은행과 지방 은행에서, 그리고 햇빛이 내리쬐는 날씨에 문을 활짝 열어놓고 있던 상점이나 여관 금고에서 대낮에 한 움큼의 돈과 뭉칫 돈이 빠져나와 조용하면서도 민첩하게 달아났다. 그 돈은 접근해 오는 사람들의 눈길을 피해 벽이나 그늘진 곳을 따라 조용하게 날아갔다. 그리고 그 비행의 궤적을 추적한 사람들은 없지만, 그 돈의 신비로운 비행은 항상 낡은 실크해트를 쓴, 흥분한 신사의 주머니 속에서 끝이 났다. 그는 포트 스토 변두리의 작은 여관 밖에 앉아 있었다.

15 도주하던 남자

어느 날 이른 저녁, 켐프 박사는 버독이 내려다보이는 언덕 위 전망대 자기 서재에 앉아 있었다. 그 서재는 창문 세 개, 즉 동쪽과 서쪽과 북쪽에 창문이 하나씩 있는 쾌적한 분위기의 작은 방이었다. 그곳의 서가에는 책들과 과학 출판물이 가득 꽂혀 있었다. 또한 서재에는 널찍한 책상이 있었고, 북쪽 창문 아래에는 현미경, 슬라이드글라스, 자질구레한 기구들, 약간의 배양균 그리고 시약 병들이 이리저리 흩어져 있었다. 하늘이 저녁놀 빛을 받아 여전히 환한데도 켐프 박사의 태양등은 켜져 있었다. 그리고 밖에서 누군가가 엿볼 우려가 별로 없었기 때문에 블라인드가 올라가 있었다. 켐프 박사는 큰 키에 몸이 가냘픈 젊은이로 아마 빛깔 머리칼에, 거의 흰색에 가까운 콧수염을 길렀다. 그는 연구를 진행했는데, 그것으로 왕립학회 특별 연구원의 자격을 갖추게 되기를 바랐다. 그는 왕립학회 특별 연구원이 되는 것을 매우 영광스러운 일로 생각했다.

이윽고, 그의 눈이 자신의 연구에서 떠나 등 뒤에 솟은 언덕 너머에서 불타는 저녁놀에 사로잡혔다. 그는 잠시 펜을 입에 물고 앉아서 산등성이 위로 물든 화려한 황금빛 놀에 경탄했다. 그러다가 어느 순간, 그의 시선은 잉크처럼 시커먼 작은 사람의 형체가 언덕 등성이를 넘어 자기 집 쪽으로 달려오는 모습에 이끌렸다. 그 자는 작달막한 키에 실크해트를 썼는데, 두 다리가 정말로 번득이며 움직일 정도로 아주 빠르게 달려왔다.

"저 자도 그 바보 녀석들 중 한 명이군." 켐프 박사가 말했다. "오늘 아침에 모퉁이를 돌아 내게 달려왔던 바보 녀석과 똑같군. 그 녀석은 '투명인간이 나타났소!'라고 외쳐댔지. 대체 사람들이 무슨 생각에 홀렸는지 통 알 수 없군. 우리가 13세기에 사는 줄 착각하는 거 아냐."

그는 일어나 창가로 가서 어스레한 언덕과, 시커먼 작은 형체가 그 언덕을 헐레벌떡 뛰어 내려오는 모습을 쳐다보았다. "정말 허둥지둥 달려오는군." 켐프 박사가 말했다. "하지만 생각만큼 그리 빨라 보이지 않는군. 주머니마다 납을 가득 넣어도 저렇게 힘겹게 달리진 않을 거야."

"죽을힘을 다해 달리는군." 켐프 박사가 말했다.

다음 순간, 버독의 언덕 위로 높이 솟은 저택들에 가리어, 달려오던 형체가 보이지 않게 되었다. 그리고 얼마 후 그의 모습이 잠시 동안 다시 보였다. 그 형체는 이어져 나타나는 단독주택 세 채 사이를 달리면서 세 번에 걸쳐 그렇게 간헐적으로 보이고 안 보이기를 반복했다. 이윽고 테라스는 그의 모습을 감추어버렸다.

"바보 같은 놈!" 켐프 박사가 발꿈치로 뒤돌아 서서 집필용 테이블로 걸어가며 말했다

하지만 텅 빈 도로에 있다가 이 도망자를 조금 가까이에서 목격

하고, 그의 땀에 젖은 얼굴에 서린 절망적인 공포를 눈치챈 사람이라면, 박사처럼 그에게 경멸적인 태도를 보이지는 않았을 것이다. 어슬렁거리며 걷거나, 힘껏 달리는 그는 입에서 마치 이리저리 흔들리는, 동전이 가득 든 지갑처럼 찰랑거리는 듯한 소리를 토해냈다. 그의 부릅뜬 두 눈은 좌우는 전혀 신경 쓰지 않고, 램프 불이 켜져 있고 거리에 사람들이 붐비는 곳으로 이어진 내리막길만을 똑바로 응시했다. 그는 볼품없는 입을 딱 벌리고 점액질 거품을 입술 사이로 문 채, 거칠고 요란하게 숨을 내쉬었다. 그를 보게 된 사람들은 모두 발길을 멈추고 길과 언덕을 올려다보며, 그가 허둥지둥 달리는 이유가 뭔지 불안한 예감을 가지고 서로에게 질문하곤 했다.

그러던 어느 순간, 저편 언덕 위 길에서 뛰놀던 개 한 마리가 깽깽 울어대며 문 밑으로 달아났다. 그리고 사람들이 바람 소리, 터벅터벅 걷는 발소리 따위를 듣고 깜짝 놀라 멍하니 서 있으려니, 헐떡거리는 숨소리와도 같은 소리가 빠르게 스쳐 지나갔다.

사람들은 비명을 질렀다. 사람들은 잽싸게 뛰어 도로에서 비켜났다. 무언가 고함을 치며 지나갔다. 사람들은 바로 그것이 언덕 아래로 내려갔다는 것을 직감으로 알 수 있었다. 마블이 반도 내려오지 못했는데도 거리에서 사람들은 소리쳤다. 그들은 이 소식을 가지고 집으로 뛰어 들어가서 문을 꽝 하고 닫아버렸다. 마블은 그 무언가의 소리를 들었고 필사적으로 마지막 힘을 다해서 달렸다. 공포가 성큼성큼 다가와 그를 앞질러 달렸다. 이윽고 공포는 순식간에 그 마을을 휘어잡았다.

"투명인간이 온다! 투명인간이!"

16 술집 졸리 크리킷터스에서

술집 졸리 크리킷터스는 철도마차 선로가 시작되는 언덕 기슭에 있다. 바텐더는 불그스름한 살진 팔을 계산대에 기대고 혈색이 창백한 마부와 말들에 관해 얘기했고, 회색 옷에 검은 수염을 기른 한 남자는 비스킷과 치즈를 씹고 버튼 술을 마시면서 아메리카인의 말씨로 비번인 한 경찰관과 대화했다.

"웬 비명 소리지?" 혈색이 창백한 마부가 갑자기 화제를 바꾸면서 말했다. 그러곤 나지막한 술집 창문의 더러운 노란색 블라인드를 헤치고 언덕을 올려다보았다. 밖에서 누군가 부리나케 달려왔다. "불이 난 모양이야." 마부가 말했다.

발소리가 가까워지면서, 무게 실린 걸음이 달려들었다. 마블은 거세게 문을 밀치며 울면서 술집으로 뛰어 들어왔다. 모자는 어디로 사라졌는지 보이지 않았고 머리는 몹시 헝클어졌고, 외투 옷깃은 찢겨 있었다. 그는 술집으로 들어서자마자 미친 듯이 몸을 돌려 문을 닫으려 했다. 문은 가죽 끈을 이용해서 반쯤 열려 있게끔 되어 있었다.

"오고 있어요!" 그가 외쳤다. 그의 목소리는 공포에 찬 울부짖음이었다. "그 자가 와요. 투명인간이! 나를 쫓아와요! 제발! 도와줘요! 도와줘요! 도와줘요!"

"문 닫아." 경찰관이 말했다. "누가 오는 거요? 도대체 무슨 일이오?" 그는 문으로 가서 가죽 끈을 풀고는 문을 쾅 하고 닫았다. 아메리카인이 다른 문도 닫았다.

"안쪽으로 들어가게 해줘요." 마블이 비틀거리고 울면서 말했다. 그러나 여전히 책만은 움켜쥐고 있었다. "안쪽으로 들어가게 해줘요. 잠글 수 있는 방에 나를 감추어줘요. 아무 곳이라도. 그 자가 나를 쫓아온다니까요. 난 그 자의 추적을 따돌리고 도망쳤어요. 그 자가 나를 죽일 거라고 말했어요. 정말 그럴 거예요."

"당신은 안전해요." 검은 수염 남자가 말했다. "문은 닫혔어요. 도대체 무슨 일이오?"

"안쪽으로 들어가게 해줘요." 마블이 말했다. 그때 갑자기 문을 거세게 치는 소리가 나더니 잠근 문이 흔들렸다. 뒤이어 밖에서 다급하게 문을 두드리는 소리와 함께 고함을 치는 소리가 들려왔다. 그러자 마블이 큰 소리로 비명을 질렀다.

"이보시오. 누구요?" 경찰관이 외쳤다. 마블은 문처럼 보이는 널빤지들을 미친 듯이 밀고 들어가려 애썼다. "그 자가 나를 죽이려 해요. 그 자는 칼 따위 흉기를 지녔어요. 제발!"

"여기요." 바텐더가 말했다 "이리로 들어와요." 바텐더가 바 문을 들어 올렸다.

마블은 바 안으로 뛰어 들어갔다. 그사이에도 밖에서 문을 두드리는 소리가 계속 들려왔다. "문 열지 말아요." 마블이 외쳤다. "제발 문을 열지 말아요. 나는 어디 숨어야죠?"

"그럼, 문을 두드리는 자가 바로 투명인간이란 말이오?" 한 손을 바지 뒷주머니에 찔러 넣은 채 검은 수염 남자가 물었다. "이제 그 자를 볼 때가 된 게로군."

갑자기 술집 창문이 산산조각이 나고 거리에서는 비명 소리가 들렸다. 이리저리 뛰어다니는 사람들도 있었다. 경찰관은 등받이가 있는 긴 의자에 올라서서 문가에 누가 있는지 보려고 목을 쑥 내밀고 밖을 내다보았다. 그는 눈썹을 치켜세우고 의자에서 뛰어내렸다. "바로 그 자인 것 같소." 바텐더가 지금 마블을 숨기고 잠근 바의 객실 문 앞에 서서 깨진 창문을 응시하다가 다른 두 남자 곁으로 다가갔다.

갑자기 사방이 조용해졌다. "곤봉을 가지고 있었더라면 좋았을 걸." 경찰관이 우물쭈물 문 쪽으로 걸어가면서 말했다. "일단 열기만 하면 그 자가 들어올 거요. 그렇게 되면 그놈을 막을 길이 없어요."

"괜히 서둘러 문을 열 필요는 없잖아요?" 얼굴이 창백한 마부가 불안한 듯 말했다.

"빗장을 잡아 빼요." 검은 수염 남자가 말했다. "그 자가 들어온다면……." 그는 손에 쥔 권총을 보였다.

"그건 안 돼요." 경찰관이 말했다. "그건 살인이오."

"나도 이 나라에선 함부로 총질을 할 수 없다는 걸 알고 있소." 검은 수염 남자가 말했다. "그 녀석 다리에 총을 쏠 테니까, 빗장을 뽑아요."

"그 총으로 내 뒤통수나 쏘지 말아요." 바텐더가 블라인드 너머로 목을 내밀며 말했다.

"걱정 말아요." 검은 수염 남자가 권총을 겨눈 채 상체를 굽히고 손으로 빗장을 잡아 뺐다. 바텐더, 마부, 경찰관의 시선이 그쪽으로 향했다.

"들어와라." 수염을 기른 남자가 뒤로 물러서는 동시에 등 뒤에 숨겨두었던 권총으로 빗장을 푼 문을 겨냥하면서 나지막한 목소리로 말했다. 아무도 들어오지 않았고 문은 여전히 닫힌 채 그대로였다. 오 분쯤이 지나 또 한 사람의 마부가 조심스럽게 머리를 안으로 디밀었을 때에도 그들은 여전히 대기하고 있었다. 마블이 불안이 서린 얼굴을 바 객실 밖으로 내밀고는 사람들에게 자신이 아는 사실을 알려주었다. "이 집의 문은 모두 닫혀 있겠지요?" 마블이 물었다. "그 자는 집을 빙빙 돌 겁니다. 들어올 수 있는 구멍을 찾는 거지요. 악마처럼 교활한 놈이에요."

"이런!" 바텐더가 퉁명스럽게 말했다. "뒷문이 있어요! 이봐요! 뒷문을 살펴봐야겠어요……!" 그는 힘없이 자기 주위를 이리저리 살펴보았다. 바 객실 문이 쾅 하고 닫히더니, 열쇠가 돌아가는 소리가 났다. "안마당 문도 있고 주방 문도 있어요. 안마당 문이……."

그가 바에서 뛰쳐나갔다.

잠시 후 그가 손에 식칼을 들고 다시 나타났다. "안마당 문이 열려 있었소!" 그가 말했고 도톰한 아랫입술이 축 늘어졌다.

"지금 그 자가 집 안에 들어와 있을지도 모르겠군요!" 얼굴이 창백한 마부가 말했다.

"주방엔 없어요." 바텐더가 말했다. "여자 둘이 있을 뿐예요. 난 이 작은 식칼로 3센티미터마다 찔러봤어요. 여자들도 그 자가 들어오지 않았다고 생각하더군요. 아무런 인기척도 느끼지 못했대요."

"그 주방 문은 잠갔소?" 얼굴이 창백한 마부가 말했다.

"물론이죠." 바텐더가 말했다.

수염을 기른 남자는 권총을 손에 고쳐 쥐었다. 바로 그때, 바 문이 닫히고 빗장이 찰칵 소리를 냈다. 그런 후 쿵 하는 요란한 소리가 났고 문의 걸쇠가 찰칵 소리를 내며 바 객실 문이 활짝 열렸다. 모두 마블이 사로잡힌 토끼새끼처럼 내지르는 비명 소리를 듣고는 그를 구하려고 바를 뛰어넘었다. 수염을 기른 남자의 권총이 날카로운 소리와 함께 불을 뿜었고 객실 안쪽에 걸렸던 거울이 와장창 깨지면서 요란한 소리를 냈다.

바텐더가 방 안으로 들어서면서 마블을 보았다. 마블은 안마당과 주방으로 통하는 문으로 끌려가지 않으려 괴상하게 몸을 비틀며 발버둥쳤다. 바텐더가 주저하는 동안에 문이 왈칵 열리면서 마블이 주방으로 끌려갔다. 비명 소리와 함께 냄비로 내리치는 소리가 났다. 마블은 고개를 숙이고 완강히 뒤로 물러나려 했으나 결국엔 주방으로 끌려들어가고 말았다. 그리고 빗장이 내려졌다.

바텐더를 앞지르려던 경찰관이 뛰어들었고, 마부 한 사람도 뒤따랐다. 경찰관은 마블의 목덜미를 잡은 보이지 않는 손목을 붙잡았다. 다음 순간, 그는 얼굴을 얻어맞고 뒤로 주춤거렸다. 문이 활짝 열렸고 마블은 문 뒤로 피해보려 미친 듯이 몸부림쳤다. 그 순간 마부가 뭔가를 잡았다. "놈을 잡았다." 마부가 말했다. 바텐더는 핏발

선 두 손으로 보이지 않는 인간 쪽을 할퀴었다. "놈이 여기 있어!" 바텐더가 말했다.

풀려난 마블이 갑자기 바닥에 쓰러지며 난투극을 벌이는 사람들의 다리 사이로 기어 나오려고 했다. 난투극은 문 언저리에서 주춤했다. 처음으로 투명인간의 목소리가 들렸다. 경찰관이 그의 손을 짓밟자 그가 날카로운 비명을 질렀다. 경찰관은 분노 서린 목소리로 외치며 도리깨처럼 주먹을 마구 휘둘렀다. 다음 순간, 갑자기 마부가 비명을 지르며 앞으로 고꾸라졌다. 명치 부위를 차인 듯했다. 주방에서 바 객실로 통하는 문이 쾅 소리를 내며 닫히면서 마블이 달아나는 것을 감추었다. 주방에 있던 사람들은 자신들이 허공을 상대로 붙잡고, 싸운다는 것을 깨달았다.

"놈이 어디로 사라졌지?" 수염을 기른 남자가 외쳤다. "나간 거 아냐?"

"이쪽으로." 경찰관이 안마당 쪽으로 발걸음을 내딛다가 멈추면서 말했다.

타일 한 조각이 윙 소리를 내며 날아와 그의 머리를 스치며, 주방 식탁 위에 놓인 오지그릇을 박살냈다.

"놈에게 맛 좀 보여주겠어." 검은 수염 남자가 소리쳤다. 그러곤 갑자기 강철 총신이 경찰관의 어깨 너머로 번쩍이더니 타일 조각이 날아왔던 어스름 속으로 탄환이 연달아 다섯 발 발사되었다. 검은 수염 남자는 손을 수평선 방향으로 움직이며 총을 쏘았기 때문에, 총알은 좁은 안마당을 향해 바퀴살 모양처럼 사방으로 날아갔다.

그리고 침묵이 뒤따랐다. "다섯 발을 쐈소." 검은 수염 남자가 말했다. "그 정도면 충분해요. 에이스 넉 장과 조커 한 장을 쓴 거요. 누구든 랜턴을 가져와요. 놈의 시체를 찾아봅시다."

17 켐프 박사의 방문객

서재에서 계속 집필 중이던 켐프 박사는 갑자기 들려온 총소리를 듣고 깜짝 놀랐다. 탕, 탕, 탕, 총소리가 연달아 들렸다.

"저건 무슨 소리야!" 켐프 박사는 다시 펜을 입에 물고 귀를 기울이며 말했다. "버독에서 누가 총질을 한 거야? 도대체 지금 어떤 멍청이가?"

그는 남쪽 창가로 가서 창문을 활짝 열고, 몸을 창밖으로 내밀고는 밖을 내려다보았다. 일종의 망을 이룬 창문과 구슬 모양의 가스등과 상점들, 그리고 한밤중이면 마을을 치장하는 그 망의 검은 구멍과도 같은 지붕들이 보였다. "언덕 아래 졸리 크리킷터스 술집 근처에 사람들이 모인 것 같군." 그는 여전히 지켜보며 말했다. 다음 순간, 그는 마을에서 눈을 들어 먼 저편을 바라보았다. 그의 시선이 멎은 곳에는 등불을 밝힌 선박들과 붉게 빛나는 부두와 노란빛 보석처럼 빛을 발하는 작은 누각이 보였다. 서쪽 언덕 위에는 초승달이 걸렸고, 밤하늘 별들은 맑고 정열적으로 빛났다.

켐프 박사의 정신은 미래의 사회적 조건에 관한 현실과 동떨어진 사색의 여행을 떠났고 시간의 차원을 넘어 마침내 시간 자체를 상실하는 오 분여의 시간이 지났다. 그는 한숨을 지으며 몸을 일으키고, 다시 창문을 닫고 책상 앞으로 돌아왔다.

그 후로 한 시간쯤 지나서 현관 초인종이 울렸다. 사실 그는 총소리를 들은 후로는 제대로 글을 쓸 수가 없었고 간간이 넋이 나갔다. 그는 앉아서 귀를 기울였다. 하녀가 초인종 소리를 듣고 현관으로 나가는 소리가 들렸다. 계단으로 올라오는 발소리를 기다렸으나 그녀는 올라오지 않았다. "대체 누구지." 켐프 박사가 말했다.

연구를 다시 시작하려 했던 그는 포기하고 일어나 서재에서 아래층 계단참까지 내려갔다. 그는 홀로 들어선 하녀를 보고는 계단 난간 너머로 그녀를 불러서 물었다. "편지라도 왔나?"

"누군가 장난으로 울리고 달아났나 봐요." 그녀가 대답했다.

"오늘밤엔 마음이 안정되지 않는 것 같군." 박사는 혼잣말로 속삭였다. 그는 다시 서재로 돌아가 이번만큼은 결사적으로 연구에 파고들었다. 조금 지나자 그는 또다시 연구에 열중하게 되었다. 방 안에서 들리는 소리라고는 시계의 똑딱거리는 소리와 책상 위 램프가 갓 아래 던지는 원형 불빛의 가운데를 바쁘게 움직이는 펜의 조용하면서도 날카로운 소리뿐이었다.

켐프 박사는 새벽 두 시가 되어서야 그날 밤의 연구를 끝마쳤다. 그는 일어서서 하품을 하고는 아래층 침실로 내려갔다. 외투와 조끼를 벗었을 때, 갈증을 느낀 박사는 촛불을 들고 탄산수와 위스키를 찾으러 식당으로 내려갔다.

과학적 연구는 그에게 매우 날카로운 관찰력을 심어 주었다. 그는 홀을 다시 지나치면서 계단 아래 매트 가까이 놓인 리놀륨 위에 검은 점 하나가 있는 것을 발견했다. 그는 계단을 오르다가 별안간 리놀륨 위에 묻은 점이 무엇인지 자문해보았다. 그 궁금증에는 잠재의식이 다소 작용했을 것이다. 아무튼 그는 탄산수와 위스키를 들고 홀로 되돌아가 그것을 내려놓고 상체를 구부린 채 검은 점을 만져보았다. 그는 그다지 놀랄 것도 없이 그것이 응고되어 달라붙은 혈액 색깔을 띤다는 것을 깨달았다.

그는 탄산수와 위스키를 집어 들고, 주위를 훑어보며, 왜 그런 곳에 혈흔이 묻었는지 곰곰이 생각하며, 다시 위층으로 갔다. 계단참에 올라섰을 때, 뭔가가 그의 시선을 사로잡았다. 그는 깜짝 놀라 주춤했다. 그의 방 문 손잡이에 피가 묻어 있었던 것이다.

그는 자기 손을 살펴보았다. 손은 깨끗했다. 그는 그 방의 문은 자신이 서재에서 내려올 때 이미 열려 있었다는 사실과 그렇기 때문에 손잡이를 결코 만진 일이 없다는 사실을 기억했다. 그는 즉시 자기 방으로 갔다. 그의 얼굴은 매우 침착해 보였다. 평상시보다 다소 결연한 표정이 엿보였다. 그는 주변을 흘끗 쳐다보고 뭔가를 찾는 듯 이리저리 두 눈동자를 굴리다가 침대 위로 시선을 던졌다. 침대 커버 위에 핏덩어리가 보였고 커버가 찢겨 있었다. 조금 전까지만 해도 그는 이것을 눈치 채지 못했다. 곧바로 화장대로 갔기 때문이다. 침구 저편은 누군가 조금 전까지도 앉아 있었던 것처럼 눌린 채였다.

그 순간, "어허! 켐프!" 하고 크게 외치는 소리가 그의 귓가에 닿았다. 켐프 박사는 그 목소리를 들었다는 걸 느꼈지만, 그것을 믿을 수 없었다.

그는 빳빳이 선 채 구겨진 침대 커버를 쳐다보았다. '정말 사람 소리였던가?' 그는 다시 주변을 훑어보았다. 그러나 여기저기 핏자국이 묻은 침대 말고는 아무것도 발견할 수 없었다. 순간 방 저쪽 세면대 근처에서 뭔가 움직이는 소리가 분명하게 들렸다. 학식이 높은 사람이라지만 그도 인간인 만큼 미신을 완전히 떨쳐버리지는 못했다. 말 그대로 "모골이 송연해지는 기분"이 그에게 엄습했다. 그는 방문을 닫고 화장대 앞으로 가서 손에 든 것을 내려놓았다. 갑자기 그는 돌돌 감긴 너덜너덜하고 피가 묻은 아마포 붕대가 자신과 세면대 사이의 허공에 매달린 것을 목격하고는 흠칫 놀랐다.

그는 두 눈이 휘둥그레진 채 그것을 쳐다보았다. 그것은 빈 붕대였다. 정확하게 매어져 있었으나 속은 텅 비어 있었다. 그는 앞으로 발걸음을 옮기면서 그것을 잡으려 했지만, 무언가 그의 손을 저지하면서 바로 그의 코앞에서 목소리가 들려왔다.

"켐프!" 목소리가 말했다.

"뭐야?" 켐프는 입이 딱 벌어지며 말을 내뱉었다.

"놀라지 마라, 난 투명인간이다." 목소리가 말했다.

켐프는 한동안 아무런 대답을 하지 못한 채 붕대만 쳐다보았다. "투명인간." 그가 말했다.

"나는 투명인간이다." 목소리가 반복했다.

오늘 아침까지만 해도 당연히 웃어버리고 말았던 그 투명인간에 관한 얘기가 켐프의 뇌리를 스쳤다. 그러자 순간, 그다지 무섭거나 놀랄 일도 아니라는 생각이 들었다. 조금 지나서 투명인간의 이야기가 현실감 있게 다가왔다.

"나는 그 이야기를 모두 거짓이라고 생각했어요." 그가 말했다. 머릿속에 가장 생생히 남아 있는 기억은 오늘 아침에 반복적으로 들었던 주장들이었다. "당신은 붕대를 감은 건가요?" 그가 물었다.

"그렇소." 투명인간이 대답했다.

"오!" 켐프가 말을 내뱉고는 정신을 차렸다. "이봐요!" 그가 말했다. "그건 장난이거나 속임수겠지." 그는 별안간 앞으로 발을 내딛고, 붕대로 손을 뻗었다. 그러자 보이지 않는 손가락들과 맞닿게 되었다.

손가락과 맞닿는 순간 그는 움찔했다. 그리고 얼굴색이 변했다.

"켐프, 제발, 침착하게! 자네가 꼭 나를 도와줘야겠네. 그만!"

손이 켐프의 팔을 꽉 잡았다. 그는 그 손을 뿌리치려 했다.

"켐프!" 목소리가 외쳤다. "켐프! 침착하라니까!" 그리고 움켜쥔 손이 조여왔다.

순간 켐프는 온몸에 소름이 돋으면서 투명인간의 손아귀에서 꼭 벗어나야겠다는 생각에 사로잡혔다. 하지만 붕대를 감은 팔의 손이 그의 어깨를 움켜잡았고, 그는 별안간 벌렁 넘어지며, 침대 위로 던져지고 말았다. 그는 고함치려 입을 벌렸다. 그러자 침대 커버의 한쪽이 치아 사이로 밀고 들어왔다. 투명인간은 켐프를 모질게 쓰러뜨렸지만, 두 팔이 자유로워지자 켐프는 주먹을 휘둘렀고, 사납게 발길질을 하려 했다.

"내 말 좀 들어보지 않겠나?" 투명인간이 갈비뼈를 채이면서도 켐프를 놓아주지 않으며 말했다. "정말! 넌 나를 곧 미치게 만들겠군!"

"멍청한 놈아, 가만히 누워 있어!" 투명인간이 켐프의 귀에 대고 고함쳤다.

켐프는 다시 한번 발버둥치고 나서 가만히 누워 있었다.

"소리라도 지르면, 네 얼굴을 박살내고 말 테다." 투명인간은 막았던 켐프의 입을 풀어주며 말했다.

"나는 투명인간이다. 속임수도 마술도 아냐. 정말 나는 투명인간이야. 그런데 네 도움이 필요해. 너를 해칠 생각은 없어. 하지만 미친 촌닭처럼 행동한다면 어쩔 수 없어. 켐프, 나를 기억 못 하겠는가? 대학을 함께 다녔던 그리핀 말이야."

"일어나야겠어." 켐프가 말했다. "제자리에서 가만히 있을 테니 잠시만이라도 앉게 해줘."

그는 일어나 앉아 목을 어루만졌다.

"나는 너와 대학을 함께 다녔던 그리핀이야. 나는 투명인간이 되었어. 하지만 나는 보통 인간과 다름없어. 그저 네가 알던 한 인간이 보이지 않게 된 거라고."

"그리핀?" 켐프가 말했다.

"그래, 그리핀이야." 목소리가 대답했다. "저학년이었고, 색소결핍증 환자와 다름없던, 키가 180센티미터에 어깨가 넓던 그 그리핀 말이다. 얼굴이 분홍빛에 하얗고 눈동자가 새빨갛던 그 그리핀 말이다. 화학상 메달을 수상하기도 했지."

"어리둥절하게 만드는군." 켐프가 말했다. "정신을 못 차리겠어. 대체 그 따위가 그리핀과 무슨 상관이란 거야?"

"내가 그리핀이라고."

켐프는 생각에 잠겼다. "소름 돋는 일이군." 그가 말했다. "마법이 사람을 안 보이게 하기라도 했단 말인가?"

"마법이 아니야. 충분히 논리적이고 이해할 만한 처치일 뿐이야……."

"소름 끼쳐!" 켐프가 말했다. "도대체 어떻게……."

"정말 소름 끼치지. 그런데 나는 부상을 당해서 고통이 심해. 녹초가 되었어. ……제기랄! 켐프, 정신 좀 차려. 침착하라고. 내게 음식과 마실 것 좀 주게. 그리고 여기 앉아서 쉴 수 있게 해줘."

켐프는 방 안을 가로지르는 붕대를 응시했다. 또한 버들가지로 엮은 팔걸이 의자가 방 저편 바닥에서 침대 가까운 공간으로 끌려오는 것을 쳐다보았다. 의자가 삐걱 소리를 내며 앉는 자리가 약간 주저앉았다. 켐프는 다시 한 번 두 눈을 비비고 목을 만져보았다. "귀신이 곡할 노릇이군." 그는 말을 내뱉고 실없이 웃었다.

"그렇게 생각하는 게 편할 거야. 다행이야. 이제야 정신을 차린 모양이군!"

"그렇지 않으면 내가 정신이 나갔던가." 켐프가 두 눈을 비볐다.

"위스키를 좀 줘. 죽을 지경이야."

"그런 줄 몰랐어. 어디에 있나? 내가 일어나 자네에게 가야 하지 않을까? 그리로! 알았어. 위스키? 자, 여기 있어. 어느 쪽으로 건네야 하나?"

의자가 삐걱거리는 소리가 났다. 켐프는 유리잔이 자신에게서 물러나는 것을 느꼈다. 그는 애써 마음을 가라앉히고 그 모습을 지켜보았다. 그의 본능은 그런 그의 태연함과는 완전히 반대였다. 유리

잔은 의자 등받이 위 50센티미터 정도에서 멈추었다. 그는 당황한 눈초리로 그것을 쳐다보았다. "지금 최면술 부리는 거지. 물어보나 마나겠지. 넌 내게 보이지 않는다고 암시를 줬던 거야."

"바보 같은 소릴 하는군." 목소리가 말했다.

"미칠 노릇이군."

"내 말을 듣게."

"오늘 아침에 나는 그 투명성의 실체를 명확히 증명했어." 켐프가 말했다.

"네가 무엇을 증명했든 상관없어! 난 몹시 배가 고파." 목소리가 말했다. "벌거벗은 몸엔 밤공기가 너무 차다고."

"먹을 것!" 켐프가 말했다.

위스키 잔이 제 스스로 기울어졌다. "그래," 투명인간이 잔을 내려놓으면서 말했다. "실내복 없나?"

켐프는 작은 목소리로 감탄사를 내뱉었다. 그는 옷장으로 걸어가더니 진홍색 옷 한 벌을 꺼냈다. "이만하면 되겠나?" 그가 물었다. 옷이 그의 손에서 벗어났다. 잠시 동안 옷이 허공에서 흐느적거리며 매달려 있더니 기묘하게 퍼덕거리면서 배가 부른 듯 볼록한 모습으로 서서 제 힘으로 단정하게 단추를 끼우고 의자에 앉았다. "속옷, 양말, 슬리퍼도 있으면 좋겠는데." 보이지 않는 사나이가 무뚝뚝하게 말했다. "그리고 먹을 것도."

"뭐라도 갖다 주지. 그런데 이건 정말 난생처음 하는 미친 짓 같구만!"

그는 서랍을 뒤져 투명인간이 원하는 것들을 주고는 아래층으로 내려가 찬장을 샅샅이 뒤졌다. 그리고 식은 커틀릿[소, 돼지, 닭 따위의 고기를 납작하게 썰거나 다져서 그 위에 빵가루를 묻혀 기름에 튀긴 요리]과 빵을 들고 돌아와서 조그만 테이블을 꺼내 손님 앞에 차려놓았다. "나이프에 신경 쓰지 말게." 방문객이 말했다. 그리고 곧 씹어 먹는 소리와 함께 커틀릿이 허공에 떠 있었다.

"보이지 않아!" 켐프가 말을 꺼내고 침실용 의자에 앉았다.

"난 항상 먹기 전에 옷가지를 걸치는 걸 좋아하네." 투명인간이 입을 크게 벌리고 게걸스럽게 먹으며 말했다. "별난 취미지!"

"손목의 상처는 대단치 않은 모양이군." 켐프가 말했다.

"괜찮네." 투명인간이 말했다.

"정말 기묘하고 놀라워."

"그래. 하지만 붕대나 감을까 하고 네 집에 우연히 들어오게 된 것도 묘한 일이야. 처음 맛보는 행운이지! 아무튼 오늘 밤은 네 집에서 자야겠어. 그 정도는 참아주어야 해! 큰 폐를 끼치게 됐네. 피까지 흘리고 말이야. 저기에 핏방울을 떨어뜨렸어. 응고되면 보이거든. 난 이 집에 이미 세 시간 동안이나 있었어."

"그런데 어쩌다 그리 됐나?" 켐프가 격앙된 목소리로 물었다. "빌어먹을! 정말 처음부터 끝까지 이치에 맞지 않아."

"그렇지 않아. 아주 타당한 거야." 투명인간이 말했다. "아주 합리적인 것이라고."

투명인간은 손을 뻗어 위스키 병을 잡았다. 켐프는 위스키를 들이켜는 실내복을 쳐다보았다. 오른쪽 어깨의 찢긴 곳을 관통하는 촛불 빛이 왼쪽 늑골 부위 밑으로 빛의 삼각형을 만들어냈다. "그

총소리는 뭐였나?" 켐프가 물었다. "총격이 어떻게 시작된 거야?"

"내 돈을 훔치려는 멍청한 놈이 있었어. 놈은 나와 한패였지. 망할 자식! 결국 내 돈을 훔치고 말았어."

"그도 보이지 않는가?"

"아니."

"그렇다면?"

"모든 얘기를 들려주기 전에 더 먹을 것이 없나? 몹시 배가 고파. 배고파 죽겠는데, 너는 이야기를 들려주기만 원하는군!"

켐프가 일어섰다. "네가 총을 쏜 건 아니지?" 그가 말했다.

"그래." 방문객이 말했다. "처음 본 멍청이가 무턱대고 총을 쏘았어. 많은 놈들이 기겁을 하더군. 놈들은 모두 나라는 존재에 기겁을 했어. 망할 자식들! 이봐, 켐프, 먹을 것 좀 없나?"

"아래층으로 내려가 먹을 것이 있나 확인해보지." 켐프가 말했다. "유감스럽지만, 얼마 없을 거야."

투명인간은 한 차례를 음식을 먹고, 다시 엄청난 양의 음식을 먹고 나더니, 시가를 요구했다. 켐프가 나이프를 찾기 전에 그는 무지막지하게 시가 끝을 물어뜯었다. 그러곤 시가를 만 잎이 느슨하다고 투덜거렸다. 그가 담배를 피우는 광경은 기괴했다. 소용돌이치는 담배연기가 입과 목, 인두와 콧구멍의 윤곽을 그려냈다.

"담배란 신성한 선물이야!" 그는 연기를 거세게 내뿜으며 말했다. "켐프, 내가 네 집으로 뛰어들다니, 정말 행운이야. 너는 나를 도와줘야 해. 이렇게 너를 만나다니! 난 매우 곤경에 처했어. 미쳐버릴 것만 같아. 나는 많은 일들을 겪었어! 하지만 아직도 우리에겐

할 일이 남았어. 이제 말해주겠어."

그는 위스키와 소다수를 연거푸 들이켰다. 켐프는 일어서서 주위를 둘러보고 다른 방에서 유리잔 한 개를 가지고 왔다. "이 술은 독한 편이지만 마실 만해."

"켐프, 넌 십 년 전과 달라진 게 없군. 너같이 성격이 평온한 사람은 변하지 않는 법이지. 처음으로 맛본 좌절 이후에는 매사에 침착하고 규칙적이지. 꼭 네게 하고 싶은 말이 있어. 우리 같이 일해보자!"

"그런데 어떻게 투명인간이 될 수 있었던 건가?" 켐프가 말했다. "어떻게 그 모양이 된 거지?"

"제발, 조금만 더 조용히 담배를 필 수 있게 해줘! 담배를 피우고 나서 얘기해줄 테니."

그러나 그날 밤, 투명인간은 더는 이야기를 하지 않았다. 투명인간은 점점 더 손목에 심한 통증을 느꼈다. 그는 열이 심해지더니, 완전 녹초가 되었다. 그는 언덕에서의 추격전과 술집에서의 난투극에 대한 생각에 빠져들었다. 그는 마블에 대해 단편적인 얘기를 했고, 갈수록 급하게 담배를 빠끔빠끔 빨았고, 음성이 점점 분노를 띠기 시작했다. 그런 그의 모습 속에서 켐프는 되도록이면 뭔가를 이해하려 애썼다.

"그놈은 나를 두려워했던 거야. 나를 두려워한다는 걸 알 수 있었지." 투명인간은 몇 번이고 반복해서 말했다. "그놈은 나를 속이고 달아날 작정이었던 거야. 언제나 달아날 궁리만 했던 거지! 정말 내가 바보였어!"

"개새끼!"

"놈을 죽여버렸어야 했는데."

"돈은 어디서 났나?" 별안간 켐프가 물었다.

투명인간은 한동안 침묵했다. "오늘 밤엔 말해줄 수 없어." 그가 말했다

그는 갑자기 신음 소리를 내면서 몸을 앞으로 구부렸다. 그의 보이지 않는 두 손은 보이지 않는 머리를 받치고 있었다. "켐프, 사흘 동안 나는 거의 잠을 못 잤어. 하루에 한두 시간 정도만 잤을 뿐이야. 빨리 잠을 자야겠어." 그가 말했다.

"그래, 여기 내 방에서 자게나."

"그런데 어찌 잠을 잘 수 있겠나? 내가 잠에 들기라도 한다면 놈은 달아날 거야. 윽! 그것이 어떻든 무슨 상관이야?"

"총 맞은 상처는 어떤가?" 갑자기 켐프가 물었다.

"별거 아냐. 스쳐서 피가 났을 뿐이야. 오, 맙소사! 졸려 죽겠어!"

"자면 되잖아?"

투명인간은 켐프를 주시하는 듯 보였다. "내 친구 녀석에게만큼은 잡히고 싶지 않거든." 그가 천천히 말했다.

켐프는 깜짝 놀랐다.

"내가 멍청했어!" 투명인간이 테이블을 거세게 내리쳤다. "네게 그릇된 생각을 심어주다니."

18 잠든 투명인간

투명인간은 몹시 지친 데다 부상을 입었는데도 언제든 도주할 수 있는 자유를 보장한다는 켐프의 말을 받아들이지 않았다. 그는 침실에 있는 창문 두 개를 살펴보고 블라인드를 올린 후 내리닫이 창을 열었다. 켐프의 말대로 그곳으로 빠져나갈 수 있는지 확인하기 위해서였다. 창밖의 밤 풍경은 말할 수 없이 적막했다. 초승달이 언덕 위로 지고 있었다. 그는 창밖을 보고 나서 침실 문 열쇠와 화장실에 나 있는 문 두 개의 열쇠를 점검했다. 이 또한 위험할 때 도주할 수 있는 자유를 보장하려는 속셈이었다. 그는 그렇게 점검하고 나서야 비로소 안심하는 듯했다. 그는 벽난로 앞에 깔린 깔개 위에서 있었고 켐프는 그가 하품하는 소리를 들었다.

"유감스럽지만, 오늘 밤엔 내가 겪은 모든 일을 말해줄 수 없을 듯하네. 난 너무 지쳤어. 아무튼 내 이야기는 괴상하게 들릴 테지만, 정말 사실이야. 소름 끼치는 얘기지! 하지만 켐프, 내 말을 믿어줘. 오늘 아침에 자네가 뭐라고 주장했든 간에 투명인간은 가능한 이야기야. 내가 발견한 거야. 애초에 나는 이것을 비밀로 나 혼자만 간직할 생각이었어. 하지만 그럴 수 없어. 내겐 협력자가 필요하거든. 너라면…… 우리 둘이라면 이 일을 해낼 수 있어……. 하지만 내일이면 좋겠군. 켐프, 지금으로선 잠에 빠져드는 기분이야. 의식이 사라지는 것만 같구만." 투명인간이 말했다.

켐프는 방 한가운데 서서 머리 없는 의복을 응시했다. "난 이제 가보겠네." 그가 말했다. "정말 믿기지 않아. 이와 같은 일들이 내 모든 선입견을 전복시키는군. 정말 미쳐버릴 것만 같아. 하지만 사실인걸! 필요한 것이 더 없는가?"

"잘 자란 말이면 족해." 그리핀이 말했다.

"잘 자." 켐프가 말했다. 그는 그렇게 말하면서 보이지 않는 손을 잡고 흔들었다. 그는 비스듬히 문으로 걸어갔다. 갑자기 실내복이 잽싸게 그에게 걸어왔다. "내 말 듣게!" 실내복이 말했다. "나를 방해하거나 잡으려는 생각은 하지 마! 그럴 경우엔……."

켐프의 얼굴색이 다소 변했다. "이미 네게 말했을 텐데."

켐프는 조용히 나와 문을 닫았다. 그러자 거의 동시에 열쇠가 돌아가는 소리가 들렸다. 순간 켐프의 얼굴에 놀란 표정이 스쳤다. 그리고 그렇게 서 있으려니, 잽싸게 화장실 문 쪽으로 향하는 발소리와 그 문 또한 잠그는 소리가 났다. 켐프가 손으로 이마를 찰싹 쳤다. "내가 꿈을 꾸는 건가? 세상이 미쳤거나, 아니면 내가 미친 게 아닐까?"

그는 웃음을 터뜨리고 잠긴 문으로 손을 가져갔다. "말도 안 되는 바보 같은 일 때문에 내 침실에서 쫓겨나다니!" 그가 말했다.

그는 계단 어귀까지 걸어가다 뒤돌아서서 잠긴 문을 빤히 쳐다보았다. "이건 사실이야." 그가 말을 내뱉었다. 그는 손가락으로 조금

멍이 든 목을 만져보았다. "부정할 수 없는 사실이야!

"하지만……."

그는 절망적으로 머리를 흔들고는 뒤돌아 계단을 내려갔다.

그는 식당의 램프를 밝히고 시가를 꺼내 들었다. 그러곤 별안간 소리치며 식당 안을 이리저리 왔다 갔다 했다. 이따금씩 혼잣말로 주절거렸다.

"보이지 않다니!" 그가 말했다.

"보이지 않는 동물이 있던가? 물론 바다 속에는 있지. 몇천! 몇백만! 유충과 어린 노플리우스〔갑각류의 발생 초기 유생(幼生)〕, 반색(半索)동물〔체강동물에 속하는 해양동물의 한 무리로, 바다의 진흙 속이나 모래 밑에서 산다〕의 유생, 미생물 등이 모두 그렇지. 해파리도 그렇고. 바다에는 보이는 생물보다 보이지 않는 생물이 더 많아! 전에는 생각해본 적이 없었어. 연못 속도 마찬가지지! 연못에 사는 모든 미생물, 그리고 색깔이 없는, 아주 작은 반투명 해파리! 하지만 공기 중에는? 절대 없어!"

"있을 수 없어."

"하지만 왜 있을 수 없는 거지?

"인간이 유리로 만들어졌다고 해도 눈에는 보이지."

그의 사색은 깊어갔다. 그가 다시 말을 내뱉었을 때는 시가 세 개비가 이미 흰 재가 되어 양탄자 위에 떨어져 그 본래 모습이 사라지거나 흩어져버린 상태였다. 순간 그의 입에서 감탄사가 튀어나왔다. 그는 옆으로 몸을 돌려 방을 나와 작은 진찰실로 들어가서는 가스등에 불을 붙였다. 그 진찰실은 켐프 박사가 아직 개업하지 않은 탓에 작았다. 그곳에는 그날 신문이 있었다. 아침 신문이 아무렇게나 펼쳐진 채 팽개쳐져 있었다. 그는 신문을 급히 집어 들고 페이지를 넘겼다. 그러다가 '아이핑의 기괴한 이야기'라는 기사에 주목했다. 그것은 포트 스토에서 한 선원이 마블에게 매우 고통을 안겨주며 들려주었던 바로 그 기사였다. 켐프는 그 기사를 재빨리 읽었다.

"칭칭 싸맸어!" 켐프가 말했다. "변장했어! 완전히 몸을 감추고 있었다고! '그 누구도 그의 불행을 모를 것이다.' 도대체 저 자는 무슨 짓을 할 속셈이지?"

그는 신문을 내려놓고 다른 신문을 찾았다. "아!" 말을 내뱉고는 배달된 그대로 접힌 채 놓였던 《세인트 제임스 가제트》지를 집어 들었다. "이제 진상을 알 것 같군." 켐프 박사가 말했다. 그는 신문을 감싼 끈을 잡아서 뗀 후에 펼쳤다. 그러자 두 줄로 된 기사 제목이 두 눈에 들어왔다. "서섹스 마을 전체가 광란에 휩싸이다."

"아니 이런!" 하는 소리가 켐프의 입에서 튀어나왔다. 그는 이미 기술된 바 있는, 전날 오후에 아이핑에서 일어난 믿기지 않는 사건의 전모를 열심히 읽었다. 다음 면으로 넘기니 아침 신문에 실렸던 기사와 똑같은 기사가 눈에 들어왔다.

그는 그 기사를 다시 읽었다. "거리를 내달리며 닥치는 대로 주먹을 휘둘렀다. 의식을 잃은 제퍼스. 아직도 심한 충격으로 목격한 광경을 설명조차 할 수 없는 헉스터. 고통스러운 굴욕감에 빠진 목사. 공포로 몸져누운 여자들! 모조리 부수어진 창문들. 이 기묘한 이야기의 조작 가능성. 기사화하지 않을 수 없는 엄청난 사건!"

그는 신문을 내려놓고는 눈앞을 멍하니 응시했다. "조작했을 거야!"

그는 그 신문을 다시 집어 들고 그 사건 기사 전부를 다시 한 번 읽었다. "그런데 언제쯤 그 떠돌이가 나타난 걸까? 도대체 그가 왜 떠돌이를 쫓고 있었던 거지?"

그는 갑자기 수술대 위에 앉았다. "그 자는 보이지 않을뿐더러 미치광이야! 살인범이라고!" 그가 말했다.

새벽이 되어 그 창백한 분위기가 식당의 램프 빛과 시가 연기 속에서 감돌기 시작할 때도 켐프는 여전히 믿을 수 없는 사건을 이해하려 이리저리 왔다 갔다 했다.

그는 잠자리에 들기에는 너무 흥분해 있었다. 졸린 눈을 비벼가며 아래층으로 내려온 하인들은 그를 발견하고는 그의 지나친 연구가 이처럼 그를 괴팍스럽게 만든 모양이라고 생각했다. 그는 하인들에게 보통 때와는 다르지만 똑부러진 말씨로 전망대 서재에 아침 식사를 2인분 준비하라고 시켰다. 그리고 위층에 절대 올라와서는 안 된다고 당부했다. 그러고 나서도 그는 아침 신문이 배달될 때까지 계속해서 식당 안을 이리저리 활보했다. 아침 신문에는 많은 기사가 실렸지만 전날 저녁 신문을 통해 확인한 것 이상 별다른 내용이 없었다. 다만, 매우 노골적으로 기사화된 버독 항구에서의 또 다른 이상한 사건이 눈에 띈 정도였다. 이 기사는 켐프에게 술집 졸리 크리킷터스에서 일어난 사건의 실체와 마블이란 자를 알려주었다. "그 자는 나를 24시간 동안이나 자신에게서 벗어나지 못하게 했다." 마블의 증언이었다. 마을의 전선을 끊었다는 등 몇 가지 대수롭지 않은 사실이 아이핑 사건에 추가되었다. 그러나 투명인간과 떠돌이의 연관성에 대해서는 밝혀진 바가 아무것도 없었다. 왜냐하면 마블은 자신이 연루되었던 세 권의 책이나 돈에 대해서는 아무런 단서도 제공하지 않았기 때문이다. 회의적인 논조는 사라지고 수많은 기자와 조사자 들이 벌써 사건을 해명하려 애쓰고 있었다.

켐프는 기사 내용을 모조리 읽었다. 그리고 가정부에게 가능한 모든 아침 신문을 구해오도록 시켰다. 그녀가 구해온 신문들까지도 모조리 읽었다.

"그 자가 투명인간이야!" 그가 말했다. "기사를 보니, 녀석은 화가 나면 미친놈이 되는 모양이군! 놈이라면 능히 그럴 만해! 놈이라면 능히 그럴 만해! 그 자가 위층에 공기처럼 자유롭게 있어. 도대체 어떻게 해야 하지?"

"이를테면, 신의를 저버리는 일을……? 아냐."

그는 구석에 있는 작고 어수선한 책상으로 가서 편지를 쓰기 시작했다. 반쯤 쓰고는 찢어버렸다. 그리고 다시 썼다. 그는 그것을 몇 차례 반복해서 읽고 나서 그것에 대해 심사숙고했다. 그러고 나서 편지 봉투를 꺼내 그곳에 "포트 버독, 애다이 총경"이라고 수신인의 이름을 적었다.

켐프가 이처럼 편지를 쓰고 있을 때 투명인간은 이미 잠에서 깨어나 있었다. 그는 아주 불길한 기분으로 눈을 떴다. 모든 소리에 민감한 켐프는 머리 위 침실에서 별안간 바닥을 후닥닥 가로지르는 발소리를 들었다. 그러곤 의자가 날아가고 세면대에 놓인 유리컵이 박살나는 소리가 들렸다. 켐프는 재빨리 위층으로 올라가 문을 거세게 두드렸다.

19 첫 번째 원리들

"무슨 일이 있나?" 투명인간이 문을 열어주자, 켐프가 물었다.

"아무것도 아냐." 그가 대답했다.

"그런데 이 사람아! 그 깨지는 소리는 뭔가?"

"열 좀 받아서." 투명인간이 말했다. "이쪽 팔에 상처를 입었다는 걸 잊고 있었는데, 몹시 쑤시잖아."

"하긴 예전에도 넌 자칫하면 그렇게 화를 내곤 했지."

"그래."

켐프는 방을 가로질러 걸으며 깨진 유리 조각을 주웠다. "너에 관한 모든 사실이 신문에 났어." 켐프가 손에 유리를 들고 일어서며 말했다. "아이핑과 언덕 아래에서 일어난 모든 일들 말이야. 세상 사람들이 다 투명인간에 대해 알게 되었다고. 하지만 네가 여기에 있다는 건 아무도 몰라."

투명인간이 욕지거리를 내뱉었다.

"비밀이 폭로됐어. 그 폭로된 내용이 비밀이었겠지. 나로서는 네 계획이 무엇인지 알 수 없지만, 당연히 너를 돕고 싶어."

투명인간은 침대 위에 앉았다.

"위층에 식사를 차려놨어." 켐프는 되도록이면 편안하게 말했다. 켐프는 낯선 손님이 쾌히 일어나는 것을 보고 흡족해하면서 좁은 계단을 거쳐 전망대로 투명인간을 안내했다.

"우리가 어떤 일이든 하기 전에 나로서는 지금처럼 네가 투명인간이 된 사정에 관해 조금이라도 이해해야만 해." 켐프가 말했다. 그는 할 얘기가 있는 것만 같은 태도로 창밖을 불안하게 흘끗 쳐다보고는 자리에 앉았다. 그는 그리핀이 식탁 앞에 앉자 머리도 손도 없는 실내복만이 기적처럼 보이지 않는 입술을 냅킨으로 닦는 것을 지켜보았다. 그것을 보자 모든 사건의 실재성에 대한 의구심이 번갯불처럼 번쩍했다가 다시 사라지고 말았다.

"그건 아주 간단해. 충분히 믿을 수 있는 얘기지." 그리핀이 냅킨을 옆으로 치우고, 보이지 않는 머리를 보이지 않는 손에 기대면서 말했다.

"네겐 의문의 여지가 없겠지만……." 켐프가 웃었다.

"음, 그래. 하지만 내게도 처음엔 정말 놀라운 것으로 보였지. 하지만 이제, 오 이런!…… 이제, 우리는 위대한 일들을 해내게 될 거야! 내가 처음으로 이 연구에 착수한 곳은 체실스토였어."

"체실스토?"

"런던을 떠난 후 그곳으로 갔지. 내가 의학을 집어치우고 물리학을 택했다는 걸 알았나? 몰랐다고! 아무튼 그랬어. 빛이 나를 매혹했던 거야."

"아아!"

"광학 밀도! 이것에 관한 모든 문제는 수수께끼투성이지. 그 수

수께끼에는 아주 어렴풋이 해결의 빛이 비칠 뿐이야. 스물두 살밖에 먹지 않은 나는 열정으로 가득했어. 난 이렇게 말했지. '이 연구에 내 생애를 바칠 거야. 이 연구는 그럴 만한 가치가 있어.' 너나 나나 스물두 살 나이에 뭘 알았겠나?"

"그때나 지금이나 바보지." 켐프가 말했다.

"아는 것이 인간에게 만족감만을 줄 것이라고 생각했던 거지! 나는 죽어라 연구에 몰두했지. 그로부터 6개월 후, 어느 날 갑자기 빛이 복잡한 조직의 물질을 통과하는 걸 목격하고서야 나는 비로소 물질에 대해 본격적으로 연구하고 사색할 수 있었어. 빛이 그런 물질을 통과한다는 사실은 정말 놀라웠어! 나는 색소와 굴절의 일반 원리, 4차원에 관련된 기하학적 공식을 발견한 거야. 멍청이들이나 보통 사람들, 심지어 일반 수학자들조차 분자물리학도에게는 극히 상식으로 통하는 것을 전혀 알지 못했어. 떠돌이가 감춰버린 그 책들 속에는 경이로운 사실들, 그야말로 기적들이 담겨 있어! 그러나 그것은 직접적으로 문제를 해결해줄 수 있는 방법은 아니었어. 그것은 물질의 속성을 조금도 변화시키지 않고 — 특별한 경우, 색채는 예외로 하고 — 고체든 액체든 상관없이, 물질의 굴절률을 공기의 굴절률까지 낮출 수 있게 해주는 아이디어였던 거야. 물론 실재로 적용이 가능한 아이디어지."

"으흠!" 켐프가 말했다. "정말 기묘한 얘기로군! 하지만 아직도 도무지 이해할 수 없어. 고작 이해할 수 있는 것은 그런 방법으로 너는 귀중한 보석 따위를 손상시킬 수도 있다는 것뿐이야. 하지만 인간의 투명성은 다른 물질의 투명성과는 현격한 차이가 있지."

"물론 그렇지." 그리핀이 말했다. "하지만 생각해보라고. 보인다는 것은 보이는 물체의 빛에 대한 반응에 달렸어. 물체는 빛을 흡수하거나 반사하거나 굴절하거나 그렇지 않으면 이 모든 것을 하지. 물체가 반사도 굴절도 흡수도 하지 않는다면 그 물체는 자연히 보이지 않게 돼. 가령 네가 불투명한 붉은 상자를 본다면 그것은 그 빛깔이 빛의 일부를 흡수하고 나머지를 반사함으로써 네 눈에는 빛의 붉은 부분만 전해지기 때문이야. 그것이 빛의 특정한 부분을 흡수하지 않고 모두 반사해버린다면 그때는 반짝이는 흰 상자를 보게 될 거야. 은이 그렇지! 다이아몬드 상자의 경우 보통 표면에서는 빛을 흡수도 반사도 하지 않지만 그 표면이 적합하게 세공된 경우에는 여기저기서 반사도 하고 굴절도 하지. 그리고 그 결과 너는 반짝이는 반사와 반투명의 눈부신 광경, 일종의 빛줄기를 볼 수 있는 거야. 유리 상자가 다이아몬드 상자만큼은 눈부시게 빛나지도, 명확하게 보이지도 않는 것은 굴절과 반사가 다이아몬드보다 적기 때문이야. 알겠나? 보는 각도를 바꾸면, 유리는 더 명확하게 보일 거야. 그리고 특정한 종류의 유리는 보통의 창유리 상자보다 훨씬 더 잘 보일 거야. 아주 얇은 보통 유리상자는 빛이 아주 약한 곳에서는 거의 보이지 않을 거야. 그 이유는 거의 빛을 흡수하지도 굴절하지도 반사하지도 않기 때문이지. 그리고 보통 흰 판유리를 물속에 넣는다든가, 더 나아가 물보다 밀도가 높은 액체 속에 넣으면 그 유리는 거의 모습을 감추고 말 거야. 왜냐하면 물에서 유리로 통과하는 빛이 아주 조금밖에 굴절되지 않거나 반사되지 않기 때문이야. 또는 그 어떤 영향도 거의 받지 않기 때문이지. 그래서 그 유리는 공기 중에 있는 한 줄기 석탄 가스나 수소처럼 거의 보이지 않아. 공기 중의 석탄 가스나 수소가 안 보이는 것과 똑같은 이유에서지!"

"그래, 그 정도야 쉽게 이해할 만해." 켐프가 말했다.

"게다가 너도 알 만한 또 한 가지 사실이 있어. 켐프, 유리판을 깨부숴 가루로 만들면 공기 중에서는 전보다 더 잘 보일 거야. 유리는 결과적으로 가루일 때 불투명해지거든. 그것은 가루가 굴절과 반사 작용이 일어나는 유리 표면을 확대시키기 때문이야. 판유리에는 표면이 그저 두 개 있을 뿐이야. 하지만 가루일 경우에 빛은 그것이 통과하는 제각각의 유리 가루에 의해 반사되거나 굴절되는 거야. 그리고 극히 적은 부분만이 그 가루를 통과해. 하지만 흰 유리 가루를 물속에 집어넣는다면, 그 즉시 흔적도 없이 사라질 거야. 유리 가루와 물은 굴절률이 아주 비슷하거든. 다시 말해 빛이 유리 가루에서 물로 통과할 때 굴절이나 반사는 전혀 일어나지 않아.

유리를 보이지 않게 하려면, 유리와 거의 같은 굴절률을 지닌 액체에 넣으면 되는 거야. 투명한 물체는 비슷한 굴절률을 가진 특정한 매개체에 넣으면 보이지 않게 되는 거지. 이런 점을 감안해 잠시만 생각해보면 한 가지 사실을 알 수 있을 거야. 유리 가루의 굴절률이 공기와 같은 수준이 되게 할 수 있다면 유리 가루가 공기 중에서도 안 보이게 될 거라는 거지. 왜냐하면 그럴 경우 빛이 유리에서 공기로 통과할 때 아무런 굴절도 반사도 일어나지 않기 때문이야."

"그래, 그래." 켐프가 말했다. "하지만 인간은 유리 가루가 아니잖아!"

"아니지." 그리핀이 말했다. "인간은 훨씬 더 투명해!"

"헛소리!"

"박사의 입에서 그런 말이 나오다니! 벌써 잊었나! 십 년 전에 배운 물리학을 벌써 잊었나? 투명한 물질이 모두 투명하게 보이는 것은 아니라는 사실을 생각해봐! 예컨대, 종이는 투명한 섬유로 이루어졌는데도 희고 불투명하게 보이잖아. 그것은 유리 가루가 희고 불투명하게 보이는 것과 동일한 이유에서야. 하지만 흰 종이에 기름을 적시면, 종이의 입자들 사이에 있는 틈에 기름이 채워지고 그 결과, 표면 이외의 곳에서는 더는 굴절이나 반사가 일어나지 않아. 그래서 기름을 적신 종이는 유리처럼 투명해지는 거야. 종이뿐만 아니라 면섬유, 아마 섬유, 모직 섬유, 목질 섬유, 그리고 켐프 너의 뼈, 살, 털, 손톱, 신경도 마찬가지야. 사실 붉은 혈액과 모발의 검은 색소를 제외하고 인체의 모든 조직은 색깔이 없는 투명한 조직으로 구성되어 있어. 그런 점에서 우리가 보이는 존재로 만들어졌다는 말은 불충분해. 사실 대부분 생물의 조직은 물만큼이나 투명한 물질이야."

"아, 그렇군!" 켐프가 외쳤다. "물론, 물론이야! 지난밤에 난 바다의 유충류나 해파리만 생각했어!"

"이제야 알겠나! 내가 이 모든 것을 깨닫고 구상하게 된 것은 런던을 떠난 지 일 년 후, 그러니까 지금부터 육 년 전의 일이야. 하지만 난 그 사실을 나 혼자만 알고 지냈지. 나는 대단히 어려운 상황에서 연구를 해야만 했어. 내 지도 교수 올리버는 과학에 치욕스러운 인간, 저널리스트나 다름없었어. 남의 아이디어를 훔치려 혈안이 되어 있던 도둑놈이었어! 너도 알 거야, 과학계의 부정한 제도를. 나는 내 이론을 쉽게 발표해 그놈에게 나의 공로를 빼앗길 생각이 없었어. 난 연구를 계속했어. 난 점점 실험에 접근하면서 이론을 현실화하기 시작했어. 나는 그 누구에게도 털어놓지 않았어. 결정적인 성과를 일구어낸 후에 세계에 터뜨려 단번에 유명해지겠다는 속셈이었지. 하지만 내게는 허점이 있는 색소 문제 해결이라는 숙제가 남아 있었어. 그런데 어느 날 갑자기 생리학상의 발견을 하게 된 거야. 그것도 의도했던 바가 아니라 아주 우연히."

"그래?"

"너도 혈액의 붉은 색소에 대해선 알 거야. 그것을 흰색이나 무색으로 만들어도 기능에는 어떤 영향도 받지 않아!"

켐프는 믿을 수 없다는 듯 깜짝 놀라며 소리를 질렀다.

투명인간은 일어나더니 작은 서재 안을 왔다 갔다 했다. "정말 무척 놀라운 일이었어. 그날 밤의 일은 지금도 생생히 기억이 나. 한밤중이었어. 그 무렵 나는 낮에는 하품이나 해대는 성가시고 멍청한 학생들을 상대해야 했지. 그러곤 밤이 되면 가끔 새벽녘까지 일하곤 했어. 그러던 어느 날, 문득 더할 나위 없이 완벽한 생각이 떠올랐어. 그때 난 혼자였지. 연구실은 키 큰 등불만이 환하고 조용하게 타오를 뿐 쥐 죽은 듯이 조용했어. 내게 찾아온 위대한 순간에는 언제나 나는 혼자였어. '동물, 동물의 조직도 투명하게 만들 수 있어! 동물도 안 보이게 할 수 있어! 색소 이외의 모든 것을. 나도 투명해질 수 있어!' 난 이렇게 말했지. 불현듯, 나는 그런 지식을 이용해 알비노[색소 결핍증인 사람 또는 동물]가 되는 것이 무엇을 의미하는지를 깨달았던 거야. 순간 온몸에 전율을 느꼈어. 나는 몰두하던

빛의 투과 연구를 중단하고 커다란 창문 앞으로 가서, 창밖으로 별을 쳐다보았어. '나도 투명해질 수 있어!' 나는 반복해서 말했어.

이러한 사실은 마술을 초월하는 거야. 나는 아무런 의구심도 없이 투명성이 한 인간에게 미칠 엄청난 비전, 그 미스터리, 권력, 그리고 자유를 예견해보았어. 허점이라곤 보이지 않았어. 한번 생각해보라고! 시골 대학에서 멍청이들을 가르치는, 초라하고 굶주린 연구자 꼴인 내가 불현듯 엄청난 발견을 하기에 이른 거야. 켐프, 너라면 어땠을 것 같아? 누구라도 그 상황에선 그 연구에 몸 바쳐 헌신했을 거야. 그래서 나는 3년 동안 연구에 몰두했어. 부딪치는 난관을 힘겹게 극복할 때마다 또 다른 난관에 부딪치곤 했지. 세세한 문제들이 끝없이 이어졌어! 또한 한 교수, 그러니까 시골대학의 어떤 교수 놈이 언제나 노려보고 있었어. 정말 화가 치밀었지. '언제 연구 결과를 발표할 작정이야?' 그 교수 놈이 지겹게 질문하곤 했어. 그리고 학생들, 그 답답한 멍청이들은 어떻고! 3년 동안이나 그 모양이었어.

비밀을 감추며 분노로 3년을 보낸 후에 나는 이 연구를 완성하는 것이 불가능하다는 걸 깨달았어. 정말 불가능한 일이었어."

"어째서?" 켐프가 물었다.

"돈 때문이었어." 투명인간이 말했다. 그는 다시 창가로 가서 밖을 내다보았다.

그는 갑자기 돌아섰다. "하는 수없이 나는 노인네 돈을 훔쳤어. 아버지 돈 말이야. 그런데 그 돈은 아버지 소유가 아니었어. 결국 아버지는 총으로 자살하고 말았어."

20 그레이트 포틀랜드 가에 있는 집에서

잠시 켐프는 조용히 앉아, 창가에 서 있는 머리 없는 형상의 뒷모습을 쳐다보았다. 그러던 중 갑자기 무슨 생각이 떠올랐는지 움찔하며 자리에서 일어나 투명인간의 팔을 잡아끌고 자신 쪽으로 몸을 돌리게 했다.

"넌 지쳤어." 그가 말했다. "내가 앉아 있는 동안 넌 그렇게 서성거리기만 했어. 의자에 앉지그래."

그는 그리핀과 가장 가까운 창문 사이에 자리를 잡았다.

그리핀은 잠시 가만히 앉아 있다가 갑자기 말을 재개했다.

"그런 일이 일어났을 때 이미 나는 체실스토 시골집을 떠난 상태였어." 그가 말했다. "작년 12월이었어. 난 런던에서 방을 정했지. 그레이트 포틀랜드 가 근방 빈민가에 있는 크기만 할 뿐 별 가구도 없는 형편없는 하숙집이었지. 방 안은 곧 아버지 돈으로 사들인 기구들로 가득 찼어. 이윽고 연구는 꾸준히 진전을 보여, 성공의 날이 가까워졌지. 그러던 어느 날, 나는 숲속에서 세상으로 나온 사람처럼 난데없이 뒤통수를 치는 비극과 마주치게 되었어. 아버지의 장례를 치르게 된 거야. 하지만 내 마음은 여전히 투명인간에 대한 연구에만 쏠려 있었기에 아버지의 죽음을 애도할 여유도 없었어. 아버지의 장례식이 아직도 기억나는군. 값싼 영구차로 초라하기 짝이 없게 장례식을 치렀지. 산허리에는 모든 것을 얼려버릴 것만 같은 매서운 바람이 불었어. 살을 에일 듯한 추위에 검은 옷을 입은 초라한 모습의 꾸부정한 늙은이, 그러니까 아버지의 옛 대학 친구가 추도문을 낭독했어.

텅 빈 집으로 돌아갔을 때의 일도 기억해. 한때 마을이었으나 지금은 도시로 변모해 형편없는 건축업자들이 날림으로 지은 보기 흉한 똑같은 집들이 들어서 있는 곳을 거쳐 가게 되었지. 어느 쪽으로 보나 도로는 끝에 가서는 더러운 벌판으로 이어지고 잡석 더미와 무성한 잡초의 습지로 끝났지. 아직도 나는 미끄럽고 반질반질한 포석(鋪石)을 따라 걷던 시커멓고 수척한 내 모습을 기억해. 나는 그 지역의 야비하고 인습적인 의례, 야비한 상업성 따위에 이상하게도 초연했어.

나는 아버지의 죽음에 조금도 슬픈 감정을 느끼지 않았어. 아마 그는 자신의 어리석은 감상주의의 희생자가 되었을 거야. 이러쿵저러쿵 떠도는 말 때문에 나는 장례식에 참석하긴 했지만, 사실 내가 알 바가 아니었어.

하지만 번화한 거리를 따라 걷다가 잠시 나는 그 옛 삶으로 돌아가게 되었어. 십 년 전에 알게 되었던 한 소녀를 만났던 거야. 우리의 두 눈이 마주쳤지.

뭔가에 이끌려 나는 그녀 쪽으로 머리를 돌렸고 그녀에게 말을 걸게 되었어. 그녀는 아주 평범한 여인이 되어 있더군.

그 옛 고장을 방문한 것은 정말 꿈만 같았어. 그때 나는 외롭다거나 세상에서 적막한 시골구석으로 들어갔다고 생각하지 않았어. 나는 나 자신에게 남에 대한 동정심이 부족하다는 걸 이해했지만, 그것을 세상사에 대한 공허감 정도로 여겼어. 내 방에 다시 들어서는 순간에야 현실감을 회복하는 것 같더군. 그곳엔 내가 잘 알고 사랑했던 것들이 있었던 거야. 기계가 버티고 있었고, 준비를 갖춘 실험이 기다렸어. 이제 세부적인 계획 말고는 그다지 어려운 일은 남아 있지 않았어.

켐프, 네게 조만간 모든 복잡한 과정을 말해주지. 지금은 그런 얘길 할 때가 아냐. 내가 기억하는 몇 가지 난점들을 제외하고는 그 대부분을 떠돌이가 감춘 책 속에 암호로 적어두었어. 우리는 놈을 잡아야 해. 우리는 그 책을 다시 찾아내야 해. 그러나 아무튼 가장 중요한 단계는 에테르의 진동을 일으키는 두 기계 사이에서 물체의 굴절률을 낮춰 해당 물체를 투명하게 만들어내는 거였어. 이 문제에 대해서는 다음 기회에 더 상세하게 말해줄게. 아니, 뢴트겐 선의 진동과는 달라. 이에 관련된 다른 사실들도 그 책에 기록해뒀는지는 모르겠군. 하지만 뢴트겐 선의 진동과 다르다는 사실만은 틀림없어. 나는 작은 발전기가 두 대 필요했는데, 값싼 가스 엔진으로 그 발전기를 만들었어. 최초의 실험 대상은 흰 모직물 약간이었어. 그것은 부드럽고 하얀 섬광의 명멸 속에서 소용돌이치는 연기처럼 희미해지더니, 사라졌어. 그 모습을 본다는 것 자체가 세상에서 가장 불가사의한 일이었어.

나는 내 자신이 해낸 일을 믿을 수 없었어. 텅 빈 공간 속으로 손을 넣어보니, 단단한 물체가 그대로 있는 것이 느껴졌어. 나는 그것을 대충 더듬어서 느껴보았어. 그러곤 그것을 방바닥에 내던졌는데, 다시 찾는 건 꽤 어려운 일이었어.

곧이어 정말 기묘한 체험을 하게 됐어. 뒤에서 야옹 소리가 들리는 거야. 뒤돌아보니, 아주 더럽고 야윈, 흰 고양이 한 마리가 창밖 물탱크 위에 웅크리고 있었어. 놈을 보는 순간 문득 머릿속에 한 가지 생각이 떠오르더군. '모든 것이 너를 위해 준비되었다.' 난 이렇게 말을 내뱉고 창가로 가서 창문을 열고 부드러운 목소리로 고양이를 불렀어. 불쌍한 짐승은 굶주린 듯 그르렁거리며 들어오더군. 나는 녀석에게 우유를 줬어. 내가 가진 모든 음식은 방구석 찬장 안에 들어 있었어. 녀석은 냄새를 맡으면서 방 안을 이리저리 돌아다니더니, 결국은 안심하는 듯하더군. 하지만 바로 그 순간 보이지 않는 모직물이 녀석을 당황하게 만들었어. 너도 녀석이 토하는 꼴을 봤어야 하는데! 나는 녀석을 내 간이침대 베개 위에 편안하게 눕혔지. 그러곤 버터를 먹이고 나서 몸을 씻겨줬어."

"고양이를 대상으로 실험을 했단 말이야?"

"그랬지. 하지만 켐프, 고양이에게 약을 먹이는 일은 장난이 아니었어! 그리고 그 실험은 실패하고 말았어."

"실패하다니!"

"두 가지 점에서 문제가 있었지. 발톱과 색소 기관에 문제가 있었던 거야. 뭔지 알겠나? 고양이의 눈동자 안쪽에 있는 거 말이야. 알겠지?"

"타페텀〔눈의 망막 뒤쪽에 있는 반사층으로, 이 기관은 동공으로 들어온 후 망막을 통과한 빛을 망막으로 다시 반사시킴으로써 어둠 속에서도 사물을 볼 수 있게 해준다. 바로 이 반사 과정 때문에 고양이의 눈은 밤에 광채를 띤다]."

"그래, 타페텀이지. 바로 그 기관이 사라지지 않는 거야. 난 녀석의 혈액을 표백하려고 녀석에게 약품을 주사하고, 특정한 처치를 한 후에 마취약을 주사해 잠들게 했어. 그러곤 베개 위에서 자던 녀석을 실험 장치 위에 베개와 함께 그대로 놓았어. 그랬더니 결국엔 나머지 모두는 희미해지다가 자취를 감추었지만, 두 작은 눈동자 유령만은 그대로 남아 있더군."

"기묘하군!"

"나로서는 그 이유를 설명할 수 없어. 물론 녀석을 붕대로 감아 구속해서 안전하게 해줬어. 그러나 녀석은 잠에서 깨자 여전히 몽롱한지 침울하게 야옹야옹 울어댔어. 그리고 바로 그때 누군가 문을 두드리는 소리가 들렸어. 아래층에 사는 노파였는데 내가 고양이를 생체 해부라도 하지 않을까 의심했던 거야. 세상에서 흰 고양이 한 마리밖에는 위안 삼을 것이 없는 술독에 빠진 늙은이였지. 나는 클로로포름을 홱 끄집어내어 고양이를 마취시키고 나서 문 앞에서 노파에게 대답했어. '고양이 소리가 난 것 같은데? 혹 내 고양인가?' 그녀가 그렇게 묻더군. '여기엔 없어요.' 나는 매우 점잖게 대답했지. 그녀는 다소 의심스러운 눈초리로 나를 지나쳐 실내를 들여다보았어. 그녀는 정말 이상하다고 느끼는 것 같더군. 진동하는 가스 엔진과 방사(放射)점에 이르러 지글거리는 소리와 함께, 닳아 빠진 벽, 커튼도 치지 않은 창문들, 그리고 간이침대가 눈에 띄었겠지. 공기 중에는 코를 찌르는 독한 클로로포름 냄새의 흔적이 남아 있었어. 마침내 그녀는 성에 찬 듯 가버리더군."

"고양이 녀석이 사라지는 데 얼마나 걸렸어?" 켐프가 물었다.

"서너 시간. 그 고양이 녀석, 뼈와 근육과 지방질이 맨 마지막에 사라지더군. 빛깔이 있는 털끝도 그렇고. 그리고 이미 말했듯 눈동자 안쪽에 있는 기관, 강렬한 무지개 빛깔처럼 여러 색으로 변하는 부위만큼은 조금도 사라지지 않았어.

실험을 끝마치기 전에 바깥에 어둠이 깔린 지 이미 오래되었고 고양이는 희미한 두 눈과 발톱 말고는 조금도 보이지 않았어. 나는 가스 엔진을 끄고 여전히 무감각 상태인 그 짐승을 더듬어 찾아 어루만졌어. 그러곤 피로감이 몰려와, 나는 보이지 않는 베개 위에 누워 잠이 든 고양이를 내버려두고 잠자리로 돌아갔어. 그러나 좀체 잠이 오지 않았어. 나는 멀쩡히 눈을 뜬 채 별 목적 없는 생각에 푹 빠져, 반복해서 실험을 검토해보거나 내가 서 있는 지면은 물론이고 모든 것이 사라질 때까지 내 주변에 있는 사물이 하나둘씩 점점 희미해지며 사라지는 것을 거침없이 상상했어. 그러다 보니, 내가 마치 누군가 꿈꾸는 악몽 속에 병적으로 빠져든 것만 같았어. 두 시쯤 되었을까, 고양이가 야옹거리며 방을 돌아다니기 시작했어. 나는 고양이를 달래어 소리를 못 내게 하려 했지. 그러고 나서 녀석을 밖으로 내쫓기로 했어. 불을 켰을 때 받은 충격이 아직도 생생해. 그곳에는 반짝이는 초록색 둥근 눈동자만이 있을 뿐 아무것도 없었어. 난 우유를 줄까 하다가 그대로 내버려뒀어. 고양이는 조용히 있지 못하고 앉은 채 문을 보고 야옹거렸어. 나는 창밖으로 내던질 생각으로 녀석을 잡으려 했으나 녀석은 마음대로 잡히지 않고 사라져버렸어. 그러곤 녀석은 방 안 여기저기를 돌아다니며 야옹거렸어. 마침내 나는 창문을 열고, 녀석을 내쫓기 위해 법석을 떨었어. 결국 녀석은 밖으로 나가고 말았을 거야. 그 후로는 나는 한 번도 그 녀석을 보지 못했어.

그 후 녀석이 어찌 됐는지 누가 알겠는가. 녀석을 내쫓은 후 난 다시 아버지의 장례식을 떠올렸고 날이 밝을 때까지 적막한 바람이 거세게 휘몰아치는 산허리를 생각했지. 나는 잠이 오기는 글렀다는 것을 깨닫고는 문을 잠근 다음, 아침 거리로 정처 없이 빠져나갔어."

"보이지 않는 고양이가 세상을 떠돌고 있다는 걸 얘기하는 게 아닌가?" 켐프가 말했다.

"녀석이 살해되지 않았다면." 투명인간이 대답했다. "그렇지 않으리라는 법은 없지?"

"그야, 그렇지." 켐프가 말했다. "네 얘기를 방해할 작정으로 물었던 건 아냐."

"아마 살해됐을 거야." 투명인간이 말했다. "하지만, 내가 알기로 녀석은 내게서 떠난 후 적어도 나흘 동안은 살아 있었어. 그레이트 티치필드 가에 있는 어느 집 창살 밑에서 말이야. 나는 그 근처에 모인 사람들이 야옹거리는 소리가 어디서 나는지 알아내려 하는 것을 목격했거든."

그는 1분 가까이 아무 말이 없었다. 그러곤 별안간 다시 말을 꺼냈다.

"새로운 변화가 있기 전날 아침에 있었던 일이 생생히 기억나는군. 나는 그레이트 포틀랜드 가를 올라갔지. 올버니 가에 있던 막사들이 기억나. 기병대원들이 막사에서 나왔지. 그 순간 나는 햇볕이 내리쬐는 프림로즈 언덕의 마루에 앉아 있었는데, 몸이 퍽 좋지 않고 기분이 이상했어. 1월의 햇빛 찬란한 날이었지. 올해 들어 눈이 퍼붓기 전에 찾아온 햇빛이 밝은 어느 날이었어. 하지만 그래도 추운 날이었지. 피로에 지친 내 두뇌는 실행 계획을 구상할 적당한 장소를 궁리하고 있었어.

이제 내 손아귀에 성취 목표가 들어왔으나 그 달성이 확정적이지 못하다는 사실을 깨닫고는 무척 놀랐어. 사실 나는 연구에만 매달려 있었어. 4년 가까이 계속된 연구가 가져온 심한 스트레스는 내게 특정한 감각 능력을 상실케 했어. 나는 무기력해졌지. 연구를 처음 시작할 당시의 열정과, 무언가를 발견하고자 하는 열정 — 심지어 아버지가 백발이 된 원인을 이해할 수 있게 해주었던 — 을 되살려보려 했으나 헛수고였어. 난 모든 것에 냉담해졌어. 하지만 어느 순간, 그것이 과로와 수면 부족에서 오는 일시적인 기분임을 명확히 깨달았지. 그리고 약이나 휴식으로 활력을 되찾을 수 있으리라는 걸 알게 되었어.

그때 내가 명확하게 생각해낼 수 있었던 것은 활력을 되찾아야 한다는 것뿐이었어. 그 확고부동한 생각이 계속해서 나의 마음을 사로잡았어. 그리고 머지않아 내 수중에 있던 돈은 거의 떨어졌어. 산허리에서 난 내 주변을 둘러봤어. 아이들이 놀고 있었고 그런 그들을 소녀들이 쳐다보았어. 난 세상에서 투명인간이 가질 수 있는 기상천외한 이점들을 생각해보았어. 얼마 후 나는 천천히 집으로 돌아가 식사를 하고 효과가 센 스트리크닌[신경 흥분제] 한 병을 복용하고 옷을 입은 그대로 침구도 제대로 깔지 않은 침대에서 잠에 빠져들었어. 켐프, 스트리크닌은 무기력증을 없애는 데는 좋은 강장제야."

"그건 몹시 해로운 거야." 켐프가 말했다. "그건 병 속에든 태곳적 괴물과도 같아."

"난 매우 상쾌한 기분으로 잠에서 깨어났지. 좀 흥분이 되기도 하더군. 알겠지?"

"나도 그 약을 알아."

"그때 누군가 문을 두드리더군. 집주인이었는데, 폴란드계 유대인 노인인 그는 긴 쥐색 외투를 걸치고 기름 때로 반질반질한 슬리퍼를 끌고 와서는 위협적으로 따지는 거야. 지난밤에 내가 고양이를 고문이라도 했던 게 아닐까 의심했던 거지. 그에게 노파가 떠들어댔겠지. 집주인은 고양이에 관해 모든 걸 안다고 고집부리더군. 이 나라에는 생체 해부를 금하는 법이 매우 엄중하다고 떠들면서 자기가 그에 대한 책임을 져야 할지도 모른다고 하는 거야. 나는 그 고양이에 대해 부인했어. 그러자 그는 작은 가스 엔진 진동을 집 전체서 느낄 수 있었다고 말하더군. 물론 그의 말은 사실이었지. 그는 나를 밀치고 방 안으로 들어서더니, 독일제 은테 안경 너머로 이리저리 둘러보며 방 안을 자세히 살펴보았어. 그가 내 비밀을 캐내지나 않을까 하는 불안감이 갑자기 뇌리를 스쳤지. 나는 한 곳에 설치해놓은 기계 장치에 접근하지 못하게 가로막아 섰는데 그런 내 행동으로 오히려 한층 의심을 샀어. 내가 무슨 짓을 하고 있었을까?

왜 항상 혼자 있으면서 그리도 숨기려 했을까? 내가 하는 짓은 합법적이었나? 위험한 짓은 아닌가? 난 집세도 보통 이상으로는 지불한 적이 없었어. 막돼먹은 이웃들 가운데서 주인집은 언제나 평판이 가장 좋은 집으로 통했지. 갑자기 화가 치밀더군. 나는 그에게 나가달라고 말했어. 그는 항의하면서 자신은 내 방으로 들어올 권리가 있다고 고집을 부렸어. 순간 난 그놈의 멱살을 잡고 말았지. 옷 어딘가가 찢기며, 그놈은 밖으로 밀려 날 수밖에 없었지. 나는 쾅 하고 문을 닫아 잠그고는 몸을 떨면서 주저앉고 말았어.

"그는 밖에서 야단법석이었지만, 난 무시해버렸어. 얼마 후 가버리더군.

그런데 이 일로 내 신상에 위험이 닥치고 만 거야. 나는 그놈이 무슨 짓을 할지, 무슨 짓을 할 만한 힘을 가졌는지 알 수 없었지. 새로운 숙소로 이사한다는 것은 내 연구가 그만큼 지연된다는 것을 의미했지. 내 수중에는 통틀어 이십 파운드밖에 남아 있지 않았어. 그것도 대부분 은행에 있어서 마음대로 쓸 수조차 없었어. 자취를 감춰야 하나! 피할 길이 없었어. 그러면 조사가 있을 것이고 난 방을 빼앗기는 신세가 되겠지.

내 연구가 정점에 있는 상황에서 폭로되거나 중단될 수도 있을 거라는 데 생각이 미치자, 나는 화가 치밀어 가만히 있을 수가 없었어. 지금은 떠돌이 놈이 가지고 있을 노트 세 권과 수표장을 챙겨 서둘러 밖으로 뛰쳐나왔지. 그러곤 가장 가까운 우체국에서 그레이트 포틀랜드 가에 있는 한 우편 및 소포 보관소로 부쳤어. 그러곤 소리 없이 빠져나가려 했지. 그런데 돌아와 보니 집주인이 조용히 위층으로 올라가는 거야. 그 노인네가 문이 닫히는 소리를 들었던 모양이야. 내가 놈의 뒤를 사납게 쫓아가는 바람에 그 녀석이 계단참에서 펄쩍 뛰면서 비켜서는 꼴을 봤더라면 너도 웃음을 참지 못했을 거야. 내가 옆을 스쳐 지나가자, 놈은 나를 노려보았고, 나는 온 집 안이 떠나갈 정도로 요란하게 문을 닫았지. 놈이 내 방 문 앞까지 올라와서 머뭇거리다가 내려가는 소리가 들리더군. 나는 즉시 준비해둔 것을 실행에 옮겼어.

그날 저녁과 밤 사이에 나는 모든 일을 끝마쳤어. 혈액의 색깔을 없애는 약품 때문에 속이 메스껍고 나른한 상태에서 계속 앉아 있으려니, 연이어 문을 노크하는 소리가 들렸어. 한순간 그 소리가 그치며 발소리가 사라지는가 싶더니 다시 그가 돌아와 문을 두드리는 소리가 들리더군. 그러곤 그가 문 밑바닥으로 뭔가를 들이밀었어. 푸른색 종이 한 장이었지. 나는 화가 치밀어 올라 자리에서 벌떡 일어났고 문을 활짝 열어젖혔지. '이보시오, 어쩌자는 거요?'

집주인은 퇴거 통지서 따위를 들었더군. 내 앞에 그걸 내밀던 그는 내 손이 뭔가 이상하다는 사실을 발견했지. 내 예상대로였어. 그는 내 얼굴로 시선을 옮기더군.

한동안 그는 입을 딱 벌린 채 서 있었어. 그러더니 다음 순간, 입에서 제대로 나오지도 못하는 비명을 지르면서 촛불과 퇴거 통지서를 떨어뜨리고 어두운 통로의 계단을 정신없이 뛰어 내려가버렸어. 나는 문을 닫아 잠그고 거울 앞으로 갔지. 순간 집주인이 느낀 공포를 이해하겠더군. 내 얼굴이 흰 돌처럼 하얗게 변해 있었어.

정말 소름이 돋더군. 고통스러울 거라곤 생각도 못했던 나는 극

심한 고통과 아픔에 시달리며 밤을 보냈어. 실신할 지경이었지. 곧 온몸이 열로 불타올랐지만, 나는 이를 악물었어. 온몸이 불타오르는 가운데, 완전히 죽은 사람처럼 누워 있었지. 그제야 나는 고양이가 클로로포름으로 마취되기 전까지 계속 울어댔던 이유를 깨달았어. 다행스럽게도 나는 방 안에 혼자 처박힌 채 누구의 간섭도 받지 않았어. 나는 밤새도록 흐느끼고 신음하고 지껄여댔어. 그러면서 악을 쓰고 버텼어. 이윽고 나는 의식을 잃었다가 어둠 속에서 맥없이 두 눈을 떴지.

정신이 들었을 땐 고통은 가셨더군. 나는 죽어가는 게 아닐까 생각했지만, 겁을 먹지는 않았어. 그날 새벽에 일어난 일은 잊을 수 없어. 두 손이 흐린 유리처럼 변해가는 것을 지켜보면서 느껴야 했던 가공할 공포, 두 손이 시간이 흐르면서 점점 더 맑아지고 희미해지는 것을 바라보면서 느꼈던 그 불가사의한 공포를 잊을 수 없어. 결국 나는 투명해진 두 눈을 감았지만, 눈꺼풀도 투명해졌기에, 눈을 감고도 방 안의 너저분한 광경을 볼 수 있었어. 내 사지는 유리처럼 투명해졌고, 뼈와 동맥은 시야에서 희미해지더니 사라져버렸으며 마지막엔 작고 하얀 신경들이 사라지더군. 나는 이를 갈면서 끝까지 참았어. 마침내, 감각을 잃은, 창백하고 하얀 손톱 끝과, 손가락 끝에 가무스름한 산성 얼룩만이 남았어.

나는 몸부림쳤어. 처음에 나는 천에 감긴 아기처럼 몸을 움직일 수 없었어. 보이지 않는 팔다리로 겨우 한 걸음을 내디뎠어. 기운이 없고 몹시 배가 고프더군. 면도할 때 쓰는 거울 앞으로 가서 거울 속을 들여다보았지만 아무것도 보이지 않았어. 다만 두 눈의 망막 뒤에 있는 희미한 색소, 안개보다도 희미한 것만이 보였어. 테이블을 붙잡고 이마를 거울에 들이밀어 볼 수밖에 없었지.

나는 죽을힘을 다해 몸을 이끌고 기계 장치가 있는 곳으로 되돌아가 투명하게 만드는 처치를 완전히 마쳤어.

나는 이불을 뒤집어써, 눈에 빛이 가지 않도록 하고는 오전 내내 잠을 잤어. 정오가 될 무렵, 나는 노크 소리에 다시 잠에서 깼어. 기운을 회복했지. 나는 일어나 앉아 가만히 귀를 기울였어. 누군가 속삭이는 소리가 들리더군. 나는 펄쩍 일어나 되도록이면 소리를 내지 않으면서 기계 장치를 구성하는 부분부분의 연결 장치들을 분리하고 방 안 여기저기에 흐트러뜨려놓았지. 그 기계 장치를 다시는 설치하지 못하게 하기 위해서였어. 곧 노크 소리와 함께 나를 부르는 목소리가 들리더군. 처음엔 집주인 목소리가 들리더니, 다른 두 사람의 목소리가 이어졌어. 난 시간을 벌려고 그들에게 대답했지. 보이지 않는 헝겊과 베개가 손에 잡혔고 나는 창문을 열고 그것들을 물탱크 위로 집어던졌어. 그런데 창문을 여는 순간, 문에 묵직한 충격이 가해지는 소리가 들렸어. 누군가 자물쇠를 부술 생각으로 문을 내리쳤던 거야. 그러나 요전번 내가 바짝 죄어놓은 단단한 빗장이 그들의 침입을 막았어. 그들의 행동에 나는 무척 놀랐어. 또한 화가 치밀었어. 나는 몸을 떨면서 서둘러 일을 처리했어.

나는 조금 구겨진 종이와 짚, 포장지 등을 방 한가운데 집어던지고 가스 스위치를 돌렸어. 그 순간 문에 맹렬한 타격이 비 오듯 쏟아졌어. 성냥을 찾으려 했지만 찾을 수가 없었어. 순간 분노가 치밀어 주먹으로 벽을 쳤어. 나는 가스 스위치를 돌려 잠갔지. 그러고 나서 창밖 물탱크 위로 내려와, 아주 조용히 창문을 내리고 앉았어. 나는 안전하고 보이지도 않았지만 분노로 몸을 부들부들 떨며 사태를 주시했어. 그들은 문틀을 쪼갰고, 곧이어 빗장 꺾쇠를 깨뜨리고서 문 안으로 들어섰어. 집주인과 두 의붓아들이었어. 아들들은 스물셋, 스물넷쯤 되어 보이는 건장한 청년들이었지. 그들 뒤에는 아래층에 사는 심술궂은 노파가 안절부절못하고 있더군.

방이 텅 빈 광경을 목격하고 그들이 얼마나 놀랐는지는 너도 상상할 수 있겠지. 당장에 젊은 녀석 한 놈이 창문가로 달려와서 창을 열어젖히더니 밖을 내다보았어. 그의 부릅뜬 두 눈과 두꺼운 입술에 수염이 덥수룩한 얼굴이 내 얼굴에서 30센티미터 앞까지 다가왔어. 그 녀석의 멍청해 보이는 면상에 주먹을 날리고 싶었지만 두 주먹을 꽉 쥐고 참았어. 그 녀석은 똑바로 나를 노려봤어. 뒤따라 온 놈들 또한 나를 노려보더군. 그러다가 문득 늙은 놈이 가서 침대 밑을 들여다보자, 모두 찬장으로 뛰어가더군. 그들은 이디시 말[독일어에 슬라브어와 히브리어 등이 섞인 말]과 런던 사투리로 장황하게 떠들어댔어. 그들은 조금 전 내가 자신들에게 대답한 것이 아니라 자신들이 착각한 것이었다고 결론을 내렸어. 창밖에 앉아 이 네 사람을 쳐다보려니, 분노는 사라지고 대신 이상할 정도로 자신만만한 기분이 들더군. 그때 노파가 방 안으로 들어와 고양이처럼 주위를 의심쩍은 눈초리로 살폈어. 내 행동의 수수께끼를 풀려고 애쓰는 중이었지.

집주인 노인네는 사투리로 몇 마디 내뱉었는데, 아마도 그 자는 내가 생체 해부자라는 노파의 의견에 동의한 모양이더군. 그리고 그의 아들 녀석들은 부정확한 영어로 내가 전기 기술자이기에 발전기와 방사체를 사용한 것이라고 단언했어. 이후 알게 됐지만 그들은 미리 현관문 빗장을 질러 잠그고도 내가 나타날까 봐 무척 불안해하는 듯 보였어. 노파는 찬장과 침대 밑을 살펴보았고 젊은 녀석 한 놈은 통풍 장치를 밀어 올려보기도 하고 굴뚝을 빤히 올려다보기도 했어. 이웃 하숙인들 중에 건넛방에서 정육점 주인과 동숙하던 한 행상이 계단참에 모습을 드러냈는데, 안에서 자신을 부르는 소리를 듣고는 두서없이 이런저런 말을 내뱉었어.

그 순간 내 머릿속에 방사체에 대한 생각이 스치더군. 그것이 통찰력을 지닌 학식 높은 사람의 손에 들어가기라도 한다면 내 정체가 밝혀질 수도 있다는 생각이 들었던 거야. 난 기회를 노려 방 안으로 들어갔고 소형 발전기 하나를 그 옆에 세워둔 다른 발전기에 쓰러뜨려 두 발전기를 모두 부셔버렸어. 그러고 나서 그들이 발전기들이 부서진 이유를 밝혀내려 하는 동안에 방을 빠져 나와 조용히 아래층으로 내려갔어.

나는 아래층의 어느 거실에 들어가서 그들이 내려올 때까지 기다렸어. 아래층에 내려온 그들은 이런저런 궁리를 하며 서로들 떠들어댔어. '가공할 만한 것'을 발견하지 못해 매우 실망하는 듯했고, 지금까지 어떻게 나라는 존재를 참을 수 있었을까 하는 생각에 당혹스러워했어. 나는 성냥 한 통을 가지고 다시금 슬그머니 위층으로 올라가서는 종이와 너저분한 것들 무더기에 불을 지르고 의자와 침구를 그 무더기에 올려놓았어. 그러곤 탄성 고무 튜브를 이용해 가스가 막 불길이 이는 쪽으로 새어 나오게 했어. 이제 마지막으로 나는 내가 그때까지 묵어왔던 방과 작별을 고했지.

"네가 그 집에 불을 질렀다고?" 켐프가 외쳤다.

"그래, 그 집에 불을 질렀어. 내 행적을 감추려면 그 길밖에 없었어. 그것이 확실한 방법이었지. 그러고 나서 나는 조용히 현관문 빗장을 풀고 거리로 나왔어. 나는 보이지 않았고, 그 순간 내 몸의 투명성이 내게 준 비상한 이점을 깨달았어. 내 머릿속은 이미 이제부터 법망을 피해 무난히 실행할 수 있는 수많은 광적인 계획과 놀라운 일들로 가득 차 있었어."

21 옥스퍼드 가에서

“아래층으로 내려올 때 나는 처음에 예기치 않은 어려움을 겪었어. 발이 보이지 않았거든. 정말 두 번이나 넘어질 뻔했고 빗장을 잡는데도 다소 애를 먹었어. 하지만 아래를 내려다보지 않아도 되는 평지를 걸을 때는 그다지 어렵지 않았어.

나는 이루 말할 수 없이 기뻤어. 발소리를 내지 않고 걸으면서 스치는 소리조차 내지 않은 옷을 입은, 시력을 지닌 사람이 장님의 도시에 들어온 기분이었어. 나는 내가 가진 비상한 이점을 이용해서 사람들을 우롱하고 겁주고, 뒤통수를 갈기고, 모자를 빼앗아 던지고 싶은 강한 충동을 느꼈어. 그리고 보통은 한껏 즐기고 싶었어.

하지만, 그레이트 포틀랜드 가(나의 하숙집은 그 거리의 큰 포목점 가까이에 있었어)로 나오는 순간, 나는 꽝 하는 소리를 들었어. 뒤통수를 심하게 얻어맞고 뒤돌아보니, 소다수 병들이 담긴 바구니를 나르던 한 남자가 놀란 눈초리로 자신의 짐을 들여다보고 있었어. 그 자의 바구니와 부딪힌 나는 몹시 아팠지만, 깜짝 놀라는 남자의 모습이 너무 우스꽝스러워 큰 소리로 웃고 말았지. ‘바구니 속의 악령이다.’ 난 이렇게 말하고는 별안간 그 남자의 손에서 바구니를 비틀어 떼어냈어. 그는 손을 놓고 멍하니 보고만 있더군. 나는 아예 그 바구니를 공중으로 들어올려 흔들어댔어.

그런데 선술집 바깥에 서 있던 멍청한 마부 녀석이 난데없이 그 바구니로 뛰어들었어. 그 바람에 녀석이 뻗은 손이 내 귀밑을 아주 매섭게 갈겼어. 난 바구니를 놓치고 말았지. 바구니는 철썩 소리와 함께 마부의 머리 위로 떨어졌어. 고함 소리, 발소리가 요란하게 들리더니, 사람들이 상점들에서 뛰어나왔고 지나가던 마차들이 멈췄어. 그제야 나는 내가 무슨 짓을 벌였는지 깨닫고서 나 자신의 어리석음을 욕하며 상점 진열장에 등을 붙이고 이 혼란스런 상황에서 벗어날 궁리를 했지. 순식간에 군중의 틈바구니에 끼여 영락없이 발각될 상황이었어. 나는 푸줏간 소년을 옆으로 밀어제끼고 마부의 사륜 마차 뒤로 몸을 피했어. 다행히도 소년은 자신을 밀어제낀 보이지 않는 것이 무엇인지 확인해보려는 생각을 하지 않았어. 그들이 그 사건을 어떻게 수습했을지 나로서는 알 수 없어. 나는 서둘러 도로를 가로질러 갔거든. 다행히 그 도로는 한산해 몸을 자유롭게 움직일 수 있었어. 하지만 방금 내게 닥친 사건 때문에 발각되지 않을까 하는 두려움에 사로잡힌 나머지 나는 별 주의를 기울이지도 않고 급하게 걸음을 옮겨 옥스퍼드 가에 있던 오후의 인파 속으로 뛰어들었어.

나는 애써 사람들 물결 속으로 뛰어들었지만 너무 많은 사람이 나를 둘러싸고 있어서 순간순간 발뒤꿈치를 밟힐 위기였어. 그래서 나는 도랑 길을 택했는데, 그 길은 울퉁불퉁했기에 발이 고통스러웠어. 잠시 후 천천히 달려오는 이륜 마차의 채〔달구지, 수레, 이륜 마차 따위의 앞쪽 양옆에 댄 긴 나무]가 내 어깨뼈 밑을 거세게 쳤어. 순간 심하게 타박상을 입은 것은 아닐까 하는 생각이 뇌리를 스치더군. 나는 비틀거리며 마차 앞길에서 비켜났고, 마침 다가오던 유모차를 사력을 다해 피했어. 그러고 나서 보니, 난 앞서 지나간 이륜 마차 뒤에서 있더군. 그 순간에 떠오른 멋진 생각이 나를 살렸어. 천천히 달리는 마차 뒤에 바짝 붙어 따라가기로 한 거지. 이처럼 새로운 모험으로 전환에 전율을 느끼던 나는 깜짝 놀랐어. 사실 그때 나는 전율은 물론이고 한기로 몸이 부들부들 떨렸어. 화창한 날씨였지만 아직 1월이었고 난 홀딱 벗고 있었거든. 길을 덮은 진창의 얇은 표면이 얼어 있었어. 지금 생각해보면, 정말 어리석게도 나는 내 몸이 투명하든 투명하지 않든, 언제나 기후와 그 기후의 모든 영향을 피할 수 없다는 것을 고려하지 못했던 거야.

그때 갑자기 그럴싸한 아이디어가 머릿속에 떠오르는 거야. 나는 마차에 힘껏 뛰어올랐어. 몸이 떨리고 겁을 먹은 데다가, 감기의 첫 징조인 듯 코를 훌쩍거리게 되고 타박상을 입은 등골이 점점 더 욱신거리더군. 마차는 천천히 옥스퍼드 가와 토트넘 코트 로드를 지나쳤지. 지금도 상상할 수 있지만 그때의 기분은 십 분 전까지만 해도 빠져 있던 기분과는 전혀 달랐어. 제길, 이 따위 투명성이 뭐란 말이야! 그 순간 나를 사로잡은 단 한 가지 생각은 내가 처한 곤경에서 어떻게 벗어날 수 있을까 하는 것뿐이었어.

나를 실은 마차는 책 대여점 무디스를 지나쳤어. 그곳에서 키 큰 한 여성이 노란색 표지의 책 대여섯 권을 든 채 내가 탄 마차를 보고 소리를 질렀어. 나는 그녀의 주의를 끌지 않으려 애쓰며 가까스로 때맞춰 뛰어내렸어. 그때 마침 선로 수화물차가 내 얼굴을 아슬아슬하게 스쳐 지나갔어. 나는 박물관을 지나 북쪽으로 가면서 조용한 지역을 찾으려 마음먹고 블룸즈버리 광장으로 이어진 거리로 접어들었지. 이제 내 몸은 꽁꽁 얼었고, 내가 처한 기묘한 상황이 얼마나 기운을 빼앗던지 나는 달리면서 흐느꼈어. 광장 북쪽 모퉁이에 이르렀을 때, 작고 흰 개 한 마리가 제약협회 사무실에서 뛰어나오더니, 곧 코를 땅에 처박고는 내게로 달려왔어.

전에는 깨닫지 못했던 일이지만, 시력을 지닌 사람의 마음이 눈이듯이, 개의 마음은 코였던 거야. 사람이 눈에 들어오는 광경을 인지하듯 개는 움직이는 사람의 냄새를 인지해. 결국 그 짐승은 짖어대며 날뛰었어. 내가 보기에 개의 그런 행동은 나를 알아챘다는 것을 명확히 보여주었지. 나는 어깨너머로 흘끗 보면서 그레이트 러셀 가를 가로지르고는, 몬터규 가를 따라 잠시 걷다가 곧 죽을힘을 다해 달렸어.

얼마 지나지 않아 어디선가 요란한 음악 소리가 들려오더군. 거리 저편을 쳐다보니 수많은 사람들이 붉은 셔츠를 입고 구세군 깃발을 든 사람들을 선두로 러셀 광장에서 행진해 왔어. 그들은 도로에서 찬송가를 불렀고, 보도에서 야유를 보내는 군중 사이를 내가 뚫고 나갈 가망은 없었어. 그렇다고 다시 돌아서서 집에서 먼 쪽으로 가는 것도 두려웠어. 그런 상황에서 나는 얼떨결에 결정을 내리고는 박물관과 담을 마주 보던 어느 집 하얀 계단을 뛰어 올라갔어. 그리고 군중이 지나갈 때까지 그곳에 서 있었어. 다행히 나를 뒤쫓던 개는 구세군 밴드의 요란한 소리에 걸음을 멈추고 주춤거리더니 꼬리를 돌리고는 다시 블룸즈버리 광장으로 달려갔어.

구세군 밴드가 다가오면서 '언제쯤 우리가 그의 얼굴을 볼까요?' 따위의 찬송가를 무심코 빈정대는 듯이 아주 큰 소리로 불렀어. 내 옆의 보도를 따라 군중의 물결이 쓸려가기 전까지 그 행렬의 시간은 끝없이 계속되는 것만 같았어. 쿵, 쿵, 쿵 진동하는 반향음이 딸린 드럼 소리가 들리더군. 그사이, 그 행렬에 정신이 팔렸던 나는 내 가까이 있는 담장에 두 아이 놈이 와 있는 것을 깨닫지 못했어. '저걸 봐.' 한 녀석이 말하더군. '뭘 말이야?' 다른 녀석이 말했어. '뭐라니, 저 발자국 말이야. 맨발 자국이잖아. 진창의 발자국 같잖아.'

내려다보니, 어린 녀석들이 새로 흰 칠을 한 지 얼마 안 되는 계단 위의, 내가 서 있는 계단 뒤로 남겨놓은 진흙 발자국 앞에 멈춘 채 입을 딱 벌리고 서 있었어. 지나가던 사람들이 아이 놈들을 팔꿈치로 떼밀고 밀치고 했으나 그들은 여전히 혼란스러워하며 의혹에 사로잡혀 있었어. '쿵, 쿵, 쿵, 언제쯤, 쿵, 우리가 그의 얼굴을, 쿵, 쿵, 볼까, 쿵, 쿵.' '맨발로 이 계단을 올라간 사람이 있었어. 그게 아니라면 뭐가 뭔지 도통 모르겠어.' 한 녀석이 말했어. '올라가고선 다시 내려오지 않은 모양이야. 그리고 발에서 피가 흘렀던 것 같아.'

군중의 물결은 이미 지나간 뒤였어. '저길 봐, 테드.' 탐정이 되어 있는 두 아이 중에 어린 녀석이 소스라치게 놀란 목소리로 소리쳤어. 그러곤 손가락으로 똑바로 내 발을 가리켰어. 당장에 발을 내려다보니, 진흙 자국 때문에 희미한 발의 윤곽이 어렴풋이 보였어.

한순간 온몸이 마비되더군.

"'아, 저건 럼주일 거야.' 나이 많은 녀석이 말했어. '쏟아 부운 럼주 말이야! 발의 유령처럼 보이네. 안 그래?' 녀석은 주저하더니 손을 내밀고 앞으로 다가왔어. 순간 그 사내 녀석은 자신이 잡으려는 것이 무엇일지 알아보려고 걸음을 멈췄어. 계집아이가 녀석의 뒤를 따라왔어. 다음 순간, 사내 녀석이 내 발에 손을 대려 했어. 순간 나는 당장 해야 할 일을 깨달았지. 내가 걸음을 옮겼더니, 그 어린 녀석이 비명을 지르며 뒤로 물러서더군. 난 재빨리 이웃집 주랑 현관으로 뛰어 들어갔어. 그런데 그 작은 놈이 날카로운 시선으로 나의 움직임을 쫓았어. 놈은 내가 계단을 내려와 보도에 발을 내딛기도 전에 일순간 놀랐던 마음을 진정시키고는 두 발이 벽을 타고 넘었다고 소리쳤어.

그 녀석들은 내 뒤를 쫓으며 새로운 발자국이 계단 아래쪽과 보도에 찍히는 것을 지켜보았어. '무슨 일이야?' 누군가 물어보았어. '발! 보세요! 발이 달아나요!' 나를 쫓던 세 사람 말고도 도로에 있던 모든 사람이 구세군의 뒤를 따라 밀려들었어. 그 물결은 나는 물론이고 그들의 앞길도 방해했어. 놀라움과 의문이 소용돌이쳤어. 일순간 나는 젊은 놈을 한놈 때려눕히고 그 혼란의 틈바구니 속에서 빠져나갔어. 그런 다음 러셀 광장의 우회로를 쏜살같이 달렸어. 내 뒤로는 예닐곱 명이 무척 놀라서 내 발자국을 쫓아오고 있었어. 녀석들은 다른 사람들에게 자신들이 발자국을 쫓는 이유에 대해 이렇다 할 설명을 밝힐 여유조차 없었어. 그럴 여유가 있었다면 정말 많은 무리가 내 뒤를 쫓아왔을 거야.

나는 두 번이나 길모퉁이를 돌았고 세 번이나 도로를 가로질렀어. 그러고 보니 지나쳤던 자리로 다시 돌아와 있더군. 그렇게 달리는 사이에 발바닥이 뜨거워지고 말라, 땅바닥에 남긴 축축한 발자국이 점차 희미해졌어. 마침내 나는 숨 돌릴 여유가 생겼어. 두 손으로 발을 문질러 닦고 나니 진흙 자국은 완전히 사라졌어. 내가 마지막으로 추적자들을 본 것은 십여 명의 작은 무리가 트래비스톡 광장의 진흙탕에서 시작되어 서서히 말라간 발자국을 무척 당황한 눈초리로 유심히 살펴보는 광경이었어. 그들은 그 발자국이 로빈슨 크루소가 외딴 곳에서 발견했던 발자국처럼 고립된 것이고 도무지 이해할 수 없는 것이기라도 한 듯이 바라보았어.

이렇게 달리고 나니, 어느 정도 몸이 따뜻해지더군. 나는 한껏 용기를 내어, 근방으로 뻗은 인적이 드문 미로와 같은 길을 따라 쭉 걸어 들어갔어. 그런데 그제야 등이 뻐근하고 쑤시기 시작했어. 마부의 손길에 목을 다쳤던 탓에 편도선도 아팠어. 목의 피부가 그놈의 손톱에 긁혔지. 두 발도 심한 상처를 입었고, 한쪽 발을 약간 베었기에 절뚝거리며 걸을 수밖에 없었어. 그때 마침 장님 하나가 내게 다가오는 거야. 난 절룩거리며 달아났어. 장님의 예민한 직관력이 두려웠던 거지. 그렇게 달아나다가 한두 번 우연히 사람들과 부딪치곤 했어. 그럴 때면 나는 그들의 귀청을 울릴 만큼 큰 소리로, 어디서 들리는 건지 알 수 없는 욕설을 퍼부어 겁을 주었지. 그런데 얼마 후 뭔가 말없이 조용히 내 얼굴에 와 닿았어. 광장 일대에 눈송이가 마치 엷은 베일처럼 천천히 내리더군. 나는 이미 감기에 걸린 것 같았어. 정말 그렇다면, 이따금씩 재채기가 나오는 걸 피할 길이 없었지. 그리고 만나는 개마다 코끝을 들이대며 이상하다는 듯이 코를 킁킁거리는 모습에 나는 공포에 떨어야 했어.

그러던 어느 순간, 어른 아이 할 것 없이, 처음엔 한 명이 그러곤 여러 사람이 소리치며 어디론가 달려갔어. 불이 났던 거야. 그들은 내가 묵던 하숙집 쪽으로 달려가던 거였어. 그래서 얼굴을 돌려 거리를 내려다보니 검은 연기구름이 지붕과 전선 위로 치솟아오르더군. 내가 묵던 하숙집이 불타고 있던 거야. 그레이트 포틀랜드 가에서 나를 기다리는 수표장과 기록물 세 권을 제외하고는 내 옷, 기계 장치 등 정말 나의 모든 물품이 그곳에 있었어. 그런데 불타고 있던 거야! 사실 나는 이미 배수진을 쳤던 거지. 이젠 되돌릴 수 없는 일이었어! 그곳이 불타올랐어."

투명인간은 입을 다물더니 생각에 잠겼다. 켐프는 초조한 눈빛으로 창밖을 내다보았다. "그래?" 그가 말했다. "계속해."

22 백화점에서

"지난 1월, 나를 둘러싼 허공에서 눈보라가 쳤어. 내 몸에 눈이 쌓이기라도 하면, 내 모습이 드러나지 않겠어! 나는 지치고 춥고 고통스럽고 말할 수 없이 참담한 처지였어. 내 몸이 투명해진다는 것이 어떤 것인지 제대로 알지도 못하는 상태에서 이처럼 무턱대고 새로운 삶을 시작했던 거였어. 이 세상엔 내가 피할 도피처도, 내가 쓸 기구도, 내가 비밀을 털어놓을 사람도 없었어. 내 비밀을 털어놓는 짓은 스스로 나 자신을 저버리는 일이지. 그야말로 나 자신을 구경거리나 골동품으로 내세우는 꼴이라고. 그렇다고 해도 지나가는 사람을 붙들고 자비를 구하고 싶은 생각이 전혀 없었던 것은 아냐. 하지만 그래 봤자 공포와 잔인한 행위만 부추길 뿐이라는 사실을 나는 너무나 명확히 알았어. 나는 그 거리에선 어떤 계획도 짜내지 못했어. 나의 유일한 목적은 눈을 피할 수 있는 안식처를 구하고 내 몸을 가려 추위를 면하는 것뿐이었어. 그런 후에야 다음 일에 대한 계획을 구상할 수 있었던 거야. 그러나 런던 시내는 집집마다, 투명인간인 나는커녕 쥐새끼 한 마리 들어오지 못할 정도로 철저히 문을 걸어 잠갔어.

눈앞에 뚜렷이 볼 수 있는 것이라곤 눈보라와 밤이 주는 적나라한 싸늘함과 비참함뿐이었어.

그래도 그렇게 보내고 있자니, 문득 좋은 묘안이 떠오르더군. 나는 고웨어 가에서 토트넘 코트 로드로 이어진 도로들 가운데 하나로 내려가, 어느새 뭐든지 구입할 수 있는 거대한 건물 옴니엄 백화점 앞에 서 있었어. 아마 너도 그곳을 알 거야. 그곳은 상점이라기보단 고기, 식료 잡화류, 리넨 제품, 가구, 의류, 유화 등 온갖 잡다한 물건들을 파는 상점들이 굽이굽이 엄청나게 많이 모여 있는 곳이지. 난 그 백화점이 문을 열었으리라 생각했는데, 닫혀 있었어. 그래서 널찍한 출입구 앞에 섰는데, 얼마 후에 마차 한 대가 그 앞에 멈춰 서더군. 그러곤 백화점 유니폼을 입은 한 남자 — '옴니엄' 마크가 붙은 모자를 쓴 남자 말이야 — 가 마침내 백화점 문을 열었어. 나는 용케 안으로 들어가 백화점 안을 쭉 걸었어. 그곳의 한 매장에서는 리본, 장갑, 스타킹 따위의 물건을 팔더군. 안으로 더 들어가 보니, 소풍용 바구니와 고리버들 세공 가구 따위를 파는 훨씬 더 널찍한 매장이 있었어.

하지만 그곳은 안전해 보이지 않았어. 사람들이 오갔거든. 불안한 마음으로 여기저기를 배회하다가 마침내 위층에서 침대들이 무수히 진열되어 있는 아주 널찍한 매장을 발견했어. 나는 기어올라가 마침내, 산더미처럼 쌓인 접어서 포갠 솜 매트리스 더미 속에서 안식처를 찾았어. 그 매장은 이미 불을 밝히고 있었고 아주 훈훈했어. 나는 두 명씩 짝을 이룬 점원들 두세 무리와 폐점 시간이 되기 전까지 오고가는 고객들의 시선을 경계하면서 내가 숨은 그 자리에 머물기로 했어. 백화점 문이 닫히면 적당한 곳에서 음식과 옷가지를 훔쳐낼 수도, 변장을 할 수도 있으리라 생각했지. 그리고 매장을 여기저기 뒤지면, 필요한 것들을 찾을 수 있을 것이고, 침구에서 잠을 잘 수도 있다는 생각을 했어. 그 계획은 그럴듯했어. 내가 생각한 것은 몸을 싸매되, 내 모습이 다른 사람들 눈에 이상하게 보이지 않도록 옷을 주워 입고, 돈을 마련한 후에 맡겨둔 책과 소포들을 되찾자는 거였어. 그러고 나서 적당한 하숙집을 구하고 투명성이 내게 준 보통 사람 이상의 능력(물론 그것이 무엇인지는 여전히 상상에 머물러 있었어)을 최대한 활용할 계획을 상세히 세울 생각이었어.

폐점 시간은 의외로 빨리 찾아왔어. 내가 매트리트 속에서 자리를 잡은 지 채 한 시간도 되기 전에 창문 블라인드가 내려지고 고객들이 출입구 쪽으로 나갔어. 그러자 수많은 팔팔한 젊은이들이 어지럽게 널린 상품들을 민첩한 솜씨로 정리했어. 나는 사람들 수가 줄어듦에 따라 내 은신처에서 떠나 호기심을 갖고 비교적 덜 적막한 매장을 찾아 헤맸어. 나는 그날 판매를 위해 진열해놓은 상품들을 젊은 사람들이 어찌나 잽싸게 치워버리는지 보고는 정말 놀랐어. 모든 상품 상자, 걸려 있는 직물들, 레이스의 꽃줄 장식들, 식료잡화점에 진열된 제과 상자들, 그 밖에 이곳저곳에 진열된 다양한 상품들이 점원들의 손에 잡혀 반듯하게 접히고 재빨리 깔끔한 창고에 들어갔어. 그리고 간편하게 정리할 수 없거나 들여놓을 수 없는 물건들은 모두 마대 천 같은 올이 굵은 직물 덮개에 덮였어. 그 일이 끝나자 점원들은 마지막으로 모든 의자를 뒤집어 계산대 위에 없었고 바닥이 말끔해졌어. 이내 남녀 젊은이들은 제각각 일을 끝내고는 서둘러 출입구로 나서더군. 그들의 얼굴에선 지금까지 내가 점원의 얼굴 표정에서 거의 볼 수 없었던 생기가 넘쳐났어. 곧이어 들통과 빗자루를 든 많은 젊은이들이 톱밥을 뿌리며 나타났어. 나는 살짝 피해 그 길을 벗어나야 했어. 하지만 내 발목은 이미 톱밥에 찔리고 말았어. 얼마 동안 나는 블라인드가 쳐진, 어둠에 휩싸인 매장들을 두루 거닐면서 빗자루질을 하는 소리를 들을 수 있었어. 그리고 마침내 폐점이 된 후 한 시간은 족히 지나서야 여기저기서 문을 잠그는 소리가 들렸어. 이윽고 백화점은 조용해졌어. 이제 혼자가 된 나는 엄청나게 많은 잡다한 매장들과 그곳의 넓은 복도와 진열실을 여기저기 돌아다녔어. 무척 조용했어. 어느 조용한 매장에 이르렀을 때, 토트넘 코트 로드로 통하는 출구 중 하나를 가까이에서 지나쳤던 사실과 지나가는 행인들 구두 뒤축에서 나는 또각거리는 소리를 들었던 사실이 기억나는군.

맨 처음 찾아간 곳은 이미 보았던 양말과 장갑 매장이었어. 그곳은 어두웠어. 그래서 난 성냥을 찾으려 정신없이 뒤져댔고 마침내 작은 계산대 서랍에서 찾아냈지. 그러고 나서는 양초를 찾아냈지. 그러곤 포장지를 여러 번 쥐어뜯고 수많은 상자와 서랍을 샅샅이 뒤지는 수고를 마다하지 않은 끝에 마침내 내가 찾고자 하던 것, 그러니까 새끼 양털 팬츠와 새끼 양털 내의 상표가 붙은 박스를 찾아내 그 안에 든 옷을 입을 수 있었어. 그 다음으로는 양말을 신고 두터운 털목도리를 두른 다음에 의류 매장으로 가서 바지를 구해 입고, 신사복 재킷과 외투를 걸친 다음, 챙이 처진 소프트 모자를 썼지. 그 모자는 챙이 아래로 접힌 성직자 모자와 닮았어. 그러고 나니 다시 인간이 된 기분이 들었어. 그리고 이제는 음식 생각이 나더군.

2층에 다과점이 있었어. 나는 그곳에서 식은 고기를 구해 먹었어. 커피포트 안에는 커피가 남아 있더군. 난 가스 불을 켜고 커피를 다시 데워 마셨지. 그리 나쁘지는 않더군. 그렇게 배를 채운 후에 담요를 찾으려고 매장을 두루 헤맸어. 마침내 깃털이불 더미를 찾아내 잠자리를 꾸몄지. 그리고 그 와중에 우연히 식품점을 발견했어. 정말 내가 더없이 좋아하는 초콜릿과 과일 통조림이 엄청나게 쌓여 있더군. 게다가 부르고뉴산 백포도주까지 눈에 띄더군. 그 식료품점 근처에는 완구 매장이 있었는데, 그곳을 지나치는 순간 좋은 생각이 떠올랐어. 인조 코를 찾아냈던 거지. 그건 고무로 만든 인형 코였어. 그것을 찾고 나니, 이제는 검은 선글라스가 머릿속에 떠올랐어. 하지만 그 옴니엄 백화점에는 안경점이 없었어. 예전부터 정말 코가 문제였지. 페인트칠을 해볼까도 생각해봤지. 하지만 인조 코를 발견하고 나니 가발이나 마스크 따위를 하는 게 어떨까 하는 생각이 계속해서 머릿속에 맴돌았어. 그리고 어느새 시간이 흘러 나는 마침내 잠을 자려고 따뜻하고 안락한 깃털이불 더미로 향했어.

잠들기 전에 마지막으로 한 생각은 투명인간으로 변한 이후 생각한 것 중에 가장 마음에 들었어. 몸이 편안했고, 그런 편안함은 내 정신에도 영향을 미쳤어. 아침이 오면 옷을 걸치고 손에 넣은 흰 보자기로 얼굴을 가리고 남의 이목을 끌지 않고 빠져나와 훔친 돈으로 안경 따위를 살 수 있으리라 생각했어. 안경을 끼면, 완벽하게 변장을 할 수 있으리라 생각했지. 그렇게 생각에 잠겨 있던 중, 어느새 지난 며칠 동안 일어났던 모든 기이한 일들이 아우성치는 꿈속으로 정신없이 빠져들었어. 자신의 방에서 큰 소리로 고함치는 심술궂고 몸뚱이가 작은 유대인 주인을 봤어. 또한 깜짝 놀란 표정의 두 아들과, 자신의 고양이가 어찌 됐느냐고 물으며 오만상을 찌푸리는 주름살투성이 노파의 얼굴을 봤어. 나는 천 조각이 사라지는 것을 목격했을 때의 기이한 기분을 또다시 체험하고는 바람이 휘몰아치는 산허리로 돌아가 있었어. 늙은 목사는 코를 훌쩍거리며 '먼지는 먼지로, 흙은 흙으로'라고 중얼거렸고, 구덩이가 파인 내 아버지의 무덤이 보였어.

'너 또한,' 목소리가 들렸어. 별안간 나는 무덤 쪽으로 떠밀렸어. 난 발버둥치며 조객들에게 외쳐대고 애원했지만, 그들은 아랑곳하지 않고 장례 의식을 계속했어. 늙은 목사 또한 조금도 게으름 피우지 않고 계속 의식을 치르며 내내 주저 없이 코를 훌쩍거렸어. 나는 그들에게 보이지도 않고 들리지도 않는다는 사실을 깨달았어. 불가항력적인 힘이 나를 꽉 붙잡는다는 걸 실감했어. 난 몸부림쳤지만 헛수고였어. 난 가장자리로 떼밀려, 급기야 관 속으로 떨어지면서 그곳이 텅 비어 있다는 걸 알게 됐어. 한 삽, 한 삽 흙이 내게 날아왔어. 아무도 개의치 않았고 아무도 나의 존재를 알지 못했어. 나는 미친 듯이 몸부림치다가 깨어나고 말았지.

어슴푸레한 런던의 새벽이 찾아왔어. 그 백화점은 창문 블라인드 틈새로 스며 들어오는 한기를 머금은 어슴푸레한 빛으로 가득 찼어. 나는 일어나 앉았어. 나는 한동안 이처럼 넓은 저택이 어디인지 깨닫지를 못했어. 그 어디인들 이곳과 같은 계산대들, 산더미처럼 널린 물건들, 수많은 깃털이불과 방석, 철기둥 따위가 있을 수 있겠어. 얼마 후 기억이 되살아나는 순간, 대화하는 사람들 목소리가 들렸어.

곧이어 저편 아래, 블라인드를 친 몇몇 밝은 빛이 스며드는 매장에서 이미 두 사람이 다가오는 것이 보였어. 난 일어나 이리저리 도망칠 만한 곳을 살피며 허둥대다가 소리까지 냈기 때문에 그들에게 들키고 말았어. 그들은 재빨리 시야를 스쳐 지나간 조용한 형체를 본 모양이야. '누구야?' 한 사람이 소리치자 '꼼짝 마!' 하고 다른 사람이 소리쳤어. 나는 모퉁이를 돌아 달려가다가 열다섯 살쯤 되어 보이는 후리후리한 소년과 정면으로 맞부딪쳤어. 녀석은 얼굴 없는 형체에 부딪힌 거야! 녀석은 비명을 질러댔어. 나는 녀석을 때려눕히고는 녀석을 지나쳐 다른 모퉁이로 돌아서 달아났어. 그러곤 문득 영감이 떠올라 계산대 뒤에 납작하게 엎드렸지. 다음 순간, 나를 쫓아오던 사람들이 바로 옆을 스쳐 지나갔고, 고함 소리가 들렸어. '모두 문을 경계해!' 하는 소리가 들렸고, '위쪽'에 무엇이 있는지 묻는 소리가 들렸고, 서로에게 나를 어떻게 잡을지 이르는 소리가 들렸어.

바닥에 엎드린 나는 너무 놀라 정신을 차리지 못했어. 그 순간에 옷을 벗기만 하면 됐을 텐데 정말 이상하게도 나는 그런 생각을 조금도 하지 못했어. 아마 나는 이미 옷을 입은 채 도주하기로 마음먹었던 것 같아. 바로 그런 생각이 나를 사로잡았던 거지. 바로 그때

계산대 저편에서 고함 소리가 들려왔어. '놈이 여기 있다!'

나는 재빨리 몸을 일으켜 계산대에서 의자를 잡아채 소리를 지르던 멍청이에게 던졌어. 그러곤 계산대에서 돌아 나와 다른 모퉁이를 빙 돌아서 녀석에게 주먹을 날렸어. 나는 재빨리 계단을 뛰어올랐어. 내 주먹을 맞고 몸이 핑 도는가 싶던 녀석은 어느 새 '이봐!' 하고 소리치면서 나를 바짝 뒤쫓아 계단을 뛰어 올라오더군. 계단 꼭대기에는 빛깔이 선명한 도기가 무수히 쌓여 있었어. 그게 뭐더라?

"예술 도자기." 켐프가 말을 건넸다.

"바로 그거야! 예술 도자기. 음, 나는 계단 맨 꼭대기에 올랐을 때야 돌아보았어. 그러곤 다시 뒤돌아서서 쌓여 있던 도자기 가운데 하나를 집어 들어, 내 뒤를 쫓아오던 멍청이 녀석의 머리통에 던졌어. 녀석의 머리에 맞은 도자기가 박살나더군. 그러곤 다음 순간, 산더미같이 쌓인 모든 도자기가 무너져내렸고, 사방에서 고함과 발소리가 들려왔어. 난 미친 듯이 다과점으로 달려갔어. 그곳에서 요리사로 보이는 흰 가운을 입은 남자와 마주쳤어. 그자도 나를 추적하기 시작하더군. 나는 필사적으로 돌아서 도주했고 결국 램프와 철물 들 틈바구니에 있게 되었어. 난 철물 매장 계산대 뒤로 들어가서, 나를 쫓아오는 요리사를 기다렸지. 놈이 선두에 서서 추격해 왔을 때, 나는 램프로 놈을 후려쳐 쓰러뜨려버렸어. 놈은 뻗었고, 난 계산대 뒤에서 몸을 웅크리고 되도록이면 빨리 옷을 벗었어. 외투, 재킷, 바지, 구두는 벗기가 어렵지 않았어. 하지만 새끼양털 내의는 몸에 꼭 껴 쉽게 벗겨지지 않았어. 그런데 어느 순간, 여러 사람이

다가오는 소리가 들렸어. 그때 요리사는 계산대의 반대쪽에 조용히 누워 있었어. 기절했거나 기겁해서 말문을 열지 못했거나 둘 중 하나였을 거야. 나는 장작 더미로 몰린 토끼가 뛰쳐나오듯 계산대 뒤에서 뛰쳐나와 도망쳤어.

'이쪽입니다 경관님!' 누군가 고함치는 소리가 들렸어. 그때 나는 내가 다시 침대틀 창고로 돌아와, 맨 끝에 즐비하게 늘어선 옷들 사이에 있다는 사실을 깨달았지. 경찰관과 점원 셋이 모퉁이를 돌아 다가오는 순간, 나는 기겁한 채 숨을 헐떡거리며 즐비한 옷들 틈바구니 속으로 뛰어들었고 쓰러진 채 몸부림치며 내의를 벗었어. 그제야 나는 다시 자유의 몸이 되었어. 그들은 내의와 팬츠 그리고 둘둘 만 바지를 향해 덤벼들었어. '놈이 훔친 물건을 떨어뜨린 거야.' 젊은 녀석 가운데 한 놈이 말했어. '여기 어딘가에 놈이 있겠군.'

하지만 그들 모두는 날 찾을 수 없었어.

한동안 나는 나를 찾아 수색하는 그들을 지켜보았어. 재수 없게도 옷을 잃을 수밖에 없었단 사실에 분노가 치밀더군. 그러곤 다시 다과점에 가서 우유를 좀 찾아 마시고 난로 옆에 앉아 내가 처한 상황에 대해 고심했어.

얼마 지나지 않아 점원 두 명이 들어오더니, 매우 흥분한 어조로 멍청이가 된 듯 그 사건에 대해 떠들어대더군. 나는 그들이 나의 약탈 행위를 지껄여대고, 내 행방을 추측하는 것에 귀를 기울였어. 그러고 나서 나는 다시 앞으로의 계획에 골몰했어. 특히 이제 경계가 빈틈없는 상황이 되었으니 그곳 매장에서 물건을 훔쳐낸다는 것은 지극히 어려운 일이 돼버렸어. 나는 창고로 내려가서는, 혹시 물건을 꾸려 소포로 탁송할 수 있을지 생각해보았어. 하지만 검사 체계를 알아낼 도리가 없더군. 열한 시쯤 되었을 때 밖을 보니 눈이 내리는 대로 곧바로 녹기 시작했어. 전날보다 날씨가 풀려서 따뜻해졌어. 이제 백화점은 희망이 없다고 판단한 나는 밖으로 나왔지. 그때 나는 계획이 실패한 것에 화가 치밀었지만 머릿속으로는 아주 막연하게나마 다시 행동으로 옮길 계획을 구상했어."

23 드루어리 레인에서

"너도 이제 내 처지가 얼마나 불리한가를 좀 알겠지." 투명인간이 말했다. "내겐 몸을 피할 은신처도 몸을 가릴 옷도 없었어. 옷을 입으면, 나만이 가진 장점이 사라질 뿐 아니라 나는 이상하고 소름끼치는 괴물이 되어버리지. 그리고 나는 음식을 제대로 먹지도 못했어. 음식물을 먹는 것이, 그러니까 내 몸과 동화되지 않는 물질을 배 속에 채우는 짓이 다시 나를 괴상하게 보이게 만들거든."

"난 그럴 거라고는 전혀 생각해보지 못했어." 켐프가 말했다.

"사실 나도 미처 거기까지는 생각하지 못했지. 그리고 눈은 내게 또 다른 위험을 경고해주었어. 나는 밖에 눈이 내릴 땐 나갈 수 없었어. 눈이 몸에 쌓이면 내 정체가 드러날 테니까. 또한 비는 물로 나의 윤곽을 만들어낼 거야. 비에 젖으면, 몸의 표면이 반짝여 윤곽이 보일 거야. 거품처럼 보일 수도 있고. 안개도 위험하긴 마찬가지야. 빗줄기보다는 희미하겠지만 안개 속에서도 거품처럼 보일 거야. 몸의 표면이 희미하게 반짝이며 인체의 윤곽이 보이게 될 거야. 그 밖에도 런던 시내를 나돌아다니다간 발목에 먼지가 잡히거나, 공기 중에 떠도는 검정 얼룩과 먼지가 피부에 달라붙기도 하지. 그

때문에 언제 남의 눈에 띄게 될지 알 수 없었어. 하지만 그리 오랜 시간이 걸리지 않을 것임은 분명했지.

여하튼 런던에서는 남의 눈에 띄는 데 그리 오래 걸리지 않을 거라는 건 분명했어.

나는 빈민가를 거쳐 그레이트 포틀랜드 가 쪽으로 걸어갔어. 그 거리의 끝에는 내가 숙박했던 집이 있었어. 나는 그쪽으로 가지 않았지. 내가 불을 지른 집은 잿더미로 변했어도 여전히 연기가 피어올랐는데, 그 맞은편에서 사람들이 웅성댔거든. 가장 시급한 문제는 옷을 구하는 것이었어. 내 얼굴을 어떻게 해야 할지 정말 난처했어. 그때 내 눈에 띈 것은 신문, 제과, 장난감, 문구, 철지난 크리스마스 용품 따위 잡다하게 파는 작은 잡화점이었어. 마스크와 코도 걸려 있더군. 나는 얼굴 문제가 해결됐다는 걸 깨달았지. 그리고 앞으로 내가 할 일이 섬광처럼 머릿속에 떠오르더군. 나는 이제 목적 없이 떠돌아다닐 필요가 없다는 걸 깨닫고는 발길을 돌려 사람들로 붐비는 길을 피해 스트랜드 북쪽에 있던 뒷골목으로 걸어갔어. 이 지역에 연극 무대와 관련된 의상업자가 경영하는 상점이 있다는 생각이 어렴풋이 기억에 떠올랐거든.

그날은 몹시도 추웠어. 북쪽으로 트인 거리 쪽으로 살을 에는 듯한 바람이 휘몰아쳤어. 나는 다른 사람들이 나를 앞지르는 것을 피하려 걸음을 재촉했어. 사람들을 스쳐 지나갈 때마다 위험이 뒤따랐어. 그럴 때마다 정신을 바짝 차리고 사람들을 주시해야 했지. 한번은 베드포드 가로 들어서면서 한 남자를 스쳐 가려 했는데 별안간 녀석이 방향을 바꾸고 내게 달려드는 바람에 나는 도로로 내몰리고 말았어. 그 바람에 하마터면 지나치던 이륜 마차 바퀴에 깔릴 뻔했어. 마부는 일시에 뭔가에 충격을 받았거니 생각했어. 나는 갑작스럽게 겪은 이 사고의 충격 때문에 코벤트 가든 시장에 들어가 제비꽃이 진열된 상점 옆 조용한 구석에 한동안 앉아 있었어. 가슴이 두근거리고 온몸이 떨리더군. 그때 나는 감기에 걸렸기 때문에, 터져 나올지도 모르는 기침 소리가 사람들 이목을 끌까 봐 두려워 곧 발길을 옮겨야 했어.

마침내 나는 내가 찾던 바로 그 목적지에 도착했어. 드루어리 레인 근방의 샛길에 있는, 더러운 파리똥이 덕지덕지 붙은 조그만 상점이었어. 쇼윈도에는 번쩍거리는 의상과 모조 보석들, 가발, 슬리퍼, 도미노 가장복[무도회 등에서 입는 두건과 작은 가면이 달린 헐렁한 옷], 연극 사진들이 빽빽하게 진열되어 있었어. 그 상점은 아주 낡았고 낮고 어두웠어. 그 상점 위로는 4층이나 있었는데, 하나같이 어둡고 음산했어. 난 창문으로 안을 들여다보고 아무도 없다는 것을 확인하고는 안으로 들어갔어. 문을 열자 쩔그렁거리는 벨소리가 나더군. 나는 문을 열어둔 채 텅 빈 옷걸이를 돌아서 몸거울 뒤의 구석으로 갔어. 일이 분이 지나는 동안 아무도 나타나지 않았어. 하지만 곧 방을 가로질러 터벅터벅 걸어오는 무거운 발소리가 들려오더군. 이윽고 한 사람이 상점으로 내려왔어.

이제 내 계획은 아주 명확했지. 집 안으로 들어가 들키지 않고 위층에 숨어 기회를 엿보다가 모든 게 조용해지면 가발과 마스크와 안경을 쓰고, 옷을 주워 입고 세상 밖으로 나갈 작정이었어. 그런 내 모습은 다소 기괴하게 보일지도 모르지만, 나름대로 사람 모습을 갖추게 될 거라고 생각되더군. 그리고 어쩌면 우연히도 그 집에서 내게 유용한 돈까지 훔쳐낼 수도 있을 테지.

상점으로 들어선 그 남자는 작달막한 키에 몸은 가냘프고 꾸부정했으며 눈썹은 짙고 검었는데, 팔만 유난히 길고 다리는 매우 짧은데다 굽어 있었어. 식사를 하다가 내가 들어오면서 낸 소리를 듣고 나타난 것이 분명했어. 그는 자신의 예상대로 뭔가 문제가 있지 않나 싶어 상점 안을 이리저리 살피더군. 그러다가 상점이 텅 빈 것을 보고 다소 놀라는 표정을 지으며, 화를 버럭 내더니, 욕설을 토해내더군. '망할 놈의 꼬맹이들!' 그는 뛰쳐나가 거리를 위아래로 쳐다보았어. 그러곤 잠시 후 다시 안으로 들어와 짓궂게 발로 문을 걷어차더니 중얼거리면서 자기 집 문 쪽으로 되돌아갔어.

난 그를 뒤따라갔어. 그는 내가 움직이면서 낸 소리를 들었는지 별안간 죽은 듯이 발을 멈추었어. 나 또한 발걸음을 멈췄지. 놀라울 정도로 그는 귀가 밝더군. 이윽고 그는 내 면전에서 문을 쾅 하고 닫아버리더군.

나는 머뭇거리며 그대로 서 있었지. 갑자기 서둘러 되돌아오는 발소리가 들리더니 문이 다시 열렸어. 그는 아직도 마음이 놓이지 않는 듯 상점 안을 둘러보더군. 그러곤 저 혼자 중얼대면서, 계산대 뒤를 살펴보고는 몇 가지 비품 뒤쪽을 들여다보았어. 그래도 그는 여전히 의심스러운 듯 마냥 서 있었어. 그가 집 문을 열어둔 채 내버려두었길래 나는 슬그머니 안방으로 들어갔지.

그 방은 작고 기묘했어. 가구는 별로 없었고 구석에는 커다란 마스크가 수없이 많았어. 그리고 식탁 위에는 때늦은 아침이 놓여 있었어. 이봐 켐프, 그가 돌아와 다시 식사를 하는 동안에 커피 냄새를 맡으며 지켜보고 서 있으려니 정말 참기 힘들더군. 게다가 그가 식사하는 동안에 보이는 태도는 화가 치밀게 했어. 하나는 위층으로 하나는 아래층으로 통하는 등 이 작은 방에 문이 세 개나 있었지만 모두 닫혀 있었어. 그 자가 그곳에 있는 한 나는 그 방을 빠져나갈 수 없었어. 그 자가 어찌나 경계하던지 나는 꼼짝도 할 수 없었어. 정말 등골이 오싹하더군. 두 번이나 재채기가 막 터져 나오려는 걸 간신히 참았어.

이렇듯 내 감각이 예민한 면을 보이다니, 정말 별나고 신기했어. 그 자가 식사를 마치는 그 긴 시간 동안 나는 엄청 피로감을 느꼈고 화가 치밀기도 했어. 그래도 결국엔 식사를 끝마치긴 하더군. 그러곤 그 자는 그 거지 같은 식기를 찻주전자를 받쳤던 검은 양철 쟁반에 올려놓고, 남은 빵 부스러기를 남김없이 모아 겨자 얼룩이 진 식탁보에 싸더니, 그 많은 물건을 한꺼번에 들고선 발걸음을 뗐어. 예전에도 그랬겠지만 짐을 든 그는 문을 나선 후엔 그 문을 닫는 데는 신경 쓰지 않았어. 사실 그 남자에겐 꼭 문을 닫아야 할 이유가 없어 보였어. 나는 그의 뒤를 따라 설거지대가 있는 아주 지저분한 지하 식당으로 내려갔어. 나는 재미 삼아 그 자가 설거지를 하는 모습을 지켜보았어. 그런데 그곳 지하에서 몸을 구부리고 있으려니 몸이 편치 않았고, 바닥이 벽돌로 되어 있어 발이 차갑기도 해서 나는 위층으로 되돌아가 난로 곁에 있던 의자에 앉았어. 불길이 약하길래 별 생각 없이 석탄을 조금 집어넣었는데 순간 그 자가 그 소리를 듣고는 당장에 위층으로 올라오더니, 눈을 부릅뜨고 마냥 서 있더군. 그러곤 방 안을 이리저리 노려보았어. 하마터면 그 자가 내 몸을 스칠 뻔했어. 그렇게 한참 주변을 살펴본 후에도 그 자는 안심이 안 되는 모양인지 문간에서 발걸음을 멈추고는 지하실로 내려가기에 앞서 한 번 더 방 안을 면밀히 살펴보았어.

나는 오랫동안 이 조그만 거실에서 기다렸어. 그러자 마침내 그 자가 올라와 2층 문을 열었어. 나는 곧 그 자를 스쳐 지나갔지.

그런데 순간 그 자가 갑자기 계단에서 발을 멈추었어. 그 바람에 하마터면 나는 그 자와 부딪칠 뻔했지. 그 자는 얼굴을 돌려 정면에서 내 얼굴을 쳐다보면서 귀를 기울였어. 그는 '분명히'라는 말을 내뱉었어. 그러곤 긴 털북숭이 손으로 자신의 아랫입술을 잡아당겼어. 순간 그의 시선은 계단 아래위를 훑었어. 하지만 이윽고 투덜거리면서 다시 계단을 오르더군.

문 손잡이를 잡는 순간 그 자는 얼굴에 여전히 당황한 분노의 기색을 드러내며 다시 발걸음을 멈추었어. 그 자는 내가 자기 곁에서 움직이면서 낸 희미한 소리에 귀를 기울였던 거야. 그 인간은 악마와도 같은 예리한 청각을 지녔던 게 틀림없어. 별안간 그 자의 얼굴에 분노의 빛이 스치더군. '이 집에 어떤 놈이 있다면,' 그 자는 굳은 결심을 한 듯 소리쳤어. 하지만 협박조의 그 말을 채 꺼내지 못했어. 손을 주머니에 집어넣었지만 원하던 것을 찾을 수 없었는지 그 자는 잽싸게 내 옆을 지나쳐 요란한 소리를 내며 당장이라도 싸울 태세로 아래층으로 내려갔어. 하지만 나는 그의 뒤를 쫓아가지 않았어. 나는 계단 맨 꼭대기에 앉아서 그가 돌아올 때까지 그대로 있었어.

얼마 지나지 않아 그 자가 여전히 중얼대면서 위로 다시 올라왔어. 그러곤 방문을 열더니 내가 들어서기도 전에 내 면전에서 거세게 문을 닫아버렸어.

나는 집 안을 훑어볼 작정을 하고 얼마 동안 될 수 있는 대로 소리를 내지 않으며 돌아다녔어. 그 집은 매우 낡아 금방이라도 내려앉을 듯했고 습기가 차서 고미다락방은 벽지가 벗겨져 있었어. 게다가 그 방에는 쥐새끼들이 들끓었어. 몇몇 문손잡이는 하도 빡빡해서 돌리기가 두려울 정도였어. 내가 살펴본 몇몇 방엔 가구가 없었지만 연극용 잡동사니 물건들이 널려 있는 방도 있었어. 첫눈에 보아도 중고품을 사들인 것이었어. 그 자가 있는 방의 옆방에는 남루한 옷들이 가득했어. 나는 그 옷가지 중에서 쓸 만한 것을 골라냈지. 그러다가 그 일에 너무 열중한 나머지 나는 또다시 그 자의 예민한 청각을 잊고 말았어. 어느새 살금살금 걸어오는 발소리가 들려왔어. 순간 내 두 눈에는 그 자가 손에 구식 권총을 든 채 난잡하게 흐트러진 옷 더미를 노려보는 모습이 들어왔어. 그 자가 입을 딱 벌리고 의심스런 눈초리로 주변을 응시하는 사이에 나는 완전히 소리를 죽인 채 가만히 서 있었지. '분명, 그년일 거야.' 그 자가 천천히 말을 내뱉었어. '망할 년!

그 자가 조용히 문을 닫더군. 그러곤 곧 자물쇠를 채우는 소리가 들렸어. 그러고는 녀석의 발소리가 서서히 사라졌어. 나는 별안간 감금되었다는 걸 깨달았지. 한동안 어찌할 바를 모르겠더군. 문에서 창가로 걸어갔다가 다시 문으로 돌아와보기도 했지만, 그저 서 있을 뿐 어찌할 바를 몰랐어. 순간 분노가 치밀더군. 하지만 어떤 다른 일을 하기에 앞서 쓸 만한 옷부터 건지기로 작정했지. 그래서 우선 선반에서 옷을 한 꾸러미 끌어내리려 했지. 이 소리를 들었는지, 그 자가 전에 없는 불길한 표정을 지으며 돌아왔어. 이번만큼은 그 자의 몸이 확실히 내 몸을 스쳤어. 깜짝 놀란 그 자는 펄쩍 뛰며 물러서더니, 방 한가운데에 새파랗게 질린 표정으로 서 있었어.

얼마 지나지 않아 그 자는 다소 진정이 되었어. '쥐새끼였군.' 그는 손가락을 입술에 갖다 대면서 나지막한 목소리로 말했어. 좀 겁을 먹은 듯 보였지. 나는 소리를 죽인 채 슬그머니 몸을 피해 방에서 빠져나왔어. 하지만 그러다가 그만 바닥의 널빤지를 삐걱거리게 만들고 말았지. 그러자 그 자는 권총을 손에 든 채 성난 작은 짐승처럼 온 집 안을 돌아다니며 문이란 문은 모두 자물쇠를 채우고 열쇠를 주머니에 집어넣었어. 그 자가 하려는 짓을 깨닫고 보니 화가 치밀더군. 이제 기회를 노리며 분노를 잠재우기가 힘들었어. 그 순간 문득, 나는 이 집에 그가 혼자라는 걸 깨달았어. 공연히 법석을 떨 필요가 없었던 거야. 나는 그 자의 머리통을 후려쳤어."

"머리를 후려쳤다고!" 켐프가 소리쳤다.

"그래. 그 자를 기절시켰어. 아래층으로 내려가는 그를 계단참에 있던 의자로 뒤에서 후려쳤지. 낡은 장화 자루처럼 아래층으로 굴러 떨어지더군."

"하지만 이봐! 어찌 같은 인간으로서……."

"그런 인간성 따위, 보통 사람들에게야 아주 좋은 말이지. 하지만 켐프, 내게 당장 중요한 것은 변장을 하고 그 자의 눈을 피해 그 집에서 빠져나오는 일이었어. 그 외에 다른 길은 생각할 수 없었어.

그래서 나는 루이 14세 시대풍 때 조끼로 그 자의 입을 틀어막고 아딧줄〔바람의 방향을 맞추기 위하여 돛을 매어 쓰는 줄〕로 그 자를 묶어 놓았지."

"아딧줄로 그를 묶었다는 거야!"

"자루처럼 묶어놨어. 그 멍청이에게 겁 먹이고 입 다물게 하기에는 더없이 좋은 방법이었어. 녀석이 빠져나오기란 불가능에 가까웠지. 도저히 묶인 줄에서 머리를 빼낼 수 없었거든. 이봐, 내 친구 켐프, 내가 마치 살인자라도 되는 양 그런 눈으로 노려보지 마. 나로선 정말 그럴 수밖에 없었다고. 녀석은 권총을 가지고 있었어. 녀석이 변장을 한 내 차림새를 보기라도 했다면, 녀석은 날 신고했을지도 몰라……."

"그래도 그렇지 이 시대의 영국에서 그런 일을 하다니……. 게다가 그 사람은 자기 집에 있었을 뿐이야. 그러니까 너는 강도질을 한 셈이라고." 켐프가 말했다.

"강도질이라니! 망할 자식! 다음엔 나를 도둑놈이라 부르겠군! 켐프, 넌 정말 어리석게도 낡은 끈에 이끌려 춤을 추는 꼭두각시인 건가. 내 처지를 이해할 순 없는 거야?"

"그 사람 처지는 어떻고." 켐프가 말했다.

투명인간은 벌떡 일어섰다. "뭣이 어째?"

켐프의 얼굴이 다소 굳어졌다. 그는 말을 꺼내려다가 머뭇거렸다. "아마 결국엔" 그는 갑자기 태도를 바꿔 말을 꺼냈다. "그럴 수밖에 없었을 테지. 너는 곤경에 처해 있었으니까. 하지만 그래도……."

"물론 난 곤경에 빠졌지. 정말 엄청난 곤경에 빠져 있었어. 게다가 그 녀석이 나를 화나게 만들었어. 나를 잡으려고 집을 뒤지는가 하면, 권총을 들고 바보처럼 설쳐대며 문을 잠갔다 열었다 하는 거야. 녀석이 정말 화나게 했다고. 이래도 나를 욕할 셈이야? 나를 비난할 셈이냐고?"

"나는 누구도 비난할 생각은 없어." 켐프가 말했다. "누굴 비난한다는 것 자체가 시대착오지. 다음엔 뭘 했나?"

"허기가 지더군. 아래층에서 빵 한 덩어리와 맛이 고약한 치즈를 발견했어. 허기를 채우기에는 충분했어. 브랜디와 물을 좀 들이켜고는 즉석에서 꾸려놓았던 인간 자루를 지나쳐 — 녀석은 조용히 누워 있었어 — 남루한 옷가지가 널린 방으로 들어갔어. 거리에서 이 방을 보면, 때로 얼룩져 갈색으로 변한 레이스 커튼 두 개가 창문을 가리고 있었어. 나는 창가로 가서 커튼 틈으로 바깥을 내다보았지. 창밖은 햇빛이 비치는 듯 환했어. 내가 있는 음침한 집 안의 갈색 그림자와는 대조적으로 눈부실 정도로 환했어. 마차들이 활발하게 지나쳐 가더군. 사과를 실은 수레, 이륜 마차, 상자들을 산더미처럼 실은 사륜 마차, 그리고 생선장수가 끄는 수레가 지나가는 게 보였어. 나는 등 뒤의 어두운 비품들에 눈을 돌렸어. 일순간 눈앞에 반짝이는 천연색 점들이 아른거리더군. 곧 흥분한 내 감정은 누그러졌고, 나는 또다시 내 처지를 분명히 이해하게 되었어. 방 안은 숨 막힐 것만 같은 벤진 냄새로 가득 차 있었어. 아마 그건 옷을 세탁하는 데 쓰일 거야.

나는 방 안을 하나하나 샅샅이 뒤졌어. 그 꼽추 녀석이 꽤 오랫동안 혼자 지내왔을 거라고 판단했지. 녀석은 별난 놈이었어. 나는 내게 도움이 될 만한 것이면 무엇이든 의상실에 모아놓았어. 그러고 나서 그것들 중에서 신중하게 선택했어. 난 꼭 요긴해 보이는 손가방과 파우더, 연지, 반창고를 찾아냈지.

나는 얼굴에 화장을 하고 분을 바르고, 나를 보이게 할 만한 그곳에 있는 모든 것을 이용해서 나를 다시 보이게 하려 했어. 하지만 문제가 있었어. 내가 다시 투명인간이 되려면, 테레빈유와 몇몇 유용한 기구는 물론이고 상당한 시간이 필요했기 때문이지. 결국 나는 모양이 비교적 좋아 보이는 마스크를 선택했어. 좀 기괴해 보였지만, 세상에는 그보다도 더 기괴한 사람들도 얼마든지 있지. 검은색 안경과 희끄무레한 수염과 가발도 골랐어. 속옷은 찾을 수 없었지만, 그건 나중에 사면 되니까. 나는 한동안, 캘리코〔가로로 짠 올이 촘촘하고 색깔이 흰 무명베〕 도미노 가장복과 흰색 캐시미어〔인도 서북부의 카슈미르 지방에서 나는 양털로 짠 고급 모직물〕 스카프로 몸을 감쌌어. 양말은 찾을 수가 없었지만, 좀 헐렁한, 꼽추 녀석의 장화가 있었기에 그것으로 충분했어. 그 상점의 책상 서랍에는 금화 3파운드와, 은화 30실링 정도가 있었어. 나는 그 돈을 챙기고 나서, 안방에 있던 잠가둔 벽장을 부수고 금화 8파운드를 꺼냈어. 이처럼 채비를 갖추었으니, 이제 다시 세상 속으로 나설 수 있게 되었어.

하지만 막상 밖으로 나서려니, 이상하게도 주저하게 되더군. 내 차림새가 정말 그럴싸하게 보일까? 나는 작은 침실에 있던 조그마한 거울 앞에서 내 모습을 살펴보았어. 미처 생각지 못했던 틈이 있지 않을까 싶어 모든 각도에서 세밀히 살펴보았지. 전혀 빈틈이 없어 보이더군. 어쩐지 연극 의상을 걸친 듯, 무대에 선 수전노처럼 기괴하기도 했지만, 그런 차림을 한 사람이 있을 수 없다고 느껴질 정도는 아니었어. 용기를 낸 나는 상점으로 거울을 가지고 내려갔어. 그러곤 상점 블라인드를 내리고는 구석에 있는 큰 몸거울로 모든 각도에서 내 모습을 살펴보았어.

용기를 짜내는 데는 얼마간 시간이 필요했어. 그리고 그 작은 사내가 원하면 언제든 아딧줄에서 벗어날 수 있도록 손봐놓고는 상점 문을 열고 거리로 뛰쳐나왔어. 나는 채 오 분도 지나지 않아 그 의상점 사이에 있는 모퉁이를 열두 개나 돌았어. 나를 노골적으로 쳐다보는 사람은 아무도 없었어. 내가 좀 전까지 우려했던 문제점은 극복된 것 같더군."

그는 다시 입을 다물었다.

"그 꼽추에 대해선 아무 걱정도 되지 않던가?" 켐프가 말했다.

"그래." 투명인간이 대답했다. "그 자가 어찌 됐는지는 전혀 들어보지 못했어. 끈을 풀었거나 빠져나왔겠지. 매듭을 적당히 조이게 묶어놨거든."

그는 입을 다물고 창가로 가서 밖을 내다보았다.

"스트랜드 가로 나갔을 때 무슨 일이 있었나?"

"오! 다시 미몽에서 깨어난 기분이었지. 이제 내가 처한 곤경에서 벗어났다는 생각이 들더군. 나는 정말 원하는 것이면 무엇이든 무난히 해낼 수 있으리라 생각했지. 내 비밀이 밝혀지지 않는 한 말이야. 그래서 난 생각했지. 내가 무슨 짓을 하든, 어떤 결과를 초래하든 나와는 무관하다고 말이야. 옷을 벗어던지고 사라지면 그만인 거야. 아무도 나를 잡을 수 없을 테지. 어디든 돈이 있는 곳을 찾아내면, 그 돈을 챙길 수도 있을 거야. 하지만 우선 나는 값비싼 식사를 하고 나서 고급 호텔에서 숙박하면서 새 옷들을 챙기기로 마음먹었어. 내가 바보였다는 걸 회상하는 것이 그리 유쾌하지는 않았지만 그때 나는 정말 자신감에 충만해 있었어. 한 음식점에 들어가 곧바로 점심을 주문했어. 하지만 그 순간, 나는 보이지 않는 얼굴을 드러내지 않고는 식사를 할 수 없다는 것을 깨달았지. 결국 나는 주문을 하고 나서, 종업원에게 십 분 후에 돌아오겠다는 말을 남긴 채 격분한 상태로 뛰쳐나갔어. 너도 몹시 배가 고파본 적이 있는지 모르겠군."

"그다지 심하게 굶어본 적은 없지." 켐프가 말했다. "하지만 상상할 수 있을 것 같아."

"그 멍청한 악마 같은 놈들을 박살낼 수도 있었을 텐데. 결국엔 너무나 맛있는 음식이 먹고 싶어 쓰러질 지경이었어. 그래서 또 다른 음식점을 찾아가 독실을 요구했지. '얼굴을 몹시 다쳤소.' 나는 이렇게 말했지. 그들은 이상한 눈초리로 나를 쳐다보았지만, 내가 얼굴을 얼마나 다쳤든 그들이 상관할 바는 아니었지. 그렇게 해서 마침내 나는 독실에서 식사를 할 수 있었어. 특별히 서비스가 좋은 것은 아니었지만, 안심하고 음식을 먹었을 수 있었던 것만으로 충분했어. 식사를 마친 후에 시가를 피우면서, 나는 이제부터 어찌해야 할지 머릿속에서 계획해보았어. 밖에서는 눈보라가 날리기 시작하더군.

켐프, 나는 생각하면 할수록 투명인간이 얼마나 무력하고도 바보 같은 존재인지를 깨닫게 되더군. 춥고 사나운 기후와 사람들로 북적대는 문명화된 도시에서 말이야. 이 미친 실험을 하기 전까지만 해도 투명인간이 지닌 수많은 능력만을 꿈꾸었지. 그날 오후 접어들자, 극도의 절망감이 엄습하더군. 나는 인간이 욕망할 수 있는 범위를 넘어섰던 거야. 물론 투명성으로 인해 인간으로서는 얻을 수 없는 것들을 얻을 수 있었지. 하지만 그것들을 얻는 순간 그것들을 마음대로 향유할 수 없게 되었어. 열망. 아무리 자랑할 만한 집이 있다 한들 그곳에 내 모습을 보일 수 없다면 좋을 게 뭐가 있겠어? 아무리 여인의 사랑을 받는다 한들, 그녀가 델릴라[성서에 나오는 장사인 삼손의 연인으로, 블레셋 사람들의 꾐에 빠져, 삼손의 머리카락을 잘라 힘을 못 쓰게 만들고 그를 배반했다]와 같은 여자가 되려 한다면 좋을 게 뭐가 있겠어? 나는 정치에도, 지저분한 명성 따위에도, 자선 행위에도, 스포츠에도 흥미를 못 느껴. 무엇을 해야 했을까? 바로 이런 이유로 나는 베일에 싸인 불가사의한 존재, 인간의 몸뚱이, 나 자신을 붕대로 감싸 가둔 괴물이 되고 만 거야!"

그는 말문을 닫고는 창으로 시선을 흘끗흘끗 던졌다.

"그런데 아이핑에는 왜 갔나?" 켐프는 방문객이 말을 계속하기를 바라는 듯한 표정으로 말을 건넸다.

"연구를 하러 갔어. 한 가지 희망이 있었어. 완전치 못한 아이디어였지만 말이야! 그래도 여전히 희망을 버리지 않았어. 이제 그 아이디어는 완벽해. 본래 모습으로 되돌아가는 방법 말이야! 그건 투명인간에서 본래 모습으로 되돌아가는 거야. 내가 원할 때면 언제든. 또한 내가 투명인간이 되고 싶을 때면 언제든 투명인간이 되는 것이지. 사실, 지금 내가 주로 자네와 의논하고 싶은 것은 바로 이런 문제야."

"곧장 아이핑으로 갔단 말이지?"

"그래. 나는 그저 내 기록물 세 권과 수표장과 수화물과 속옷을 챙기고, 방금 말한 내 아이디어를 실행하는 데 필요한 수많은 화약 약품들을 주문하기만 하면 됐어. 책을 되찾는 대로 수식을 보여주지. 아무튼 그곳에 도착해 물건을 입수하자 연구를 시작했어. 빌어먹을! 지금도 그날의 눈보라가 잊히질 않는군. 눈보라 때문에 두꺼운 종이로 만든 코가 물기에 젖는 걸 막으려 무진장 애썼던 기억이 생생해."

"결국은," 켐프가 말했다. "그저께 그들이 너의 정체를 캐냈을 당시에 네가, 그러니까 신문 기사를 보면……."

"그래. 그랬지. 내가 그 얼간이 경찰 녀석을 죽였다는 거지?"

"아니, 그는 회복될 거야." 켐프가 말했다.

"녀석, 운 좋았군. 난 정말 화가 치밀었어. 멍청이 놈들! 왜 놈들은 나를 그냥 내버려두지 못하는 거야? 그리고 그 시골뜨기 식료품 장수는 어때?"

"죽을 것 같지는 않아." 켐프가 말했다.

"내가 데리고 다닌 떠돌이 녀석은 어찌 됐는지 모르겠군." 투명인간이 기분 나쁜 웃음소리를 내며 말했다.

"켐프, 정말 너는 분노가 어떤 것이지 모를 거야! 몇 년 동안을 연구하고 계획하고 구상한 끝에 얻어낸 네 성과를 우둔하고 어설픈 백치 놈이 엉망진창으로 만들어놓았다고 생각해봐! 하필 세상에서 가장 바보 같은 놈이 나타나 내 앞길을 가로막았던 거야.

그것에 그치지 않고 또다시 나를 방해하는 놈들이 있다면, 난 미치고 말 거야. 그런 일이 일어나면, 정말 방해하는 놈들을 가만두지 않겠어.

사실, 놈들은 내 일을 천 배나 어렵게 만들어버렸어."

"정말 화가 나겠군." 켐프가 건조하게 말했다.

24 실패한 계획

"그런데 이젠 어찌해야 해야 할까?" 켐프가 곁눈질로 힐끗 창밖을 내다보며 말했다.

그는 자신의 손님에게 더 가까이 다가섰다. 투명인간이 고갯길을 올라오는 세 사람에게 별안간 시선을 던질 가능성이 있어 미연에 방지할 요령이었다. 켐프에게 그들의 발걸음은 참을 수 없을 정도로 느리게 느껴졌다.

"포트 버독으로 가는 중에는 무엇을 할 계획이었나? 어떤 계획이라도 있었나?"

"이 나라를 완전히 뜰 생각이었지. 하지만 너를 만나고는 그 계획을 변경한 거야. 이제 보이지 않는 몸으로 나돌아다닐 수 있는, 날씨가 따뜻한 남쪽 나라로 가는 게 현명할 것 같아. 더구나 이젠 내 비밀이 폭로되었으니 사람들 모두 가면을 쓰고 붕대로 얼굴을 싸맨 인간을 경계할 테고 이곳에서 프랑스로 가는 증기선이 있지. 나는 그 배를 타고 모험길에 나설 생각이야. 프랑스에 도착해서 그곳에서 기차를 타고 스페인으로 가든가, 아니면 알제로 갈 수 있겠지. 그건 어렵지 않을 거야. 그곳에서라면 언제든 보이지 않는 몸으로 살아갈 수 있을 거야. 그리고 연구도 할 수 있을 거야. 나는 내게 발송되어 왔던 책과 물건들을 어떻게 가져올까 결정하기 전까지 그 떠돌이 놈을 돈 심부름꾼과 짐꾼으로 써먹었어."

"알 만하군."

"그런데 그 짐승 같은 더러운 놈이 내 물건을 빼앗을 게 뭐야! 켐프, 그놈이 내 책을 숨겨버린 거야! 내 책을 숨겨놨어! 그놈을 내 손으로 잡으면 가만 놔두진 않을 거야!"

"우선은 그 자에게서 책을 빼앗는 것이 최선이겠군."

"그런데 녀석이 어디에 있는지 알 수 있어야지? 혹 알고 있나?"

"그 자의 요청에 따라 시 경찰서의 가장 튼튼한 독방에 감금되어 있어."

"망할 자식!" 투명인간이 말했다.

"네 계획이 좀 늦춰지겠는데."

"우리는 그 책을 찾아야 해. 그 책이 꼭 필요해."

"물론이지." 켐프는 밖에서 발소리가 들려오지는 않는지 해서 다소 불안한 목소리로 말했다. "물론 우리는 그 책을 찾아야지. 그 자가 그 책들이 네게 꼭 필요한 것인지 모른다면 찾는 게 그리 어렵지는 않을 거야."

"그럴 수도 있겠군." 투명인간은 말을 내뱉고는 생각에 잠겼다.

켐프는 대화가 끊기지 않게 하기 위해 뭔가를 생각해내려 했다. 그런데 투명인간이 말을 이었다.

"켐프, 네 집에 우연히 뛰어드는 바람에 내 모든 계획이 바뀌었어." 투명인간이 말했다. "너라면 이해할 만한 위인이지. 이미 벌어진 일들이나 세상에 내 정체가 다 알려졌다 해도, 책을 잃어버리고 내가 어떤 고통을 당했건 간에 아직도 대단한 가능성, 엄청난 가능성은 남아 있어…….

너 설마, 내가 여기 있다는 걸 누구에게 말한 건 아니겠지?" 그가 난데없이 물었다.

켐프는 주춤했다. "당연하지." 그가 말했다.

"누구에게도?" 그리핀이 강조했다.

"그래, 누구한테도 말하지 않았어."

"아! 그렇다면야……." 투명인간은 일어서더니 양팔을 허리에 대고 서재를 활보했다.

"켐프, 내가 잘못 생각했어. 이 일을 혼자 힘으로 감당하려 했던 건 아주 큰 실수였어. 그 바람에 나는 엄청난 에너지와 시간과 기회를 잃고 말았어. 한 인간이 혼자서 해낼 수 있는 일은 정말 보잘것없어! 도둑질 좀 하고 몇 사람 다치게 하는 게 전부야.

켐프, 지금 내게 필요한 건 일종의 골키퍼, 조력자와 숨을 만한 곳이야. 안심하고 남들에게 의심을 사지 않으며 자고, 먹고, 쉴 수 있는 곳이 필요해. 나는 함께할 동료가 절실해. 그런 동료와 음식과 쉴 수 있는 장소가 있다면, 천 가지 일이라도 할 수 있을 거야.

지금까지 나는 막연한 계획에 따라 연구를 해왔어. 우리는 보이지 않는 것의 장단점을 검토해봐야 해. 투명해도 남의 귀에 들리는 소리를 낼 수 있기 때문에, 보이지 않는 것은 엿듣는다든가 하는 점에서는 별 이로움이 없어. 주거 침입 따위에도 별 도움이 안 돼. 도움이 된다고 해봐야 조금 될 뿐이지. 네가 나를 잡기라도 한다면,

어렵지 않게 감옥에 처넣을 수 있을 거야. 반면에 나는 쉽게 잡히지 않아. 사실 보이지 않는다는 것은 적어도 두 가지 장점을 갖고 있어. 도망치고 접근하는 데 유리하다는 점이지. 그 점 때문에 사람을 해치는 데 특히 유리하지. 적수가 무기를 들었다손 치더라도 어렵지 않게 이길 수 있어. 위치를 선정해 마음대로 가격할 수 있거든. 물론 마음대로 피할 수도 있지. 원하면 도망칠 수도 있고 말이야."

켐프는 손으로 콧수염을 만지작거렸다. 아래층에서 움직이는 소리가 들리지 않았던가?

"켐프, 우리는 불가피하게 살인을 할 수밖에 없어."

"살인을 할 수밖에 없다고." 켐프가 말을 반복했다. "네 계획은 잘 들었어. 그리핀, 하지만 나는 찬성할 수 없어. 그럴 수 없다고. 왜 사람을 죽이냐고?"

"그렇다고 해서 이유 없이 사람을 죽이려는 건 아냐. 정당한 살인이라고 할 수 있지. 요점을 말하면, 우리처럼 세상 사람들도 이제는 투명인간이 존재한다는 사실을 알고 있어. 그래서 말인데 켐프, 이제부터 투명인간은 공포 정치를 펼쳐야 할 거야. 그래. 말할 것도 없이 무시무시한 일이지. 그렇지만 나는 공포 정치를 실행해야겠어. 공포 정치. 투명인간이 네가 사는 버독 같은 도시를 거머쥐고 공포의 도가니로 만들어 지배하는 거야. 투명인간은 칙령을 공표해야만 할 거야. 그는 몇천 가지 방법으로 칙령을 공표할 수 있어. 문 밑에 칙령이 기록된 종이 조각 하나를 밀어 넣는 것만으로 충분할 거야. 칙령에 불복하는 자들은 모두 죽여야겠지. 또한 그런 자들을 보호하는 자들도 죽여야 하고."

"흠!" 켐프는 더는 그리핀의 말에 귀를 기울이지 않고 말을 내뱉었다. 그 순간 현관문이 열렸다가 닫히는 소리가 들렸다.

"그리핀, 내 생각엔 말이야." 켐프는 자신의 주의력이 분산된 것을 감추려고 입을 열었다. "네 동료가 된다는 건 무척 어려운 일인 듯해."

"아무도 네가 내 동료인지 모를 거야." 투명인간이 열띤 목소리로 말하다가 별안간, "쉿! 아래층에서 무슨 소리지?" 하고 물었다.

"아무 소리도 안 들리는데." 켐프가 말했다. 그러곤 그는 큰 소리로 재빠르게 말을 이었다. "그리핀, 나로서는 네 의견에 동의할 수 없어. 나를 이해해줘. 난 정말 찬성할 수 없어. 왜 동족을 상대로 싸우려 하는 거야? 그런 짓을 하면서 어떻게 행복하기를 바랄 수 있어? 고독한 늑대가 되지 말라고. 네 연구 결과를 발표하는 게 어때. 세상에 네 비밀을 털어놓으라고. 적어도 우리 국민에게만큼은 네 비밀을 털어놔. 네가 몇백만 협력자와 함께할 수 있는 일이 뭔지 생각해보라고……."

투명인간은 팔을 내밀면서 켐프의 말을 막고 낮은 목소리로 말했다. "아래층에서 발소리가 나는데."

"그럴 리가 있나." 켐프가 말했다.

"살펴봐야겠어." 투명인간이 말했다. 그러곤 팔을 내밀며 조용히 하라는 시늉을 하고는 문 앞으로 갔다.

잠시 후, 눈 깜짝할 사이에 모든 일이 한꺼번에 일어났다. 켐프는 잠시 머뭇거리다가 몸을 날려 투명인간을 가로막았다. 투명인간은 깜짝 놀라며 멈춰 섰다. "배신자!" 목소리가 외쳤다. 갑자기 투명인간이 실내 가운을 풀어헤치더니, 앉아서 옷을 벗었다. 켐프는 재빨리 문 앞으로 세 걸음 다가섰다. 그 순간 투명인간의 두 다리가 사라졌다. 투명인간이 소리치며 벌떡 일어섰다. 켐프가 문을 활짝 열었다.

문이 열리는 순간, 아래층에서 서둘러 달려오는 발소리와 목소리가 들려왔다.

켐프는 민첩한 동작으로 투명인간을 뒤로 밀치고, 문밖으로 뛰쳐나가 문을 세차게 닫았다. 열쇠는 밖에 준비되어 있었다. 다음 순간이면 그리핀은 전망대 서재에 혼자 감금될 신세였다, 한 가지 작은 물건과 함께. 켐프는 그날 아침에 서두르는 바람에 열쇠를 문에 꽂아두고 말았다. 그리고 그가 문을 요란하게 닫는 순간에, 그 열쇠가 소리를 내며 양탄자에 떨어져버렸던 것이다.

켐프의 얼굴이 창백해졌다. 그는 양손으로 문손잡이를 힘껏 잡아당기려고 했다. 한동안 그렇게 그는 문손잡이를 잡아당겼다. 얼마 후 문이 15센티미터쯤 열렸다. 그러나 그는 힘껏 잡아당겨 다시 문을 닫았다. 그 다음에는 문이 30센티미터 정도 열리면서, 실내용 가운이 열린 문 사이로 비집고 나왔다. 보이지 않는 손가락이 켐프의 목을 졸랐고, 켐프는 손잡이를 잡았던 손을 떼어 그것을 저지하려 했다. 순간 켐프는 뒤로 밀려나다가 발을 헛디뎌 넘어져, 계단참의 구석으로 호되게 처박혔다. 속이 텅 빈 실내용 가운이 켐프의 몸뚱이 위로 내팽개쳐졌다.

바로 그때 버독 경찰서장인 애다이 총경은 계단 중간에 와 있었다. 켐프의 편지를 받고 찾아온 것이다. 그는 난데없이 켐프가 튀어나오고, 뒤따라 속이 텅 빈 옷이 허공에 내팽개쳐지는 이상한 광경에 깜짝 놀라 멍하니 쳐다만 보았다. 그는 켐프가 넘어져서 발버둥치는 모습도 보았다. 또한 켐프가 앞으로 몸을 일으키려다가 다시 쓰러지며 황소처럼 나자빠지는 모습도 보았다.

그는 그렇게 구경만 하고 있다가, 별안간 거센 일격을 당했다. 실체가 없어 보이는 것에게! 묵직한 무게를 지닌 뭔가가 그에게 달려드는가 싶더니, 그의 목과, 사타구니 부위의 무릎 쪽을 움켜잡고 꽉 조여왔다. 결국 그는 계단 아래로 모질게 곤두박질치고 말았다. 보이지 않는 발이 그의 등을 밟더니, 유령 같은 발소리가 아래층으로 지나갔다. 홀에 있던 경관 두 명이 소리치며 뛰어가는 소리가 들렸고 현관문이 거센 소리를 내며 닫혔다.

굴러 떨어진 총경은 두 눈이 휘둥그레진 채 일어나 앉았다. 그러고 있자니, 켐프가 비틀거리며 계단을 내려왔다. 온몸은 먼지투성이였고, 머리카락은 헝클어질 대로 헝클어졌다. 얼굴 한쪽은 얻어맞아 심하게 멍이 들었고 입술에서는 피가 흘렀다. 그리고 분홍색 실내용 가운과 몇 가지 속옷이 팔 언저리에 걸려 있었다.

"이럴 수가!" 켐프가 소리쳤다. "모두 수포로 돌아갔어! 놈이 사라져버렸어!"

25 투명인간 사냥

한동안 켐프는 말문이 막혀 눈 깜짝할 사이에 일어난 조금 전 사건을 애다이 경찰서장에게 이해시킬 수 없었다. 두 사람은 계단참에 서 있었다. 그리핀이 풀어헤친 기괴한 붕대 자락이 여전히 켐프의 팔에 감겨 있었다. 이윽고 켐프는 말문을 열더니, 너무 빠르게 말을 내뱉었다. 그러나 곧 애다이는 사건의 정황을 알아챘다.

"그 자는 미쳤어요." 켐프가 말했다. "인간이 아닙니다. 이기심으로 똘똘 뭉쳤어요. 자신의 이익과 안전만을 생각할 뿐이에요. 저는 오늘 아침 내내 그 자에게서 잔인할 정도로 이기적인 얘기만 들었어요! 그 자는 사람들을 해쳤어요. 우리가 막지 않으면, 그 자는 살인 행각을 벌일 겁니다. 그자는 가공할 공포를 불러올 겁니다. 아무것도 그를 막을 수 없어요. 지금 그 자가 달아나요. 분노의 화신이 되어!"

"꼭 그 자를 잡아야 해요." 애다이가 말했다. "반드시 잡아야죠."

"하지만 어떻게 잡죠?" 켐프가 소리쳤다. 바로 그때 별안간 그의 머릿속에 무수한 생각들이 떠올랐다. "서둘러야 해요. 서장님, 가능한 모든 인원을 동원해야 합니다. 그 자가 이 지역을 벗어나지 못하게 해야 합니다. 이 지역을 벗어나는 날에는, 그 자는 마음대로 사람을 죽이고 해치면서 지방 곳곳을 활보할지도 모릅니다. 그 자는 공포 정치라는 걸 꿈꿔요! 공포 정치 말입니다. 서장님, 열차와 도로와 선박에 보초를 세워야 해요. 군 수비대도 협조해야 해요. 서장님, 전보로 협조를 구하세요. 그 자가 이곳에 있으려는 유일한 이유는 자신의 귀중한 기록 노트들을 다시 찾으려는 생각 때문이에요! 그 얘기를 들려드리지요. 서장님의 경찰서 내에 마블이라는 자가 구속되어 있을 겁니다."

"알아요." 애다이가 말했다. "알아요. 그 책들 얘기도 알아요."

"투명인간, 그놈이 먹거나 잠을 자게 해서는 안 됩니다. 밤이고 낮이고 마을 전체가 그 자를 잡는 데 혈안이 되어야 합니다. 음식은 잠가둔 채 보관해야 돼요. 모든 음식을 말이죠. 그렇게 해서 그 자가 음식을 얻는 길을 가급적 막아야죠. 어느 집이든 그 자가 들어올 수 없게 문단속을 해야 돼요. 다행히 오늘 밤에는 춥고 비가 올 것 같군요! 마을 전체가 수색에 나서서 그놈을 잡아야 해요. 멈추면 안 돼요. 애다이 서장님, 그 자는 정말 위험한 놈이에요. 재앙이라고요. 그 자를 꼼짝 못하게 감금해두지 않는 한, 어떤 일이 일어날지 생각만 해도 소름이 끼쳐요."

"그 밖에 어떤 조치를 할 수 있을까요?" 애다이가 말했다. "난 즉시 이 길로 내려가서 이 일에 착수해야겠어요. 박사님도 함께 가시는 게 어떨까요? 그래요. 박사님도 같이 가시지요! 자, 서두릅시다. 작전 회의를 열어야겠어요. 홉스에게도 협조를 구하죠. 철도국 관계자들에게도 협조를 구하구요. 이런! 촉박하다고요. 자, 서둘러요.

가면서 얘기하죠. 그 밖에 우리가 할 수 있는 일이 있나요? 그 붕대 조각이나 몸에서 떼어내요."

다음 순간, 애다이는 앞장서서 층계를 내려갔다. 두 사람은 현관문이 열렸고 밖에서 경관들이 허공을 응시하며 서 있는 것을 발견했다. "서장님, 그 자가 도망쳤습니다." 한 경관이 말했다.

"당장 중앙역으로 가야 해." 애다이가 말했다. "자네들 중 한 사람이 내려가서 마차를 불러오게. 서둘러야 해. 자, 켐프 박사님, 그 밖에 어떤 조치를 해야 할까요?"

"개들을, 개들을 구하세요. 그 자를 볼 순 없겠지만, 냄새를 맡을 순 있어요. 그러니 개를 구하세요." 켐프가 말했다.

"좋아요." 애다이가 말했다. "별로 알려진 사실은 아니지만, 할스테드에서 근무하는 간수들이면 블러드하운드[영국 원산지인 경찰견]를 기르는 사람을 알 겁니다. 개는 그렇고, 그 밖에 다른 할 일은요?"

"명심할 일이 있어요." 켐프가 말했다. "그 자가 음식을 먹을 때는 음식이 눈에 보입니다. 식사 후에 소화가 될 때까지는 음식이 보이는 거죠. 그러니까 그 자는 음식을 먹은 후에는 어딘가에서 숨어 있을 거예요. 그 자가 숨어 있을 만한 덤불이나 한적하고 구석진 곳이라면, 하나도 빠짐없이 샅샅이 수색해야 해요. 그리고 무기, 무기가 될 만한 연장은 전부 치워버려야 해요. 그 자가 그런 무기를 오랫동안 지니고 다닐 순 없을 겁니다. 그 자가 잡아채 공격하는 데 쓸 만한 물건은 전부 숨겨놓으세요."

"좋아요." 애다이가 말했다. "조만간 그 자를 잡을 수 있을 겁니다!"

"그리고 길에," 켐프는 말을 꺼낸 후에 잠시 머뭇거렸다.

"네?" 애다이가 말했다.

"유리 조각을." 켐프가 말했다. "그건 잔인해 보이기도 합니다만, 그 자가 할 짓을 생각하면!"

애다이는 잇새로 공기를 세차게 들이마셨다. "그건 너무 지나친 처사 같은데 잘 모르겠군요. 하지만 유리 조각을 준비하도록 하죠. 그 자를 놓치기라도 한다면……."

"그 자는 이미 인간이 아니에요." 켐프가 말했다. "저는 도주하면서 느끼는 불안감만 사라지면, 그 자는 공포 정치 따위를 실행에 옮길 거라고 확신해요. 그건 의심의 여지가 없어요. 우리의 유일한 기회는 선수를 치는 데 있어요. 그 자는 사람들에게서 고립을 자초했어요. 그 자의 머릿속에는 살육의 피가 들끓어요."

26 살해당한 윅스티드

투명인간은 뭐라 말할 수 없는 분노에 사로잡힌 채 켐프의 집에서 뛰쳐나온 듯 보였다. 그는 켐프의 집 현관 가까이에서 놀던 어린아이 하나를 난폭하게 잡아채서 내던졌고 그 바람에 아이는 발목이 부러졌다. 그 후로 몇 시간이 지나는 동안 투명인간의 행방은 묘연했다. 그 누구도 그가 어디로 갔는지, 무슨 짓을 했는지 알지 못했지만 사람들은 그가 자신의 참을 수 없는 운명으로 인해 분노와 절망에 사로잡힌 채 뜨거운 6월의 오전 햇살을 받으며 언덕을 넘어 포트 버독 뒤로 펼쳐진 초원을 재빨리 지나쳤을 거라고 짐작했다. 결국에 그는 더위와 피로에 지친 채 힌턴딘 잡목 숲에 숨어서, 인류를 상대로 한 자신의 무너진 계획을 되살려보려 할 것이다. 그곳이 그에게는 가장 알맞은 은신처였던 것으로 보인다. 왜냐하면, 오후 두 시경, 그 근방에서 그는 소름 끼칠 정도로 참혹한 수법으로 거듭해서 사람들의 이목을 끌었기 때문이다.

그동안 그의 심경이 어땠을까, 또한 어떤 계획을 구상했을까 하는 의문이 든다. 켐프의 배신 행위에 미칠 정도로 분노했으리라는 것은 의심의 여지가 없다. 켐프가 속임수를 썼던 동기를 이해할 수 있으면서도, 적의 의도된 기습에 투명인간이 얼마나 분노했을지 상상이 가고, 또한 그처럼 분노한 투명인간에게 다소 동정심도 생긴다. 어쩌면 옥스퍼드 가에서 겪은 경악할 만한 사건들이 그의 머릿속에 되살아났는지도 모를 일이다. 그가 공포의 세계를 실현하겠다는 자신의 잔인한 꿈에 켐프의 협력을 기대했던 것은 명백한 사실이었다. 아무튼 그는 대낮이 될 때까지 행방이 묘연했다. 때문에 두 시 반이 될 때까지 그가 무슨 짓을 했는지 말할 수 있는 목격자는 아무도 없었다. 그때까지 투명인간이 별다른 행동을 보이지 않은 것은 인류를 위해선 다행스런 일이었다. 하지만 투명인간 자신으로서는 파멸을 재촉하는 길이었다.

그동안 마을 여기저기에 흩어져 분주해지는 사람들이 점점 늘어만 갔다. 아침까지만 해도 투명인간은 하나의 전설이자 공포의 대상이었을 뿐이었다. 오후가 되면서 켐프가 작성한 간결한 문구의 포고문 덕택에 투명인간은 위해를 가하거나 잡거나 제압해야 할 실체를 지닌 적으로 인식되었고, 마을은 놀라울 만큼 빠르게 평정을 되찾기 시작했다. 두 시까지만 해도 그는 기차를 타고 이 지역을 벗어날 수 있었을지 모른다. 하지만 두 시가 넘어서면서 그것은 불가능해졌다. 사우샘프턴, 맨체스터, 브라이튼, 호샘 사이에 형성된 거대한 평행사변형에 놓인 선로를 달리는 모든 여객 열차는 문이란 문은 모조리 잠근 채 운행했고 화물열차의 운행은 완전히 중지되었다. 또한 포트 버독를 중심으로 32킬로미터 반경 안에는 총과 몽둥이로 무장한 사람들이 서너 명씩 짝을 지어 개를 앞장세우고 도로와 들판을 수색했다.

기마경관들이 시골길을 돌아다니며 집집마다 방문해서, 사람들에게 무장하지 않았다면, 문을 걸어 잠그고 집 안에 있으라고 권유했다. 또한 세 시 전까지 모든 초등학교는 수업을 중단했고 겁에 질린 학생들은 삼삼오오 짝을 이뤄 서둘러 집으로 돌아갔다. 애다이 서장이 서명한 켐프의 포고문은 오후 네다섯 시가 되기 전까지 이 지역 거의 모든 곳에 세시되었다. 그 포고문은 투명인간과 맞서는 방법, 즉 그에게 음식과 수면을 차단하는 한편, 계속해서 경계하며 그의 행적을 발견하는 즉시 대처하는 방법을 간결하지만 명료하게 알려주었다. 그리고 당국의 조치가 어찌나 신속하게 결정되었던지, 또한 그 괴물에 대한 사람들의 믿음이 어찌나 신속하게 마을 전체에 퍼졌던지, 어둠이 깔리기 전까지 몇백 제곱킬로미터 일대가 삼엄한 경계 상태로 변했다. 그리고 땅거미가 지기 전까지 공포의 전율이 경계에 여념이 없는, 불안이 감도는 마을 전체에 퍼졌다. 윅스티드가 피살되었다는 소문이 그 지역 구석구석까지 사람들의 입에서 입으로 빠르면서도 정확하게 퍼졌다.

투명인간의 은신처가 힌턴딘 잡목 숲이라는 우리의 가정이 옳다면, 이른 오후에 숲에서 빠져나온 그는 무기 사용을 비롯한 이러저런 계획에 온 신경을 기울였을 것이다. 우리는 그것이 어떤 계획인지 알 수 없다. 하지만 윅스티드를 만나기 전 이미 그의 수중에 쇠막대기가 있었다는 것만은 부정할 수 없는 사실이다.

물론 두 사람이 마주친 경위에 대해선 아무것도 알 길이 없다. 피살 사건이 일어난 곳은 버독 경 사택의 정문에서 1백80미터도 채 떨어져 있지 않은 자갈 채취장 주변이었다. 짓밟힌 땅바닥, 윅스티드의 몸에 생긴 수많은 상처, 두 동강이 난 지팡이. 이 모든 흔적은 윅스티드가 필사적으로 저항했음을 말해주었다. 하지만 왜 그를 살해했는지에 대해서는 살인적인 광란이라는 것 말고는 달리 어떤 상상도 할 수 없었다. 정말, 정신착란의 가능성밖에는 달리 설명할 길이 없었다. 마흔다섯에서 마흔여섯 살가량 되었던 윅스티드는 버독경의 집사로, 선해 보이는 외모만큼이나 성품이 무척 선한 사람이었다. 이런 만큼 그는 살해될 정도로 무서운 적대감을 살 만한 사람은 결코 아니었다. 투명인간은 허물어진 울타리에서 잡아 뺀 쇠막대기를 흉기 삼아 윅스티드에게 위해를 가한 것처럼 보인다. 투명인간은 점심을 먹으러 조용히 집으로 가던 이 얌전한 사람을 가로막고 공격했던 것이다. 투명인간은 힘없이 저항하는 그를 제압하고서 팔을 부러뜨리고 때려눕힌 후에 묵사발이 될 정도로 머리를 그 흉기로 내리쳤던 것이다.

물론 투명인간이 희생자를 만나기 전에 울타리에서 이 쇠막대기를 잡아 빼서 손에 든 채 준비를 했다는 것은 틀림없는 사실이다. 다만, 이미 거론한 사실 말고도 두 가지 세부적인 사실을 고려할 수 있을 것이다. 하나는 자갈 채취장이 윅스티드가 향하던 집의 길목이 아니라 그곳에서 1백80미터가량 떨어진 곳이었다는 것이다. 또 다른 사실은 어린 소녀의 진술이다. 소녀는 오후 수업을 위해 학교에 가는 길에 살해당한 남자가 들판을 가로질러 자갈 채취장 쪽으로 괴상하게 "총총걸음으로" 가는 모습을 봤다고 했다. 소녀는 그 남자가 자기 앞의 무언가를 쫓으며 들었던 지팡이로 몇 번이고 내리치는 모습을 몸짓으로 흉내냈다. 소녀는 그가 살아 있는 모습을 마지막으로 본 사람이었다. 하지만 너도밤나무 숲이 우거지고 땅이 약간 내려앉아 있어 몸부림치며 죽어가는 남자의 모습을 소녀는 보지 못했다.

적어도 이 글을 쓰는 작가가 생각하기에 바로 이러한 사실이 살해 동기가 전혀 없었던 것이 아님을 보여주는 듯하다. 그리핀이 흉기로 쓴 막대기를 잡아 뺀 것은 사실이지만 애초에 그것으로 살해하겠다는 계획적인 의도가 없었으리라고 볼 수도 있다. 아마 그때 윅스티드는 지나치다가 공중을 날아가는 이 불가사의한 막대기를 목격했을지도 모른다. 그는 포트 버독은 16킬로미터나 떨어져 있었기에 투명인간이라는 생각은 추호도 없이 막대기를 뒤쫓아 갔을 것이다. 투명인간에 대해서 들어보지 못했을지도 모른다. 있을 수 있는 그때의 정황을 상상해보면, 투명인간은 그 일대의 사람들에게 목격되어 자신의 출현이 알려지는 것을 피하기 위해 조용하게 이동했는데, 흥분한 윅스티드가 호기심에 가득 차 설명이 불가능한 이 날아가는 물체를 뒤쫓아 가서 지팡이로 내리쳤을 것이다.

보통 상황이었다면 투명인간은 중년의 추격자를 손쉽게 떼어버릴 수 있었을 것이다. 하지만 윅스티드의 사체가 발견된 현장으로 보아 재수 없게도 윅스티드는 투명인간을 가시 돋친 쐐기풀과 자갈 채취장 구석으로 몰아넣었다는 것을 알 수 있다. 투명인간은 유별나게 화를 잘 내는 사람이다. 사실을 아는 사람이라면 두 사람이 충돌한 후 무슨 일이 일어났을지는 어렵지 않게 상상할 수 있을 것이다.

그러나 이것은 순전히 가설이다. 부정할 수 없는 사실은 — 아이들의 말은 종종 믿을 수 없을 때가 있다 ― 윅스티드가 죽어서 사체로 발견되었다는 것과 피로 얼룩진 쇠막대기가 쐐기풀 덤불에 던져져 있었다는 것뿐이다. 그리핀이 쇠막대기를 버렸다는 사실은 그가 살해 사건으로 몹시 흥분한 나머지 그것을 손에 쥔 목적 ― 그 목적이 있었더라면 ― 을 단념했을 거라는 걸 보여준다. 그가 지독한 이기주의자며 냉혹한 인간이라는 사실은 틀림없다. 하지만 자신의 발길 아래 피투성이가 된 채 쓰러진 그의 가련한 첫 희생자를 목격했을 때에는 자신이 꾀하던 실행 계획이 무엇이었든지 한동안은 양심의 가책 ― 오랫동안 숨어 있다가 터져 나온 ― 에 휩싸였을지도 모른다.

윅스티드를 살해한 후에 투명인간은 곧장 그 마을을 가로질러 낮은 지대로 내려갈 요량이었던 듯하다. 해가 질 무렵에 펀 보텀 인근 들판에서 사람의 소리가 들렸다고 두 사람이 증언했다. 울부짖고 웃어대고 흐느끼고 신음하더니, 반복해서 소리를 질렀다고 한다. 얼마나 괴상하게 들렸을까. 그 소리는 토끼풀이 덮인 들판 중턱까지 기어올랐다가 산마루 저편으로 사라지고 말았다.

그날 오후, 투명인간은 자신이 털어놓았던 비밀을 켐프가 재빨리 이용했다는 사실을 눈치챘을 것이다. 그는 집집마다 문이 단단히 잠긴 것을 보았을 것이다. 그는 철도역 근처를 방황하고 여관을 찾아 헤맸을 것이다. 그러던 중에 틀림없이 경고문을 읽었을 것이고, 자신에 대항해 일종의 전투를 벌인다는 것을 깨달았을 것이다. 이윽고 밤이 되자, 들판 여기저기에서는 서너 명씩 짝을 이룬 사람들의 어두운 형체가 요란한 개 짖는 소리와 함께 나타났다. 이 인간

사냥꾼들은 범인을 발견했을 경우에 서로 지원하는 방법에 관해 특별한 지시를 받은 상태였다. 투명인간은 그들을 모두 피했다. 이제 투명인간이 분노하는 이유를 다소 이해할 수 있을 것 같다. 그가 그런 처지가 된 것은 다름 아닌 자신이 제공한 정보 때문이었다. 그 정보가 그와 대결하는 데 무자비하게 이용되었다. 그는 적어도 그날 하루 동안은 절망감에 사로잡혀 있었다. 윅스티드를 때려눕히던 때를 제외하고는 24시간 동안 쫓기는 사냥감 신세였다. 밤에는 음식을 먹고 잠을 청했음이 틀림없다. 이튿날 아침에 그는 세상을 상대로 최후의 위대한 투쟁을 각오했는지 다시 원기와 활력이 넘치고 분노와 악의로 달아오른 본래의 자신으로 되돌아와 있었다.

27 켐프 집에 대한 포위 공격

켐프는 기름때 묻은 종이 한 장에 연필로 씌어진 이상한 편지를 읽었다.

"네놈은 놀랍도록 정력적이고 교활하구나." 편지는 이렇게 시작되었다. "그에 대한 대가를 각오하는지는 모르지만. 네놈은 나를 배반했어. 네놈은 온종일 내 뒤만 쫓았어. 네놈은 나의 밤 휴식을 빼앗으려 했어. 하지만 네놈이 그렇게 분투했는데도 난 음식을 구해 먹었고 잠을 잘 수 있었어. 게임은 이제 시작일 뿐이야. 게임은 이제부터라고. 이제 공포 정치를 시작할 수밖에 없어. 이 편지를 공포 정치의 첫날에 대한 예고로 알기를. 포트 버독은 이미 여왕 치하가 아니야. 이 뜻을 경찰서장과 그 일당에게 전해라. 이제 포트 버독은 내 지배 하에 있어. 공포 정치! 오늘은 투명인간의 새로운 시대, 신기원, 첫 회의 첫날이야. 나는 투명인간 1세다. 통치는 우선 쉬운 것부터 처리할 것이다. 첫날은 본보기로 한 놈만 처형할 거야. 그놈은 켐프라는 녀석이 될 거다. 사신(死神)이 오늘 그놈에게로 갈 거다. 그놈은 문을 잠그고 몸을 숨기고 신변에 보초를 세우고 원한다면 갑옷을 입겠지. 사신, 보이지 않는 사신이 다가가고 있어. 놈은 경계를 단단히 해야 할 거야. 그것이 내 백성에게 강렬한 인상을 주겠지. 정오가 될 때쯤 우체통에서 사신이 출발할 거야. 편지는 집배원의 손을 거쳐 그놈에게 전해질 거야. 그것으로 끝이야! 게임을 시작한다. 사신이 출발한다. 내 백성들이여, 너희 또한 사신을 맞이하고 싶지 않다면, 그놈을 돕지 마라. 오늘 켐프는 죽게 될 것이다."

켐프는 이 편지를 두 번이나 읽고는 "이건 단순한 협박이 아니야" 하고 말했다. "이것이 바로 놈의 목소리야! 놈은 이대로 실행하려 할 거야."

켐프는 접힌 종이를 뒤집어 주소가 적힌 면을 보았다. 그 면에는 힌턴딘 소인이 찍혔고 "우편요금, 2페니"라는 글자가 건조하게 적혀 있었다.

그는 점심을 채 마치기도 전에 천천히 일어서더니 — 편지는 한 시에 왔다 — 서재로 갔다. 그는 가정부를 불러 즉시 집 안을 살펴보고, 모든 창문이 닫혔는지 점검하고 모든 덧문을 닫게 했다. 서재의 덧문은 자신이 직접 닫았다. 그는 침실에 있는, 자물쇠를 채워놓은 서랍에서 소형 권총 한 자루를 꺼내어 면밀히 점검하고 재킷 주머니에 넣었다. 그는 애다이 총경에게 보내는 편지를 포함해 짧은 편지를 여러 장 썼다. 그러고 나서 하녀에게 집을 나설 때는 어떻게 해야 하는지 똑똑히 알려주고 편지들을 전하게 했다. "위험할 건 없어." 그는 그렇게 말한 후 마음속에 담아두었던 말을 덧붙였다. "네게 말이야." 이렇게 말한 그는 잠시 생각에 잠겼다가 다시 식어빠진 점심을 먹기 시작했다.

그는 식사를 하는 동안 오만 가지 생각을 떠올렸다. 그러다가 마침내 식탁을 세게 내리치며 말했다. "놈을 꼭 잡을 거야!" "내가 놈의 먹잇감이니 놈은 반드시 찾아올 거야."

그는 전망대로 올라가서 모든 문을 조심스럽게 잠갔다. "이건 게임이야." 그가 말을 내뱉었다. "괴상한 게임이야. 하지만 그리핀, 아무리 네 녀석이 보이지 않는다 하더라도 승산은 전적으로 내게 있어. 그야말로 세상을 상대로 격렬하게 싸우는 그리핀."

그는 창가에 서서 뜨거워진 산허리를 응시했다. "그 녀석은 매일 먹을 것을 구해야 해. 그런 그놈을 보이지 않는다고 해서 시기할 필요는 없지. 그런데 녀석은 정말 지난 밤에 잠을 잤을까? 사람들과 충돌을 피하기 위해 사람들 눈에 띄기 쉬운 곳에서 벗어나서 잠을 청했단 말인가. 이렇게 무더운 날씨 대신에 아주 춥고 비가 오면 좋으련만. 녀석은 지금 나를 지켜보고 있는지도 몰라."

그는 창가로 가까이 다가갔다. 뭔가가 창틀 바로 위 벽돌을 세게 두드리는 소리가 났다. 그는 깜짝 놀라 움찔하며 뒤로 물러섰다.

"내가 너무 예민해진 것 같군." 켐프가 말했다. 하지만 그는 오 분도 되지 않아 다시 창가로 다가갔다. "참새들 짓이겠지." 그가 말했다.

곧이어 그의 귓가에 현관문의 초인종 소리가 들려왔다. 그는 급히 아래층으로 내려갔다. 그는 문의 빗장을 풀고 자물쇠를 열고 쇠사슬을 점검한 후 그대로 자물쇠를 걸어놓은 채 얼굴은 내밀지 않고 조심스럽게 문을 열어보았다. 친숙한 목소리가 그에게 인사를 했다. 목소리의 주인공은 애다이였다.

"켐프 박사님, 박사님의 하녀가 습격을 당했어요." 문 너머에서 그가 말했다.

"뭐라고요!" 켐프가 외쳤다.

"그녀에게서 박사님의 편지를 빼앗아가고 말았어요. 녀석은 바로 이 근처에 있을 겁니다. 안으로 들어가시죠."

켐프가 쇠사슬을 풀자 애다이는 겨우 몸 하나 통과할 만한 사이로 들어왔다. 그는 켐프가 문을 단속하는 것에 안도하며 홀에 들어섰다. "하녀의 손에서 편지를 빼앗아갔어요. 그녀는 겁에 질려 제정신이 아니었어요. 결국 경찰서에서 쓰러져, 히스테리성 발작을 일으켰어요. 놈은 이 근처에 있을 겁니다. 그 편지는 대체 무슨 내용이지요?"

켐프는 욕설을 내뱉었다.

"내가 정말 멍청했어요. 미리 알았어야 했는데. 힌턴딘에서 걸어서 한 시간도 안 걸린다는 것을. 벌써 온 모양이군요!" 켐프가 말했다.

"대체 무슨 일이요?" 애다이가 말했다.

"이리 좀 와봐요!" 켐프는 애다이를 자기 서재로 안내하면서 말했다. 그는 투명인간의 편지를 애다이에게 내보이며 말했다. 애다이가 그것을 읽고 나지막한 목소리로 속삭였다. "그래서 박사님이?" 애다이가 말했다.

"전 함정을 팠습니다. 하지만 어리석었어요." 켐프가 말했다. "결국은 하녀를 시켜 제 계략을 전한 꼴이 됐어요. 놈에게 말입니다."

애다이도 켐프의 거친 말투를 따랐다.

"놈은 달아날 겁니다." 애다이가 말했다.

"그렇지 않아요." 켐프가 말했다.

유리 깨지는 반향음이 위층에서 들려왔다. 애다이는 켐프의 주머니에서 반쯤 내민 소형 권총의 은빛 섬광을 보았다. "위층 창문이에요!" 켐프가 말했다. 그러곤 그는 앞장서 올라갔다. 그들이 아직도 계단을 올라가는 도중에 또다시 유리가 깨지는 소리가 들렸다. 서재에 들어가 보니, 창문 세 개 중에 두 개가 박살이 나 있고, 방의 절반에는 깨진 유리 조각이 흩어져 있었으며, 집필용 책상에는 큼직한 돌멩이 한 개가 떨어져 있었다. 두 사람은 문간에 선 채 이 파편 잔해들을 찬찬히 바라보았다. 켐프는 또다시 욕설을 내뱉었다. 그러는 사이, 권총 소리와도 같은 날카로운 소리가 들리며 세 번째 창문이 일순간 별들처럼 허공에서 번쩍이더니, 들쭉날쭉하게 부서진 삼각형 유리 조각들이 방 안으로 쏟아져내렸다.

"도대체 이게 무슨 짓이지요?" 애다이가 말했다.

"이제 시작된 것입니다." 켐프가 말했다.

"여기까지 올라올 방법은 없겠지요?"

"고양이라도 올라올 순 없을 겁니다." 켐프가 말했다.

"덧문으로는요?"

"여긴 그럴 수 없어요. 아래층 방이란 방은 모두…… 이런!"

와장창, 유리가 깨지는 소리와 함께 나무판이 세게 부딪치는 소리가 아래층에서 들려왔다. "망할 놈!" 켐프가 말했다. "그래, 바로 침실에 있는 창문이군. 온 집을 돌며 저 짓을 할 모양이군요. 바보 같은 놈, 덧문을 닫았으니, 유리만 밖으로 떨어지겠지. 놈은 유리에 발을 베이고 말겁니다."

또 다른 창문이 박살나는 소리가 들려왔다. 두 사람은 얼이 나간 채 계단참에 서 있었다. "바로 그거야!" 애다이가 말했다. "몽둥이 같은 걸로 무장합시다. 그러곤 본서로 달려가서 블러드하운드를 데려와 풀어놓읍시다. 그런 방법으로 놈을 해치울 수 있을 겁니다! 그 개들은 십 분도 안 되는 가까운 거리에 있어요."

또 다른 창문이 계속해서 부서졌다.

"권총을 가지고 계시지요?" 애다이가 말했다.

켐프의 손이 주머니로 가다가 주춤했다. "없어요. 하나밖에는."

"내가 가지고 돌아오죠." 애다이가 말했다. "여기 계시면 박사님은 안전할 겁니다."

켐프는 순간적으로 솔직하지 못했던 점을 부끄러워하며 무기를 건넸다.

"자, 문으로." 애다이가 말했다.

그들이 홀에 서서 주저하는 사이에 2층 침실 창문 하나가 와장창 깨어지는 소리가 들렸다. 켐프가 문 앞으로 가서 가능한 조용히 빗장을 풀기 시작했다. 그의 얼굴이 보통 때보다 훨씬 더 창백해졌다. "곧장 걸어 나가야 해요." 켐프가 말했다. 다음 순간 애다이는 현관 계단 위에 서 있었고 빗장은 다시 잠겼다. 그는 잠시 머뭇거렸지만 문이 등 뒤에 있다는 것에 다소 마음이 놓이는 듯했다. 그러곤 몸을 똑바로 세우고 당당하게 계단을 걸어 내려갔다. 그는 잔디밭을 가로질러 정문으로 다가갔다. 가벼운 산들바람에 잔디가 잔물결을 이루었다. 순간 뭔가가 가까이에서 움직였다. "잠깐 기다려." 목소리가 말했다. 애다이가 송장 같은 표정으로 발걸음을 멈췄다. 그러곤 손으로 권총을 꽉 잡았다.

"뭐야?" 매우 긴장한듯 창백하고도 험상궂은 표정으로 애다이가 말했다.

"집 안으로 돌아가시오." 애다이처럼 긴장되고 험악한 어조로 목소리가 말했다.

"미안하지만," 다소 쉰 목소리로 애다이가 말했다. 그러곤 혀끝으로 입술에 침을 발랐다. 그는 목소리가 왼쪽 앞에서 나는 것이라 생각했다. 운 좋게도 놈에게 한 방 먹일 수 있다면?

"어딜 가는 거요?" 목소리가 말했다. 그러곤 목소리의 주인공은 재빨리 두 차례 움직였다. 순간, 애다이의 벌어진 주머니에서 햇빛에 섬광이 번쩍였다.

애다이는 총을 뽑으려다가 단념하고 생각해보았다. "내가 어딜 가든 그건 내 일이오." 그가 천천히 말했다. 말이 채 입에서 떨어지기도 전에 투명인간의 한 팔이 그의 목을 조였고 무릎으로는 등을 찼다. 그는 뒤로 뻗고 말았으나 어설프게나마 총을 빼 들어 무턱대고 쏘아댔다. 그리고 다음 순간, 입 언저리에 일격을 당했고 그의 손아귀에 있던 권총을 빼앗겼다. 그는 반들반들한 나뭇가지를 잡고 일어나려 몸부림쳤지만, 헛잡아 뒤로 쓰러지고 말았다. "빌어먹을!" 애다이가 내뱉었다. 목소리가 웃어댔다. "네놈을 당장에라도 죽일 수 있어. 총알이 아깝군." 목소리가 말했다. 애다이는 2미터 거리의 허공에서 자신을 겨누는 권총을 쳐다보았다.

"어쩔 셈이지?" 애다이가 몸을 일으켜 앉으며 말했다.

"일어서." 소리가 말했다.

애다이가 일어섰다.

"내 말 잘 들어." 목소리가 한마디 내뱉고 거친 어조로 덧붙였다. "엉뚱한 수작 부리지 말란 말야. 너는 나를 볼 수 없지만 난 너를 볼 수 있다는 걸 명심해. 다시 집으로 돌아가."

"켐프 박사가 나를 들여보내줄 리가 없어." 애다이가 말했다.

"그건 유감스러운 일이군." 투명인간이 말했다. "난 너와 싸우고 싶지 않은데."

애다이는 다시 한 번 혀끝으로 입술에 침을 발랐다. 그는 권총 총신에서 저 멀리로 시선을 옮겨 한낮의 햇빛 아래 한없이 검푸른 바다와 평온한 초록색 언덕과 산마루의 흰 절벽과 광대한 도시를 바라보았다. 그러자 별안간 생명이 한없이 생동감이 넘친다는 생각이 뇌리를 스쳤다. 그의 두 눈은 다시 하늘과 땅 사이에 걸린 2미터 거리의 작은 금속 물체로 되돌아갔다. "내가 어찌 했으면 좋겠소?" 그가 침울한 목소리로 말했다.

"내가 어찌 했으면 좋겠소?" 투명인간이 되물었다. "도움을 구하면 돼. 그저 되돌아가면 되는 거야."

"그렇게 하겠소. 켐프 박사가 나를 들여보내주면 문으로 뛰어들지 않겠다고 약속하겠소?"

"난 너와 싸우고 싶지 않다고 했잖아." 목소리가 말했다.

켐프는 애다이를 내보내고 나서 서둘러 위층으로 올라갔다. 그러곤 깨진 유리 조각이 널브러진 곳에 웅크리고 앉아 서재 창턱 가장자리 너머로 조심스럽게 바깥을 엿보았다. 그는 애다이가 보이지 않는 존재와 입씨름을 벌이는 모습을 보았다. "서장은 왜 쏘지 않는 거지?" 켐프는 혼잣말로 나지막이 말했다. 그 순간 권총이 조금 움직이는가 싶더니, 번쩍이는 햇빛의 섬광이 켐프의 두 눈에 들어왔다. 그는 두 눈을 가늘게 뜨고 눈이 멀 것만 같은 강한 빛을 발산해 내는 것을 보려 애썼다.

"저런!" 그가 말했다. "애다이 서장이 권총을 빼앗기고 말았잖아."

"문으로 뛰어들지 않겠다고 약속하시오." 애다이가 말했다. "이긴 게임을 너무 밀어붙이지 마시오. 우리에게도 기회를 주시오."

"넌 집 안으로 다시 들어가. 딱 잘라 말하지만, 나는 어떤 것도 약속하지 않아."

애다이는 갑자기 결정을 내린 듯 보였다. 그는 양손을 뒤로 하고 천천히 집 쪽으로 발걸음을 옮겼다. 켐프는 당황한 표정으로 애다이를 쳐다보았다. 권총이 사라지는가 싶더니 번쩍 하며 시야에 다시 나타났다가 금세 또 사라졌다. 켐프의 시야에 더 가까이 다가오면서 자세히 보이기 시작했는데 작고 검은 물체가 애다이의 뒤를 따라오는 것이 확실했다. 순간 눈 깜짝할 사이에 일들이 벌어졌다. 애다이가 뒤로 몸을 날리며, 한 바퀴 획 돌아 이 조그만 물체를 낚아챘다. 하지만 그 물체를 놓치면서 공중에 작고 푸른 연기를 남겼고, 양 손을 치켜올린 채 앞으로 곤두박질치고 말았다. 켐프는 총소리를 듣지 못했다. 애다이는 버둥거리며 한쪽 팔에 의지해 일어서려다가 앞으로 고꾸라졌다. 그러곤 그대로 뻗어버렸다.

켐프는 잠시 꼼짝하지 않는 애다이의 몸뚱이를 무심하게도 가만히 바라보았다. 그날 오후는 퍽이나 덥고 조용했다. 세상에서 움직이는 것이라고는 가옥과 길 입구 중간에 있는 관목들 사이를 서로 뒤쫓으며 나는 노란 나비 한 쌍뿐이었다. 애다이는 정문 가까이 잔디밭에 쓰러졌다. 산마루 고갯길로 트인 모든 별장에는 블라인드가 내려져 있었다. 다만 작은 초록색 여름 별장 한 곳에서는 노인처럼 보이는 하얀 형체가 졸고 있었다. 켐프는 권총이 어디 있는지 보려 집 주변을 살펴보았지만 보이지 않았다. 그의 시선은 다시 애다이에게로 향했다. 멋지게 게임의 포문이 열린 셈이었다.

순간 벨소리가 울렸고 현관을 두드리는 소리가 들려왔다. 이윽고 그 소리는 폭발할 듯 격해졌다. 하지만 켐프의 지시에 따라 하인들은 제각기 방문을 잠그고 그 안에서 나오지 않았다. 잠시 정적이 이어졌다. 켐프는 앉아서 귀를 기울이며 세 창문 밖을 하나씩하나씩 조심스럽게 내다보았다. 그러곤 계단 머리로 가서 불안하게 귀를 기울이며 서 있었다. 그는 침실용 부지깽이로 무장한 채 1층 창문의 빗장을 다시 한번 점검하려 내려갔다. 모든 것이 안전하고 조용했다. 그는 전망대로 되돌아갔다. 애다이는 처음에 쓰러졌던 자갈이 깔린 잔디밭 가장자리에 그대로 미동도 없이 누워 있었다. 별장들 옆으로 난 길을 따라 가정부와 경찰 두 사람이 걸어왔다.

사방이 쥐 죽은 듯이 조용했다. 세 사람은 아주 천천히 다가오는 듯했다. 켐프는 자신의 적이 무슨 짓을 저지르는지 불안했다.

순간 그는 깜짝 놀랐다. 아래층에서 깨지는 소리가 났던 것이다. 그는 머뭇거리다가 다시 아래층으로 내려갔다. 갑자기 온 집 안에 강하게 충격을 가하는 소리와 함께 나무가 쪼개지는 소리가 울렸다. 와장창 깨지는 소리가 들렸고 덧문의 쇠빗장이 쩽그랑 하고 떨어져나가는 소리가 났다. 그는 열쇠를 돌려 부엌 문을 열었다. 그사이에 덧문이 쪼개져 박살나면서 그 잔해가 방 안으로 날아 들어왔다. 순간 그는 소스라치게 놀라 그 자리에 꼼짝 않고 섰다. 빗장 하나를 제외하면 창틀 자체는 아직 손댄 흔적이 엿보이지 않았다. 하지만 그 창틀에는 이 모양의 앙상한 유리 조각만이 붙어 있었다. 덧문은 이미 도끼에 산산조각이 나 있었다. 이제 도끼는 창틀과 그것을 지탱하는 쇠창살을 마구 내리쳤다. 그러자 별안간 창틀이 옆으로 홱 날아가 사라졌다. 그때 그의 두 눈에 바깥 통로에 눕혀진 권총이 들어왔다. 순간 그 작은 무기가 허공으로 뛰어 올랐다. 그는 뒤로 몸을 피했지만 뒤늦게 권총이 불을 뿜었고 닫힌 문 모서리에서 날아온 나뭇조각이 머리를 스쳤다. 그는 거세게 문을 닫아 잠갔다. 그가 바깥에서 서 있자니, 그리핀이 고함을 치며 웃어대는 소리가 들렸다. 그런 다음 쪼개지고 부서지는 소리와 함께 또다시 요란한 도끼질이 시작되었다.

켐프는 복도에 서서 묘안을 생각해내려 애썼다. 순식간에 투명인간이 부엌으로 침입할 것만 같았다. 문은 곧 부서지고 말 것이다. 그렇게 된다면…….

현관에서 또다시 벨소리가 울렸다. 경찰관들이 도착한 것이다. 그는 홀로 달려가서 쇠사슬을 벗기고 빗장을 풀었다. 그는 쇠사슬을 벗기기 전에 소녀의 목소리를 확인했다. 문이 열리자, 세 사람이 일제히 집 안으로 뛰어들었다. 켐프는 다시 거세게 문을 닫았다.

"투명인간이오!" 켐프가 말했다. "놈은 권총을 가졌는데 탄환 두 발이 남았소. 놈이 애다이 서장을 죽였어요. 어떻게든 놈에게 총을 쏴요. 잔디밭에 쓰러진 서장을 보지 못했소? 그는 거기에 쓰러져 있어요."

"누구 말인가요?" 한 경관이 말했다.

"애다이 서장 말입니다." 켐프가 말했다.

"우리는 뒤쪽으로 돌아 왔어요." 소녀가 말했다.

"저 박살이 나는 소리는 뭐지요?" 한 경관이 물었다.

"놈이 부엌에 들어왔거나 아니면 곧 들어오고 말 겁니다. 놈이 도끼를 찾아내서……."

갑자기 온 집 안이 부엌 문을 내리치는 투명인간의 도끼질 소리로 가득 찼다. 소녀는 부엌 쪽을 쳐다보고는 몸서리치더니 식당으로 물러났다. 켐프는 더듬거리며 사태를 설명하려 했다. 순간 그들의 귓가에 부엌 문이 열리는 소리가 들렸다.

"이리로." 켐프가 소리치며 식당 문간 쪽으로 경관들을 이끌었다.

"부지깽이." 난롯가로 달려가며 말했다. 그는 난롯가에서 가져온 부지깽이를 한 경관에게 건네고 나서, 식당으로 달려가서 가져온 부지깽이를 또 다른 경관에게 건넸다. 그러다가 갑자기 뒤로 펄쩍 뛰었다.

"야앗!" 한 경관이 소리치며 홱 머리를 숙이고 부지깽이로 도끼를 막았다. 권총이 총성을 두발 울리며 발사됐고 총알은 값비싼 시드니 쿠퍼의 그림을 꿰뚫었다. 다른 경관이 말벌을 때려잡듯이 부지깽이로 작은 무기를 내리쳤다. 그러자 그 권총이 소리를 내며 바닥에 떨어졌다.

첫 총성을 듣는 순간 소녀는 비명을 질렀다. 그녀는 한동안 난롯가에 서서 비명을 질러댔다. 그러곤 잠시 후 박살이 난 창문으로 달아나려는 생각에서 창가로 달려가 덧문을 열어젖혔다.

도끼가 복도로 물러나더니, 바닥에서 60센티미터 가량 되는 지점으로 떨어졌다. 모두 투명인간의 숨소리를 들을 수 있었다. "너희 두 놈은 비켜." 투명인간이 말했다. "내가 원하는 놈은 켐프야."

"우리는 네놈을 원해." 한 경관이 날렵하게 한 걸음 다가서면서 부지깽이로 목소리가 들린 곳을 향해 휘두르며 말했다. 투명인간은 홱 뒤로 물러서는 바람에 우산꽂이와 부딪치고 말았다. 그 순간 경관은 경관대로 허공을 헛되이 휘두르다가 중심을 잃고 비틀거렸다. 투명인간은 이때를 놓치지 않고 도끼로 반격을 가했다. 경관의 헬멧이 종이처럼 구겨졌고 일격을 당한 경관은 부엌 계단의 머리맡에서 바닥으로 굴러 떨어졌다. 하지만 또 다른 경관이 부지깽이로 도끼 뒤쪽을 겨누며 내리쳤다. 부드러운 뭔가가 딱 소리를 내는 동시에 고통에 찬 날카로운 비명 소리와 함께 도끼가 바닥에 떨어졌다. 경관이 다시 한 번 허공을 휘둘렀지만 빗나갔다. 경관은 발로 도끼를 밟고 다시 한 번 부지깽이를 휘둘렀지만, 이번에도 허사였다. 그는 부지깽이를 든 채 그 자리에 서서 조그만 움직임이 내는 소리라도 들리지 않을까 해서, 신경을 곤두세우고 귀를 기울였다.

식당 창문이 열리는 소리와 함께 누군가 재빨리 들어서는 발소리가 들렸다. 동료 경관이 몸을 돌려서 일어나 앉았다. 눈과 귀 사이로 피가 흘렀다. "놈은 어딨지?" 바닥에 주저앉은 경관이 물었다.

“모르겠어. 내가 놈을 후려쳤거든. 놈은 홀 어딘가에 있을 거야. 자네 곁을 지나 달아나지 않았다면 말이야. 그런데 켐프 박사님은…… 박사님.”

조용했다.

“켐프 박사님.” 경관이 다시 외쳤다.

쓰러졌던 경관이 힘겹게 일어서려고 애를 썼고 결국에는 일어섰다. 그때 불현듯, 맨발로 부엌 계단을 올라가는 듯한 발소리가 희미하게 들렸다. “얏!” 부지깽이를 든 경관이 아무렇게나 부지깽이를 내던지며 외쳤다. 부지깽이가 작은 가스등 받침을 깨뜨렸다.

그는 아래층으로 투명인간을 뒤쫓아가 볼까 생각했지만 일순 그보다 좋은 생각이 떠올랐는지 식당으로 뛰어들었다.

“켐프 박사님.” 말을 꺼내려던 그는 갑자기 말문을 닫았다.

“켐프 박사님은 영웅이야.” 동료 경관이 어깨너머로 돌아다보며 말했다.

식당 창문은 활짝 열려 있었고 가정부도 켐프도 보이지 않았다.

쓰러졌다가 일어난 경관은 켐프에 대한 견해를 간결하면서 명확하게 피력했다.

28 사냥된 사냥꾼

별장 소유자들 중에 켐프 박사의 집에서 가장 가까운 이웃 헤라스는 켐프의 집이 포위 공격을 당할 때, 자신의 여름 별장에서 잠에 빠져 있었다. 헤라스는 투명인간에 관한 "이 모든 터무니없는 일들"을 믿지 않는 완고한 소수의 사람들 가운데 한 명이었다. 그러나 나중에 그가 상기했듯이 그의 부인은 투명인간에 관한 얘기를 믿었다. 헤라스는 아무 문제될 게 없다는 듯 뜰을 거닐거나, 매년 여름이 찾아오면 항상 그랬듯이 오후가 되면 낮잠을 즐겼다. 그는 창문이 부서지는 소리에도 잠에서 깨어나지 않았다. 하지만 어느 순간 갑자기 무슨 불길한 일이 일어난 것은 아닐까 하는 기묘한 예감에 사로잡혀 잠에서 깨어났다. 그는 켐프의 집으로 눈을 돌렸다. 그러곤 눈을 비비대며, 다시 한 번 켐프의 집을 눈여겨보았다. 이제 그는 발을 땅에 디디고서 자리에 앉아 귀를 기울였다. 이런 맙소사 하고 그는 감탄사를 내뱉었다. 그의 눈앞에서 기괴한 일이 벌어졌다. 그 집은 마치 맹렬한 폭동이 일어난 후 몇 주일 동안 버려진 채 방치된 모습처럼 보였다. 창문이란 창문은 모두 부서졌고 전망대 서재의 덧문을 제외하고는 창문 안쪽의 덧문이란 덧문은 모두 닫혀 있었다.

“분명 이십 분 전까지만 해도 아무 일이 없었는데.” 그는 회중시계를 쳐다보며 말했다.

규칙적으로 충격이 일어났고 유리가 박살나는 소리가 저 멀리서 들려왔다. 그리고 입을 딱 벌리고 앉아 있으려니, 얼마 지나지 않아 한층 놀라운 일이 일어났다. 식당 창의 덧문이 거칠게 열렸고, 야외용 모자를 쓰고 외출복을 입은 가정부가 미친 듯이 여닫이창을 밀어서 열려고 버둥거리는 광경이 보였다. 갑자기 한 남자가 그녀 옆으로 나타나더니 그녀를 도왔다. 다름 아닌 켐프 박사였다! 창문이 열리고, 가정부가 간신히 빠져나왔다. 그녀는 앞쪽으로 몸을 던지더니 관목 숲으로 모습을 감추었다. 이 놀라운 광경을 본 헤라스는 알아들을 수 없는 말을 미친 듯이 지껄이며 일어섰다. 그는 계속해서 켐프가 창턱에 올라선 후 창문을 뛰어내리자마자 관목 숲 사이로 트인 길을 따라 달려가는 모습을 지켜보았다. 그는 사람의 눈길을 피하려는 듯 뛰어가면서도 몸을 웅크리곤 하다가 금사슬나무 뒤로 사라졌다. 그러곤 다시 모습을 드러내, 활짝 트인 언덕에 접한 울타리를 기어올랐다. 곧 그는 울타리를 넘어서 헤라스의 별장을 향해 무서운 속도로 비탈길을 내달렸다.

“맙소사!” 어떤 생각이 뇌리를 스쳤는지 헤라스가 외쳤다. “짐승 같은 투명인간이 나타난 모양이야! 결국 그 이야기는 사실이었어!”

헤라스는 이렇게 생각하고 즉시 행동에 착수했다. 그때 위층 창문 너머로 헤라스를 지켜보던 헤라스의 요리사는 자신의 주인이 시속 15킬로미터는 됨직한 속도로 집으로 달려오는 모습을 보고는 깜짝 놀랐다. "두려워하는 게 없는 사람인데," 요리사가 말했다. "메리, 빨리 이리 와봐!" 쾅 하고 문이 닫히는 소리, 벨소리, 곧이어 황소처럼 고함치는 헤라스의 목소리가 들려왔다. "문을 닫고 창문을 닫아. 문이란 문은 모두 닫아! 투명인간이 오고 있어!" 순식간에 온 집안이 비명 소리와 명령 소리, 허둥대는 발소리로 가득 찼다. 헤라스 자신도 달려가서 베란다로 통하는 프랑스식 창문(보통 정원이나 발코니로 통하는, 좌우로 열리는 두 짝 유리창)을 닫았다. 그렇게 서두르는 사이에 켐프의 머리와 어깨와 무릎이 정원 울타리 꼭대기 위로 나타났다. 다음 순간 켐프는 아스파라거스(백합과의 여러해살이 식물)를 헤치고 테니스 잔디밭을 가로질러 이 집으로 달려왔다.

"들어오게 할 순 없소." 헤라스가 빗장을 걸면서 말했다. "놈이 당신을 쫓아오는 건 정말 안됐소만, 당신을 들어오게 할 순 없소!"

켐프는 공포에 질린 얼굴을 유리창에 바짝 붙이고는 미친 듯이 프랑스식 창문을 두드리고 흔들었다. 그러다가 어떻게 해도 소용없다는 것을 깨닫고는 둥근 아치형 지붕의 베란다를 따라 돌아가서 옆문을 거세게 두드렸다. 그러곤 샛문을 돌아 그 집 현관으로 가서는 그곳에서 언덕길 쪽으로 달려갔다. 바로 그때 창밖을 바라보던 헤라스는 보이지 않는 발에 마구 짓밟히는 아스파라거스를 보고는 공포에 질려 얼굴이 새파래졌다. 그 때문에 켐프가 사라지는 모습이 그의 눈에 들어오지 않았다. 결국 헤라스는 황급히 2층으로 달아났다. 이제 추격전은 그의 시야에서 사라지고 말았다. 그러나 그가 계단의 창 옆을 지나치는 순간 샛문이 쾅 하고 닫히는 소리가 들렸다.

켐프는 언덕길로 접어들자 자연스럽게 내리막길을 택했다. 불과 나흘 전만 해도 자신의 전망대 서재에서 비아냥거리는 시선으로 바라보았던 바로 그 사람처럼 달렸다. 그는 평상시 달려보지 않은 사람치고는 제법 잘 달렸다. 창백해진 얼굴은 땀투성이였지만 정신만은 끝까지 냉정함을 잃지 않았다. 그는 보폭을 넓게 하면서 군데군데 길바닥이 험하거나 거친 돌멩이가 있거나 깨어진 유리 조각이 눈부시게 반짝이거나 할 때마다 어디에 있든 그것들을 건너뛰어 자신을 뒤따라오는 보이지 않는 맨발이 그 길을 지나치도록 이끌었다.

켐프는 난생처음 언덕길이 엄청나게 멀고 황량하다는 것을 알게 되었다. 또한 언덕 기슭에서 내려다보는 아랫마을 입구는 이상하리만치 멀게만 느껴졌다. 앞으로 달려가는 것만큼 느리거나 고통스러운 것은 없는 듯 느껴졌다. 오후의 태양 아래 잠에 빠진 듯 서 있는 적막한 별장들은 하나같이 문을 닫고 빗장을 채워놓았다. 문을 걸어 잠근 것은 의심의 여지 없이 자신의 지시에 의한 것이었다. 여하튼 집집마다 사람들이 이처럼 예측 못 한 사건을 내다보았을 것이다! 이제, 마을이 솟아올랐고 그 뒤의 배경으로 자리한 바다는 더는 보이지 않았다. 그리고 저 아래로는 사람들이 분주하게 움직였다. 철도마차[철도 선로 위에 있는 차량을 말이 끄는 수송 기관] 한 대가 언덕 기슭에 막 도착했는데 바로 그 역 뒤에는 경찰서가 있었다. 뒤에서 들려오는 소리가 발소리일까? 조금만 더 분발해 달리자.

사람들이 저 아래에서 켐프를 응시했고 한두 명은 달아나기도 했다. 켐프는 숨이 차서 몹시 헐떡거렸다. 이제 정차한 철도마차가 아주 가까워졌다. 그 순간 술집 졸리 크리킷터스에서는 문을 닫는 소리가 시끄럽게 들려왔다. 철도마차 너머로는 우체통이 있었고 하수도 공사를 하는 중인지 자갈이 산더미같이 쌓여 있었다. 철도마차에 뛰어올라 문을 걸어 잠그고 경찰서로 갈까 하는 생각이 그의 뇌리를 스쳤다. 다음 순간 그는 술집 졸리 크리킷터스의 문 앞을 지나쳤다. 그리고 어느새 사람들 틈에 끼여 거리의 막다른 곳에 들어서 있었다. 철도마차의 마부와 조수는 미친 듯 달리는 켐프의 모습을 보며 눈을 떼지 못한 채 풀어놓은 철도마차의 말들 곁에 서서 빤히 쳐다보았다. 저편을 보니 깜짝 놀란 인부들의 그림자가 산더미같이 쌓아 올린 자갈 위로 보였다.

켐프는 잠시 발걸음을 멈추고 나서 추격자의 날랜 발소리에 귀를 기울였다. 그러곤 다시 앞으로 힘껏 달렸다. "투명인간이다!" 그는 어설픈 몸짓으로 인부들에게 소리쳤다. 그리고 순간적으로 묘안이 떠올라 파헤친 구덩이를 뛰어넘었고, 힘깨나 쓰게 생긴 인부들 틈을 지나쳐 추적자가 인부들에게 가로막히게 했다. 그러곤 경찰서로 가려던 생각을 단념하고 달려오는 청과물 수레를 피해 조그만 옆길로 들어갔다. 그는 제과점 문 앞에서 아주 잠깐 동안 주저하다가 다시 중심 힐 가로 되돌아가게 해줄 한 샛길의 입구로 달려갔다. 그곳에서 놀던 어린아이 두세 명이 유령이라도 본 듯 비명을 지르면서 뿔뿔이 흩어져 사방으로 달아났다. 그 즉시 집집마다 대문과 창문이 열리더니, 흥분한 어머니들이 자신의 애정을 과시하며 황급히 뛰쳐나왔다. 켐프는 다시금 철도마차 종점에서 삼백 미터가량 떨어진 힐 가를 향해 쏜살같이 달렸다. 그는 곧 사나운 고함소리를 내며 사람들이 달린다는 것을 깨달았다.

켐프는 언덕 쪽으로 나 있는 거리를 흘끗 올려다보았다. 겨우 11미터쯤 되는 곳에서 건장한 인부가 삽을 마구 휘두르고 욕을 툭툭 내뱉으면서 달려왔고, 그 뒤에선 철도마차 차장이 주먹을 불끈 쥔 채 다가왔다. 그리고 그 거리 위쪽에서는 주먹을 휘두르고 고함치며 쫓아왔다. 저편 아랫마을 쪽에서는 한 무리 남녀가 달려왔다. 그리고 켐프는 손에 막대기를 든 한 남자가 상점 문밖으로 뛰쳐나오는 모습을 똑똑히 보았다. "옆으로 벌려요! 옆으로 벌려요!" 누군가 소리쳤다. 켐프는 갑자기 이 추격전의 상황이 변한 것을 직감했다. 그는 발을 멈추고 숨을 몰아쉬며 주위를 둘러보았다. "놈이 가까이 있어요!" 그가 소리쳤다. "일렬로 서요……."

"이런!" 목소리가 외쳤다.

켐프는 귀 밑을 거세게 얻어맞고 비틀거리면서 보이지 않는 적수 쪽으로 얼굴을 돌렸다. 그는 간신히 두 발을 땅바닥에 붙이고 상대방을 향해 허공에 주먹을 휘둘렀으나 빗나가고 말았다. 그러곤 또다시 턱밑을 얻어맞고는 땅바닥에 곤두박질쳤다. 그러고는 보이지 않는 무릎에 옆구리를 차였다. 이어 보이지 않는 두 손이 모질게 목을 졸라왔다. 그 순간 그는 적의 한쪽 손의 힘이 약하다는 것을 느꼈다. 켐프는 약한 쪽 팔목을 비틀었고 상대방은 고통스런 비명을 질렀다. 곧 인부의 삽이 켐프의 몸뚱이 위 허공으로 소용돌이치듯 날아들었다. 퍽퍽 하는 둔탁한 소리와 함께 삽은 뭔가를 두들겨 팼다. 켐프는 자신의 얼굴로 땀방울이 떨어지는 것을 느꼈다. 별안간 목을 조르던 두 손의 힘이 풀렸다. 순간 켐프는 죽을힘을 다해서 힘

빠진 적의 어깨를 잡아 놈을 쓰러뜨리고, 그 투명인간에게서 빠져 나왔다. 그러곤 땅바닥 가까이에 있는 보이지 않는 팔꿈치를 꽉 잡았다. "놈을 잡았어!" 켐프가 소리쳤다. "도와줘요! 놈을 잡는 걸 도와줘요! 놈이 쓰러져 있어요! 놈의 발을 잡아요!"

순간 사람들이 동시에 투명인간에게 덤벼들어 한바탕 싸움에 가세했다. 갑자기 그 도로에 들어선 낯선 이라면, 그 광경을 보고는 굉장히 난폭한 럭비 게임이라도 벌이는 줄 착각했을지도 모른다. 그러던 어느 순간, 켐프의 외침이 있은 후 더는 외침이 들리지 않았다. 단지 주먹질과 발길질이 오가는 소리, 무거운 숨소리만이 들렸다.

바로 그때 투명인간은 괴력을 발휘해 상대방 둘을 물리치고 몸을 일으켰다. 켐프는 사슴을 쫓는 사냥개처럼 앞에서 투명인간을 붙들고 늘어졌다. 그러자 손이 십여 개 덤벼들어 투명인간을 꽉 붙잡고는 공격을 가했다. 철도마차 차장이 갑자기 투명인간의 목과 어깨를 잡고는 뒤로 잡아당겼다.

여러 사람이 뒤엉킨 채 엎치락뒤치락 몸부림치며 뒹굴었다. 거세게 발길질을 하기도 했다. 그러자 갑자기, 곧바로 죽기라도 할 듯 "살려줘요! 살려줘요!" 하고 외치는 목이 메인 거친 절규가 터져나왔다.

"물러서, 멍청이들아!" 켐프가 감정을 억누른 목소리로 말했다. 그러곤 건장한 몸집들을 거세게 떼밀었다. "녀석이 크게 다쳤다니까. 어서 물러서!"

공간을 만들기 위해 물러서다 보니 잠시 몸싸움이 벌어졌다. 이

읏고 얼굴이 붉게 상기된 사람들이 원형으로 빙 둘러섰는데, 그들의 눈엔 켐프 박사가 무릎을 꿇은 채 40센티미터 정도 떨어진 허공에서 보이지 않는 두 팔을 잡아 바닥에 누르는 광경이 목격되었다. 켐프 뒤에서는 한 경관이 보이지 않는 발목을 꽉 잡아 눌렀다.

"놈에게서 손을 놓지 말아요." 거구의 인부가 피로 얼룩진 삽을 잡은 채 큰 소리로 말했다. "놈이 속임수를 쓰는 거라고요."

"속임수를 쓰는 게 아닙니다." 박사가 조심스럽게 몸을 일으키면서 말했다. "놓지 않을 거요." 그의 얼굴은 피멍이 들어 불그스름했다. 입술에도 피멍이 들어 목소리조차 이상하게 들렸다. 그는 한 손을 떼더니, 보이지 않는 얼굴을 만져보는 듯했다. "입 언저리가 축축하게 젖었소." 그가 말했다. 그러곤 또 한마디 내뱉었다. "이럴수가!"

켐프는 갑작스레 일어났다가, 투명인간의 바로 옆 땅바닥에 무릎을 꿇었다. 점점 새로 온 사람들이 밀려들면서 무거운 발소리와 함께 서로 밀고 당기고 하는 모습이 보였다. 이제 집 안에 있던 사람들도 밖으로 뛰쳐나왔다. 별안간 술집 졸리 크리킷터스의 문이 활짝 열렸다. 하지만 아무도 말이 없었다.

켐프가 손으로 허공을 더듬으며 뭔가를 감지해보는 듯했다. "숨이 끊어진 것 같아요. 옆구리가…… 아아!"

바로 그때 덩치 큰 인부의 팔 밑을 들여다보던 한 노파가 갑자기 날카로운 비명을 질렀다. "저것 봐!" 주름살투성이의 손가락을 내밀면서 그녀가 말했다.

그러자 모든 사람이 그녀의 손가락 끝이 가리키는 곳으로 눈을 돌렸다. 그곳에 마치 유리로 만들어진 듯 희미하고 투명하며 축 늘어진 핏기 없는 손의 윤곽이 보였다. 너무 투명한 나머지 정맥과 동맥과 뼈와 신경마저 보일 정도였다. 사람들이 쳐다보려니 그 빛깔이 점차 뿌옇게 변하더니, 어느새 불투명해졌다.

"저것 봐요!" 경관이 소리쳤다. "다리가 보이기 시작해요!"

그렇게 천천히, 손과 발을 시작으로 사지에서 몸통으로 신기한 변화가 계속해서 일어났다. 그것은 마치 독소가 천천히 온몸에 퍼져가는 것처럼 보였다. 맨 먼저 작고 하얀 신경이 드러나면서 연한 잿빛을 띤 사지의 윤곽이 드러났다. 그러곤 유리와도 같은 뼈와 복잡하게 얽힌 동맥이 드러났고, 곧이어 살과 피부가 처음에 희미한 안개처럼 나타나더니, 점차 빠르게 그 빛깔이 짙어지면서 불투명해졌다. 곧 사람들은 뭉개진 가슴과 어깨, 그리고 상처투성이에 반죽처럼 일그러진 얼굴을 어렴풋이 볼 수 있었다.

켐프가 몸을 일으킬 수 있도록 사람들이 물러섰을 때 마침내 땅바닥에 쓰러진 벌거숭이의 처참한 몸뚱이가 드러났다. 온몸이 시퍼렇게 멍들고 골절상을 입은 몸뚱이는 서른 살가량 되어 보이는 젊은이였다. 머리카락과 수염이 하얀색이었다. 나이 탓에 샌 것이 아니라 색소 결핍증 때문인 듯했다. 그리고 그의 눈동자는 마치 석류석처럼 보였다. 양손을 꽉 쥔 채 두 눈을 동그랗게 뜬 그의 표정에는 분노와 절망이 깃들어 있었다.

"그 자의 얼굴을 가리시오!" 한 남자가 말했다. "제발 그 얼굴을 가려요!" 그러자 어린아이 셋이 군중을 밀치고 나가다가 갑자기 몸을 틀어 다시 제자리로 되돌아오고야 말았다.

누군가 술집 졸리 크리킷터스에서 시트 한 장을 가지고 와서 그의 몸을 덮었다. 그런 후에 사람들은 그 몸뚱이를 그 술집 안으로 운반했다.

에필로그

이렇게 해서 투명인간의 불가사의하고 사악한 실험에 관한 얘기는 끝났다. 투명인간에 대해서 더 많은 얘기를 알고 싶다면 포트 스토 가까이에 있는 작은 선술집으로 찾아가 그 집 주인에게 물으면 된다. 그 선술집의 간판에는 널빤지에 덩그러니 모자와 장화만을 그려놓았고 이름은 이 이야기의 제목과 똑같다. 선술집 주인은 원통처럼 돌출된 코와 빳빳한 머리카락을 가진 작고 뚱뚱한 사람으로 이따금씩 붉게 취한 얼굴을 하고 있다. 그곳에서 아낌없이 술만 마셔준다면, 그는 그 후에 자신에게 일어난 모든 일과, 변호사들이 어떻게 해서 자신에게 걸려든 보물을 빼앗아가려 했는가에 관해서 떠들썩하게 들려줄 것이다.

"결국 변호사들이 그 돈이 누구의 것인지 입증하는 걸 포기했을 때, 난 정말 기뻤소. 그 자들이 나를 주인 없는 엄청난 돈을 품은 매장물(埋藏物) 따위로 취급하지 않을 거라고 생각하니 말이오! 내가 주인 없는 돈을 품은 매장물로 보이오? 그러던 차에 한 신사 양반이 엠파이어 뮤직홀에서, 내가 겪은 일들을 들려주는 조건으로 하룻밤에 1기니[21실링에 해당되는 영국의 옛 금화]를 주었소. 그저 내 입으로 직접 사람들에게 들려주는 것만으로 말이오. 단 한 가지 이야기만 빼고 말이오."

그는 이처럼 말하곤 한다.

혹시 그가 쉴 새 없이 내뱉는 장황한 회고담을 갑자기 중단하고 싶은 생각이 들면, 당신은 언제든 그 이야기 속에 세 권의 원고에 관한 사실은 없는지 물어보면 된다. 그는 원고에 관한 사실도 있다는 것을 인정하고, 세상 사람들이 자신이 그 원고를 가진 줄 안다고 단언하면서 계속 설명하려 할 것이다! 하지만 유감스럽게도 그는 그것을 가지고 있지 않다. "내가 도망쳐 포트 스토로 갔을 때, 투명인간이 그것을 가지고 가서 숨겨버린 거요. 사람들이 내가 그 원고를 갖고 있다고 생각하는 것은 켐프 씨가 그런 얘기를 유포했기 때문이오."

그러고 나서 그는 시름에 잠긴 듯한 태도를 보이다가 넌지시 당신의 얼굴을 쳐다보고는 불안한 눈빛으로 안경을 만지작거린 후 곧 바에서 떠나버린다.

그는 혼자 사는 사내로, 그런 사내가 으레 가질 법한 성미를 지녔다. 그의 집에는 여자라고는 한 사람도 없다. 그는 외출할 때처럼 어쩔 수 없는 경우에는 단추를 채우지만, 아주 사적인 자리에서는, 이를테면 멜빵을 매야 할 경우에도 그것을 끈으로 대신한다. 집안일을 할 때는 계획성 없이 하면서도 유난히 예법을 따진다. 동작은 굼떴지만 굉장히 고심해 일을 처리한다. 하지만 그는 마을에서 지혜롭고, 지나칠 만큼 인색한 사람으로 명판이 나 있다. 그리고 잉글랜드 남부의 도로에 관한 지식은 코벳(William Cobbett, 1763~1835. 영국의 급진적 문필가]을 능가할 것이다.

그리고 외부 세계와 담을 쌓고 있는가 하면, 일요일 아침, 그러니까 일 년 내내 일요일 아침만 되면, 그리고 밤 열 시가 넘기라도 하면 물을 섞은 빛깔이 연한 진 한 잔을 들고 바의 특별실로 들어가곤 한다. 그리고 그 술잔을 내려놓고, 문을 잠그고 블라인드를 점검해보고 심지어 테이블 밑까지 들여다본다. 그러고 나서야 아무도 없다는 것에 만족스러워하며 벽장문에 달린 자물쇠를 풀고, 벽장문을 열고 그 안에서 상자 하나를 꺼낸다. 그는 상자에 달린 서랍을 열고 갈색 가죽으로 제본한 책 세 권을 끄집어내어 엄숙한 태도로 테이블 한가운데 내려놓는다. 책 표지는 거센 풍상에 시달렸는지 해조처럼 푸르스름하게 변해 있다. 한번 개천에 빠져 일부 페이지가 더러운 오물에 흠뻑 젖은 적이 있기 때문이다. 그 선술집 주인은 안락의자에 앉은 채 길쭉한 사기 파이프에 천천히 담배를 채우며 흡족한 듯이 책을 들여다본다. 그러다가 자기 앞으로 한 권을 잡아당긴 후 그 책을 펼치고는, 책장을 이리저리 앞뒤로 넘기면서 유심히 읽는다.

그는 이맛살을 찌푸리고 입술을 일그러뜨린다. "마술, 엉터리 속임수에 지나지 않아. 작은 책 두 권은 허공에 붕 떠 있는 것만 같아. 이런! 또 한 권은 지식인이나 읽을 만한 책이겠어!"

그는 곧 긴장을 풀고 의자에 등을 기댄다. 그러곤 담배 연기 속에서 그 방 맞은편 쪽으로 다른 사람들 눈에는 보이지 않는 사물들을 힐끔 쳐다본다. "비밀투성이야." 그가 말을 내뱉었다. "불가사의한 비밀이야! 이런! 내가 그 모든 비밀을 풀 수만 있다면……. 그 자가 범했던 실수를 하지 않을 텐데. 정말 잘 이용할 텐데!" 그는 파이프를 빨아댄다.

파이프를 빨아대면서 그는 꿈, 자기 삶의 영원한, 불가사의한 꿈 속으로 빠져든다. 켐프가 부단히 찾고 있고, 애다이가 주도면밀하게 수사해왔지만, 이 선술집 주인 말고는 그 누구도 투명성에 대한 불가사의한 비밀과 그 외 십여 가지의 이상한 비밀을 담은 그 책들이 여기 있다는 것을 알지 못한다. 아마 그가 죽을 때까지 그 누구도 그 비밀을 알지 못할 것이다.

작품 해설

웰스의 삶과 문학

웰스는 무엇보다 사상과 상상력의 해방자라는 점에서 괄목할 만하다.

— 버트런드 러셀

시대를 앞서 간 문명 비평가이며 과학 소설의 아버지라 불리는 허버트 조지 웰스(H. G. Wells)는 1866년 9월 21일 잉글랜드의 켄트, 브럼리에서 태어났다. 아버지는 정원사이자 크리켓 선수였고, 어머니는 가정부였다. 두 사람은 결혼 후 작은 도자기 판매점을 운영하기도 하지만 곤궁한 생활을 벗어나지 못했다.

이처럼 평범한 하층 계급 출신이었던 웰스는 어려운 가정 형편 때문에 어린 시절 정규 교육을 제대로 받지 못했다. 그는 열네 살 무렵에 학교를 그만두고 여러 일을 전전하다가 부모의 뜻에 따라 포목상에서 도제 생활을 했지만 적성에 맞지 않아 2년여 만에 그만둔 후 미드허스트에서 교육 실습생 자리를 얻게 된다. 비로소 고등

교육의 기회를 얻게 된 그는 열여덟 살 되던 해인 1884년에 장학금을 받으며 우수한 성적으로 런던의 과학사범학교(런던대학 이학부의 전신)에 입학한다. 그곳에서 그는 유명한 생물학자 헉슬리(T. H. Huxley)〔헉슬리는 《종의 기원(The Origin of Species)》을 발표한 찰스 다윈의 가까운 동료이기도 했다. 《멋진 신세계(Brave New World)》의 작가 올더스 헉슬리의 조부였다. 그는 철학 · 종교적으로 불가지론을 주창했고 다윈의 진화론을 열렬히 지지했다. 다윈이 진화론 논쟁에 말려들려 하지 않은 것에 반해, 그는 진화론의 기수로 활동하면서 다양한 논쟁에 적극적으로 나서, 신학으로부터 과학의 독립을 주창했다〕를 만나게 되면서 인생의 새로운 전기를 맞는다. 웰스는 헉슬리에게서 3년간 과학을 배우면서 이후 그의 문학과 사상의 토대가 되는 논리적인 일관성과 과학적 추론, 진화론적이고 예언자적인 지적 사고를 갖추게 된다.

웰스는 학교를 졸업한 후 얼마간 과학 교사 생활을 하기도 했지만, 곧 문필에 뜻을 두고 단편 소설을 몇 편 쓰기 시작하면서 본격적으로 작가의 길에 접어든다. 그리고 마침내 1895년에 자신에게 큰 명성을 안겨준 《타임머신(The Time Machine)》을 발표한다. 《타임머신》은 암울한 인류의 미래를 보여주는 동시에 과학적인 수단을 통한 시간 여행의 가능성을 최초로 예시하며, 현재에 고정되어 있는 우리 사고의 지평을 과거와 미래로 넓혔다.

이후 4년여 사이에 웰스는 《닥터 모로의 섬(The Island of Dr. Moreau)》(1896), 《투명인간(The Invisible Man)》(1897), 《우주전쟁(The war of the Worlds)》(1898) 등의 작품을 발표하면서, 현대 문명에 대한 암울한 비전을 생생하게 그려낸다. 특히 다음 세기를 바로 앞두고 발표한 《우주전쟁》은 빅토리아 왕조의 낡은 전통과 인류의 진보에 대한 맹목적 믿음을 폭로하는 동시에 영국의 제국주의와 일상적인 삶에 매몰된 사람들의 모습을 비판하고 "과거 사물의 속박에서 해방되어야 한다"는 것을 강조했다. 웰스는 1902년 왕립학회에서 한 강연에서 다음과 같은 지론을 피력한 바 있다. "우리는 과거의 제약에 구속받지 않고 자기 행동의 창조적 노력을 실현해야 한다. 우리는 과거 사물의 속박에서 해방되어야 한다."

웰스는 이 같은 자신의 지론을 펼치며, 지구에서 먼 우주로 상상력을 확장한다. 또한 파국이라는 세기말의 암울한 비전을 그리면서도 파괴 속에서 새로운 건설을 꿈꾼다.

20세기 접어들면서 웰스는, 빅토리아 시대의 낡은 전통적 가치가 소멸된 후 새롭게 건설되는 가치와 세계 질서를 목격하면서 낙관주의적인 비전을 보인다. 《타임머신》을 시작으로 19세기 말에 발표한 작품들에서는 어두운 세계관에 투영되었던 과학적인 지식과 진화론적이고 예언자적인 지적 사고가 이제는 이상 사회와 새로운 세계상을 창조하고자 하는 낙관주의적인 전망에 기반을 둔 사상에 반영된다. 그러한 사상에 기초해 그는 1901년에 출간한 《예견(Anticipations)》에서 새로운 세기를 맞은 인류의 미래를 예견하고 진단하며 사회개혁적인 사상을 펼친다. 이러한 그의 사회개혁 사상은 페이비언협회[Fabian Society, 버나드 쇼, 시드니와 비어트리스 웨브 등이 주축이 되어 1884년에 영국 런던에서 결성한 영국의 사회주의 단체로 점진적인 개혁을 통한 사회변혁을 지향했다]와 유토피아적인 사회주의자들과 교류하면서 세계 단일국가라는 이상 세계에 대한 구상으로 이어진다. 하지만 무한한 상상력과 이상주의를 기반으로 하는 그의 사상은 온건한 점진적인 개량주의 노선을 띠었던 페이비언협회의 이상과 크게 대립한다. 결국 그는 페이비언협회가 추구하는 온건한 성격의 이상에서 벗어나 《모던 유토피아(A Modern Utopia)》(1905), 《신과 같은 인간(Men Like Gods)》(1923), 《다가오는 미래의 초상(The Shape of Things to Come)》(1933) 등을 통해 이상 사회를 지구에 한정하지 않고 우주적 차원으로까지 넓히며 더욱 거시적이고 혁신적인 유토피아 사상을 펼친다. 또한 《생명의 과학(The Science of Life)》(1930)과 《인류의 노동과 부와 행복(The Work, Wealth and Happiness of Mankind)》(1932) 등의 계몽주의적인 작품을 통해 세계 단일국가를 지향하는 사회 개혁과 진보를 역설한다.

하지만 2차 세계대전의 참사를 목격한 후 그는 오랫동안 품어왔던 낙관주의적인 전망에 회의감을 느끼고 만다. 결국 《사람의 운명(Fate of Homo Sapiens)》(1939)에서 조금씩 어두운 비전을 보이더니, 마지막 저작 《정신의 한계(Mind at the End of It's Tether)》(1945)에서는 오랜 세월 고수해온 낙관주의 세계관을 부정하고 만다. 그리고 다음 해인 1946년, 8월 13일에 여든의 나이로 조용히 생을 마감한다.

《투명인간》에 대하여

1) 멋대로 할 수 있는 자유

1897년에 발표된 《투명인간》은 우리에게 너무나 익숙한 투명인간, 보이지 않는 존재에 관한 과학 소설이다. 투명인간에 대한 생각은 플라톤의 《국가》에 언급된 기게스의 반지와 그리스 신화(일리아드)에서 등장하는 하데스의 모자〔그리스어로 '보이지 않는 자'라는 뜻을 지닌 하데스는 죽음의 세계를 지배하는 신인데, 그의 모자를 쓰면 모습이 보이지 않게 된다〕처럼 이미 오래전부터 존재했지만, 마법과 신화에 속하는 것이었다. 웰스에 와서야 비로소 현실성을 갖춘 보이지 않는 인간, 투명인간이라는 존재가 등장하게 되었다. 처음으로 웰스가 (과학적 엄밀성을 만족시키지는 못했더라도) 나름의 논리성을 갖춘 과학적인 설명(체내 색소를 제거하고, 공기의 굴절률과 같도록 인체의 굴절률을 조작)을 통해 투명인간의 가능성을 예시한 것이다.

하지만 투명인간의 과학적인 가능성을 예시하는 것에만 그쳤다면, 《투명인간》은 오늘날 영원한 SF의 고전으로 인정받지 못했을 것이다. 피할 수 없는 과학적인 허점이 있기 때문이다. 예컨대, 신체의 모든 부분이 투명해지면 빛은 망막에 상이 맺히게 하지 못하고 그대로 통과해버리기 때문에 투명인간 스스로도 아무것도 볼 수 없게 된다.

이처럼 과학적 논리의 허점에도 《투명인간》이 여전히 사람들의 마음을 끄는 것은 '기게스의 반지'의 현대판 우화로서 사람들의 은밀한 욕망을 그리는 데다, 우리는 여전히 '기게스의 반지'의 위력이 통하는 사회에 살고 있기 때문일 것이다. 플라톤의 《국가》를 보면, 리디아〔기원전 7세기부터 기원전 6세기까지 소아시아 서부 지방에서 번성하였던 왕국〕의 양치기 기게스의 이야기가 나온다. 그는 심한 뇌우와 지진이 있은 뒤에 생긴 갈라진 틈 속에서 청동 말을 발견한다. 그 말에 있는 문을 열고 안을 들여다보니, 손가락에 금반지를 낀 송장이 하나 있다. 그는 송장의 손가락에서 반지를 빼낸다. 그러곤 그 반지를 끼고 참석한 목동들의 모임에서 투명인간으로 변신하고 만다. 마법의 반지의 위력을 깨달은 그는 결국엔 왕비와 간통하고 그녀와 공모해 왕을 살해한 후 왕의 자리를 차지한다. 이처럼 목동에게 왕의 자리를 안겨준 '기게스의 반지'는 처벌을 받는 일없이 '멋대로 할 수 있는 자유(exousia)'를 상징한다. 그런 반지를 얻는다면 사람들은 어떤 행동을 보일까?

기게스는 그 반지의 의미를 깨닫는 순간, 순박한 양치기의 모습을 잃고 만다. 그리고 다시는 예전의 양치기로 돌아갈 수 없게 된다. 마법의 반지를 포기하지 못하기 때문이다. 이처럼 '기게스의 반지' 이야기는 우리에게, '멋대로 할 수 있는 자유'를 얻게 되었을 때, 우리는 어찌 할 것인가 하는 윤리적인 문제를 던져준다.

사실, 우리가 '투명인간이 된다면?' 하고 가정했을 때, 흔히 머릿속에 떠올리는 생각은 내가 남몰래 취할 수 있는 나쁜 짓들이다. 《투명인간》의 그리핀도 마법 반지를 얻게 된 기게스처럼 사악하고 은밀한 욕망에 눈을 뜬다. 하지만 그리핀은 투명인간이 되는 순간 한 가지 사실을 간과한다. 다시는 본래 모습으로 되돌아올 수 없다는 사실을.

남의 눈에 보이지 않는다는 것은 타인과 소통이 불가능하다는 것을 의미한다. 그리고 그렇게 타인과의 소통이 단절되면 될수록 투명인간은 타인에게서뿐 아니라, 자신에게서마저 멀어지고 망각되어 자신의 정체성과 존재감을 잃고 만다. 결국 그는 기게스가 다시 양치기가 될 수 없었던 것처럼 죽지 않는 한 보이는 인간으로 되돌아 갈 수 없게 된다.

2) 보이지 않는 인간

《투명인간》은 단순히 '기게스의 반지'의 교훈적인 우화에 그치지 않는다. 사실 그리핀은 투명인간이 되었지만, 결코 기게스가 얻은 것과 같은 '멋대로 할 수 있는 자유'를 얻지 못한다. 오히려 보이지 않기 때문에 투명인간은 자유에 많은 제한을 받는다. 벌거벗은 몸 때문에 추위와 싸워야 하고, 몸을 노출시킬 수도 있는 먼지나 비를 피해야 하고, 사람들이나 마차 같은 것에 부딪힐 위험에 항상 노출되어 있어 언제나 주변을 경계해야 하고, 몸에 들어간 음식물은 소화되기 전까지는 보이기 때문에 음식을 먹는데도 남의 눈길을 피해야만 한다. 그리고 몸을 드러낼 때는 사람들에게 괴물 같은 존재로 비춰지는 것을 감수해야 한다. 결국 투명인간은 보이지 않는다는 이유 때문에 괴물이 되어 사람들에게 쫓기는 신세가 되고 만다.

이 작품에서 가장 인상적인 것은 사람들의 오해와는 달리 그리핀은 쉽게 규정하기 힘든 복잡한 인물이라는 점이다. 세상에서 소외된 고독한 인물인 그를 단순히 미친 과학자, 공포의 대상이나 욕망에 사로잡힌 악인만으로는 볼 수 없다. 어쩌면 투명인간이 되기 전의 그리핀과 투명인간이 된 후의 그리핀은 별 차이가 없는 존재인지도 모른다. 사실 이 작품을 이해하는 데 중요한 것은 투명인간이라는 존재를 통해 웰스가 탁월하게 그려내는 사람들의 '보이지 않는 존재'에 대한 혐오감과 두려움, 그리고 그리핀의 '보이는 존재

(또는 것)'에 대한 '두려움을 동반한 미묘한 적대감'이다. 우리는 사람들의 그리핀에 대한 반감과, 그리핀이 놓인 처지 및 그의 심리를 그가 선천적인 색소 결핍증 환자였을 수도 있다는 사실에서 암시적으로 알게 된다. 그는 애초에 자신을 괴물 보듯 바라보는 사람들의 시선, 그리고 보인다는 것 자체 때문에 고통을 겪었을지도 모른다. 어쩌면 그래서 그는 아예 사람들의 시선에서 사라지는 길을 선택했을지도 모른다. 차라리 랠프 엘리슨(Ralph Ellison)의 소설 《보이지 않는 인간(Invisible Man)》(1952)의 주인공의 사회적인 처지〔그는 자신을 하나의 존재로 인정하지 않는 사회 속에서 그저 흑인으로, 사회적으로 보이지 않는 인간이 되어 살아가야 한다〕와도 같은 '보이지 않는 인간'이 되는 길을 선택한 것이다. 그렇게 볼 때 투명인간은 단순히 사람들에 대한 가해자나 기게스의 반지를 손에 넣은 양치기가 아니라 오히려 소수자와 타자의 위치에 머무는 존재가 된다. 때문에 그리핀이 투명인간이 되었다고 해서 그의 비극이 끝나지는 않는다. 그는 자신을 괴물처럼 보는 사람들의 시선을 피해 보이지 않는 존재가 되었지만, 이젠 아예 사람들의 세계에서 완전히 사라져야 하는, 사람들에게 죽임을 당할 운명인 진짜 괴물이 되고 만 것이다.

보이는 존재인 사람들의 보이지 않는 존재(투명인간)에 대한 혐오감과 두려움은 다수자가 소수자에게, 동일자가 타자에 대해 가지는 통념을 반영하고, 보이지 않는 존재로서 그리핀이 보이는 존재들에게 느끼는 감정은 타자의 불안한 심리를 반영한다. 결국 웰스는 사람들과 투명인간의 대조를 통해, 투명인간의 악한 짓에 앞서 사람들이 그에게 보이는 반응('보이지 않는 것' '보여야 할 것이 보이지 않는 것', 즉 '타자'에 대한 혐오감과 두려움)과 사람들의 통념을 암시적으로 보여준다. 그리핀이 보이는 세계에서 보이지 않는 세계로 배제된 타자라는 사실을 감안하면, 다양한 사람들 앞에서 죽은 시체로 서서히 드러나는 그의 모습을 (독자가) 보면서 묘한 페이소스를 느끼게 되는 것은 너무나 당연하다. 웰스는 마지막으로 다양한 사람들(켐프 박사, 경찰관, 호기심 많은 사람들, 인부들, 어린 아이들)과 빚어내는 떠들썩한 소동, 그리고 그것과 대조적인 느낌을 주는 투명인간의 최후 장면을 통해, '보이는 것'과 '보이지 않는 것'과의 대조적인 관계를 미묘한 뉘앙스로 그려낸다. 결국 투명인간의 시신은 상황과 전혀 어울리지 않지만, 안정을 되찾은 사람들의 심정을 대변하는 듯 보이는 '졸리 크리킷터스(유쾌한 크리켓 선수들)'이라는 술집 안으로 운반된다.

어쩌면 투명인간의 죽음이 비극으로 느껴지는 것은 100년이 넘게 지난 오늘날에도 그것과 같은 사건이 우리 주변에서 일상적으로 일어나기 때문일 것이다.

웰스의 팬인 옮긴이로서는, 《투명인간》이 국내에 아동판으로만 출간되어 있는 사실에 많은 아쉬움을 느껴왔다. 이번 기회에 《투명인간》을 직접 완역할 수 있는 기회를 갖게 되어 흐뭇하다.

끝으로 《타임머신》에 이어 《투명인간》을 번역할 수 있는 기회를 준 문예출판사에 감사의 마음을 전한다.

옮긴이

옮긴이 **임종기**

서강대학교 대학원에서 사회학을 전공하고 현재는 전문 번역가로 활동하고 있다. 지은 책으로《SF부족들의 새로운 문학 혁명, SF의 탄생과 비상》이 있으며, 옮긴 책으로《행복의 과학》,《유한계급론》,《아이스크림 메이커》,《자살클럽》,《도리언 그레이의 초상》,《악마를 찾아서》,《뷰티풀 브레인》,《얼음의 제국》,《찰스 다윈 평전》,《히든 브레인》,《야성의 부름》,《빅 스위치》,《우주전쟁》,《철학적 탐구》,《바로크 사이클》,《타임머신》 등이 있다.

투명인간

1판 1쇄 발행 2008년 8월 10일
2판 1쇄 발행 2025년 9월 19일

지은이 허버트 조지 웰스 | **옮긴이** 임종기
펴낸곳 (주)문예출판사 | **펴낸이** 전준배
출판등록 2004. 02. 11. 제 2013-000357호 (1966. 12. 2. 제 1-134호)
주소 04001 서울시 마포구 월드컵북로 21
전화 02-393-5681 | **팩스** 02-393-5685
홈페이지 www.moonye.com | **블로그** blog.naver.com/imoonye
페이스북 www.facebook.com/moonyepublishing | **이메일** info@moonye.com

ISBN 978-89-310-2581-1 04800
ISBN 978-89-310-2365-7 (세트)

■ 문예세계문학선

★ 서울대, 연세대, 고려대 필독 권장 도서 ▲ 미국대학위원회 추천 도서
● 《타임》 선정 현대 100대 영문 소설 ▽ 《뉴스위크》 선정 세계 100대 명저

1 **젊은 베르테르의 슬픔** 괴테 / 송영택 옮김
▲▽ 2 **멋진 신세계** 올더스 헉슬리 / 이덕형 옮김
▲●▽ 3 **호밀밭의 파수꾼** J. D. 샐린저 / 이덕형 옮김
4 **데미안** 헤르만 헤세 / 구기성 옮김
5 **생의 한가운데** 루이제 린저 / 전혜린 옮김
6 **대지** 펄 S. 벅 / 안정효 옮김
●▽ 7 **1984** 조지 오웰 / 김승욱 옮김
▲●▽ 8 **위대한 개츠비** F. 스콧 피츠제럴드 / 송무 옮김
▲●▽ 9 **파리대왕** 윌리엄 골딩 / 이덕형 옮김
10 **삼십세** 잉게보르크 바흐만 / 차경아 옮김
★▲ 11 **오이디푸스왕 · 아가멤논 · 코에포로이** 소포클레스 · 아이스킬로스 / 천병희 옮김
★▲ 12 **주홍글씨** 너새니얼 호손 / 조승국 옮김
▲●▽ 13 **동물농장** 조지 오웰 / 김승욱 옮김
★ 14 **마음** 나쓰메 소세키 / 오유리 옮김
★ 15 **아Q정전 · 광인일기** 루쉰 / 정석원 옮김
16 **개선문** 레마르크 / 송영택 옮김
★ 17 **구토** 장 폴 사르트르 / 방곤 옮김
18 **노인과 바다** 어니스트 헤밍웨이 / 이경식 옮김
19 **좁은 문** 앙드레 지드 / 오현우 옮김
★▲ 20 **변신 · 시골 의사** 프란츠 카프카 / 이덕형 옮김
★▲ 21 **이방인** 알베르 카뮈 / 이휘영 옮김
22 **지하생활자의 수기** 도스토옙스키 / 이동현 옮김
★ 23 **설국** 가와바타 야스나리 / 장경룡 옮김
★▲ 24 **이반 데니소비치의 하루** 알렉산드르 솔제니친 / 이동현 옮김
25 **더블린 사람들** 제임스 조이스 / 김병철 옮김
★ 26 **여자의 일생** 기 드 모파상 / 신인영 옮김
27 **달과 6펜스** 서머싯 몸 / 안흥규 옮김
28 **지옥** 앙리 바르뷔스 / 오현우 옮김
★▲ 29 **젊은 예술가의 초상** 제임스 조이스 / 여석기 옮김
▲ 30 **검은 고양이** 애드거 앨런 포 / 김기철 옮김
★ 31 **도련님** 나쓰메 소세키 / 오유리 옮김
32 **우리 시대의 아이** 외된 폰 호르바트 / 조경수 옮김
33 **잃어버린 지평선** 제임스 힐턴 / 이경식 옮김
34 **지상의 양식** 앙드레 지드 / 김붕구 옮김
35 **체호프 단편선** 안톤 체호프 / 김학수 옮김
36 **인간 실격** 다자이 오사무 / 오유리 옮김
37 **위기의 여자** 시몬 드 보부아르 / 손장순 옮김
●▽ 38 **댈러웨이 부인** 버지니아 울프 / 나영균 옮김
39 **인간 희극** 윌리엄 사로얀 / 안정효 옮김
40 **오 헨리 단편선** 오 헨리 / 이성호 옮김
★ 41 **말테의 수기** R. M. 릴케 / 박환덕 옮김
42 **파비안** 에리히 케스트너 / 전혜린 옮김
★▲▽ 43 **햄릿** 윌리엄 셰익스피어 / 여석기 옮김
44 **바라바** 페르 라게르크비스트 / 한영환 옮김
45 **토니오 크뢰거** 토마스 만 / 강두식 옮김
46 **첫사랑** 이반 투르게네프 / 김학수 옮김
47 **제3의 사나이** 그레이엄 그린 / 안흥규 옮김
★▲▽ 48 **어둠의 심장** 조지프 콘래드 / 이덕형 옮김
49 **싯다르타** 헤르만 헤세 / 차경아 옮김
50 **모파상 단편선** 기 드 모파상 / 김동현 · 김사행 옮김
51 **찰스 램 수필선** 찰스 램 / 김기철 옮김
★▲▽ 52 **보바리 부인** 귀스타브 플로베르 / 민희식 옮김
53 **페터 카멘친트** 헤르만 헤세 / 박종서 옮김
★ 54 **몽테뉴 수상록** 몽테뉴 / 손우성 옮김
55 **알퐁스 도데 단편선** 알퐁스 도데 / 김사행 옮김
56 **베이컨 수필집** 프랜시스 베이컨 / 김길중 옮김
★▲ 57 **인형의 집** 헨리크 입센 / 안동민 옮김
★ 58 **소송** 프란츠 카프카 / 김현성 옮김
★▲ 59 **테스** 토마스 하디 / 이종구 옮김
★▽ 60 **리어왕** 윌리엄 셰익스피어 / 이종구 옮김
61 **라쇼몽** 아쿠타가와 류노스케 / 김영식 옮김
▲▽ 62 **프랑켄슈타인** 메리 셸리 / 임종기 옮김
▲●▽ 63 **등대로** 버지니아 울프 / 이숙자 옮김
64 **명상록** 마르쿠스 아우렐리우스 / 이덕형 옮김
65 **가든 파티** 캐서린 맨스필드 / 이덕형 옮김
66 **투명인간** H. G. 웰스 / 임종기 옮김
67 **게르트루트** 헤르만 헤세 / 송영택 옮김
68 **피가로의 결혼** 보마르셰 / 민희식 옮김

(뒷면 계속)

★ 69 **팡세** 블레즈 파스칼 / 하동훈 옮김
70 **한국단편소설선** 김동인 외 / 오양호 엮음
71 **지킬 박사와 하이드** 로버트 L. 스티븐슨 / 김세미 옮김
▲ 72 **밤으로의 긴 여로** 유진 오닐 / 박윤정 옮김
★▲▽ 73 **허클베리 핀의 모험** 마크 트웨인 / 이덕형 옮김
74 **이선 프롬** 이디스 워튼 / 손영미 옮김
75 **크리스마스 캐럴** 찰스 디킨슨 / 김세미 옮김
★▲ 76 **파우스트** 요한 볼프강 폰 괴테 / 정경석 옮김
▲ 77 **야성의 부름** 잭 런던 / 임종기 옮김
★▲ 78 **고도를 기다리며** 사뮈엘 베케트 / 홍복유 옮김
★▲▽ 79 **걸리버 여행기** 조너선 스위프트 / 박용수 옮김
80 **톰 소여의 모험** 마크 트웨인 / 이덕형 옮김
★▲▽ 81 **오만과 편견** 제인 오스틴 / 박용수 옮김
★▽ 82 **오셀로 · 템페스트** 윌리엄 셰익스피어 / 오화섭 옮김
★ 83 **맥베스** 윌리엄 셰익스피어 / 이종구 옮김
▽ 84 **순수의 시대** 이디스 워튼 / 이미선 옮김
★ 85 **차라투스트라는 이렇게 말했다** 니체 / 황문수 옮김
★ 86 **그리스 로마 신화** 이디스 해밀턴 / 장왕록 옮김
87 **모로 박사의 섬** H. G. 웰스 / 한동훈 옮김
88 **유토피아** 토머스 모어 / 김남우 옮김
★▲ 89 **로빈슨 크루소** 대니얼 디포 / 이덕형 옮김
90 **자기만의 방** 버지니아 울프 / 정윤조 옮김
▲ 91 **월든** 헨리 D. 소로 / 이덕형 옮김
92 **나는 고양이로소이다** 나쓰메 소세키 / 김영식 옮김
★ 93 **폭풍의 언덕** 에밀리 브론테 / 이덕형 옮김
★▲ 94 **스완네 쪽으로** 마르셀 프루스트 / 김인환 옮김
★ 95 **이솝 우화** 이솝 / 이덕형 옮김
★ 96 **페스트** 알베르 카뮈 / 이휘영 옮김
▲ 97 **도리언 그레이의 초상** 오스카 와일드 / 임종기 옮김
98 **기러기** 모리 오가이 / 김영식 옮김
★▲ 99 **제인 에어 1** 샬럿 브론테 / 이덕형 옮김
★▲100 **제인 에어 2** 샬럿 브론테 / 이덕형 옮김
101 **방황** 루쉰 / 정석원 옮김
102 **타임머신** H. G. 웰스 / 임종기 옮김
●103 **보이지 않는 인간 1** 랠프 엘리슨 / 송무 옮김
●104 **보이지 않는 인간 2** 랠프 엘리슨 / 송무 옮김

▲105 **훌륭한 군인** 포드 매덕스 포드 / 손영미 옮김
106 **수레바퀴 아래서** 헤르만 헤세 / 송영택 옮김
▲107 **죄와 벌 1** 표도르 도스토옙스키 / 김학수 옮김
▲108 **죄와 벌 2** 표도르 도스토옙스키 / 김학수 옮김
109 **밤의 노예** 미셸 오스트 / 이재형 옮김
110 **바다여 바다여 1** 아이리스 머독 / 안정효 옮김
111 **바다여 바다여 2** 아이리스 머독 / 안정효 옮김
112 **부활 1** 레프 톨스토이 / 김학수 옮김
113 **부활 2** 레프 톨스토이 / 김학수 옮김
▲●114 **그들의 눈은 신을 보고 있었다**
조라 닐 허스턴 / 이미선 옮김
115 **약속** 프리드리히 뒤렌마트 / 차경아 옮김
116 **제니의 초상** 로버트 네이선 / 이덕희 옮김
117 **트로일러스와 크리세이드**
제프리 초서 / 김영남 옮김
118 **사람은 무엇으로 사는가**
레프 톨스토이 / 이순영 옮김
119 **전락** 알베르 카뮈 / 이휘영 옮김
120 **독일인의 사랑** 막스 뮐러 / 차경아 옮김
121 **릴케 단편선** R. M. 릴케 / 송영택 옮김
122 **이반 일리치의 죽음** 레프 톨스토이 / 이순영 옮김
123 **판사와 형리** F. 뒤렌마트 / 차경아 옮김
124 **보트 위의 세 남자** 제롬 K. 제롬 / 김이선 옮김
125 **자전거를 탄 세 남자** 제롬 K. 제롬 / 김이선 옮김
126 **사랑하는 하느님 이야기** R. M. 릴케 / 송영택 옮김
127 **그리스인 조르바** 니코스 카잔차키스 / 이재형 옮김
128 **여자 없는 남자들** 어니스트 헤밍웨이 / 이종인 옮김
129 **사양** 다자이 오사무 / 오유리 옮김
130 **슌킨 이야기** 다니자키 준이치로 / 김영식 옮김
131 **실종자** 프란츠 카프카 / 송경은 옮김
132 **시지프 신화** 알베르 카뮈 / 이가림 옮김
133 **장미의 기적** 장 주네 / 박형섭 옮김
134 **진주** 존 스타인벡 / 김승욱 옮김
135 **황야의 이리** 헤르만 헤세 / 장혜경 옮김
136 **피난처** 이디스 워튼 / 김욱동